ENNO STAHL

SPÄTKIRMES

ROMAN

VERBRECHER VERLAG

Dieser Roman ist der fünfte Teil des Zyklus »Die Turbojahre«. Der Zyklus beinhaltet bislang die folgenden Romane:

- »Peewee rocks« (KRASH Verlag 1997, erscheint demnächst in bearbeiteter Neuauflage als E-Book in der »Edition Elektrobibliothek« des Verbrecher Verlags).
- »2PAC AMARU HECTOR« (Schwartzkopff Buchwerke / Verbrecher Verlag 2000)
- »Diese Seelen« (Verbrecher Verlag 2008)
- »Winkler, Werber« (Verbrecher Verlag 2012)

1. Auflage
Verbrecher Verlag Berlin 2017
www.verbrecherei.de

Einbandillustration und Satz: Christian Walter
Druck und Bindung: CPI Clausen & Bosse, Leck

ISBN: 978-3-95732-235-7

Printed in Germany

Der Verlag dankt Insa Hansen-Goos, Hannah Paxian und Martin Neusiedl.

Für Kiki

Für Siri

Denken wir uns, das Leben gleicht einer Fahrt, meinetwegen auf der Eisenbahn, überall Stationen, da wird hier einer oder mehrere ausgesetzt, nach einer kleinen Weile wieder ein Dutzend, da kommt eine Hauptstation, eine ganze Menge. Ob's die Ältesten sind, weiß ich nicht, wie viele, auch nicht. So treten wir unsere Fahrt mit gutem Mute an und hoffen, dass, wenn der eine oder andere zum Aussteigen genötigt wird, gleich angekündigt wird: Station Paradies, oder wenigstens Vorstadt Fegefeuer.

Gerards, Predigten

I

Alle Täler sollen ausgefüllt und alle Berge und Hügel abgetragen werden, was krumm ist, soll gerade, und was uneben ist, soll ebner Weg werden.

Gerards, Predigten

Ist das nervig.

Hannes warf sich jäh zur Seite, rieb aufgebracht sein Muttermal, Juckreiz oder nervöse Störung, irritierender Fleck unter dem linken Auge, *willst du dir das nicht wegmachen lassen,* die schwarze, gutartige Wucherung ängstigte manche Bekannte, fast jeder kam irgendwann darauf zurück, aber Hannes konnte sich auf eine Reihe von Hautärzten berufen, *Herr Tannert, keine Bange, das ist nichts, vollkommen harmlos.* Natürlich, könnte ich machen, kleine OP, weg isses, mache ich aber nicht, das ist so … eine Gewohnheit, fast ein Markenzeichen. Da müssen sie mit leben, kleine Abweichung, ein Appell an ihre eigenen Ängste, diese Leute, die ständig hierher rennen, sich jeden kleinsten Leberfleck gleich rausschneiden lassen.

Hannes lag gekrümmt, wie unter Schmerzen, presste die Hände auf die Ohren, so laut, er stellte sich eine Schraubzwinge vor, was aber nicht viel brachte, die Glocken waren einfach zu nah, schwingen, schwingen, die Klöppel mit großer Wucht, wo sind die Ohrstöpsel?

»Warum am Samstag? Das ist … Ruhestörung, das darf nur die Kirche, jeden anderen könntest du dafür …«

»Weckst du das Kind oder ich?«

»Dann machst du den Kaffee!«

»Ich bin sowieso dran.«

Und da ist ja alles ganz rosa, was schön ist. Rosa ist meine Lieblingsfarbe, vielleicht ist das auch ein Vorhang, durch den man spinksen kann. Ich weiß nicht genau, vielleicht doch kein Vorhang, ich geh mal da durch, denn dort ist ja das Nest. Da muss ich die Eier reinlegen, das ist gar nicht so schwer. Tut auch nicht weh. Kein bisschen. Hübsch ein Ei nach dem anderen. Das sind ja nicht so große Eier. Eher kleine. Die sind so wie die, die Papa mitgebracht hat aus Düsseldorf. Diese kleinen grünen Eier. Die liegen jetzt im Nest, vier Stück, und da ist Papa.

– Jetzt musst du dich draufsetzen!

– Aber da gehen die doch kaputt.

– Du musst dich an den Rand setzen und das Nest schön warm halten. Dann passiert nichts. Anders geht es doch nicht. Du musst die Eier ausbrüten.

Das stimmt natürlich. Ausbrüten muss ich die, von alleine schlüpfen die Vögel nicht. Setze ich mich eben drauf.

– So richtig, Papa?

– Ganz genau, Cora. Jetzt musst du nur noch Geduld haben.

»Mein Schatz, bist du wach?«

Coras Äuglein klimperten, noch tagfremd, die Lider so schwer, sie wollten sich nicht öffnen, das helle, zu helle Licht. Sie ließ also die Augen zugeklappt, nestelte an ihrer Bettdecke und lächelte, weil sie wusste, dass er ihr zusah. Spielte schlafend. Ein Streif Sonne wie eine verzogene Raute, Mahnzeichen, Tempelzeichen, okkulte Spur. Ihre Finger immer noch unendlich klein, als sie geboren wurde, wie unglaublich winzig, der ganze kleine Mensch, Finger, Hände und Füße, alles war da und doch, schwer sich daran zu erinnern, wie weggewischt, jedes neue Stadium des Kindes löscht das Vorhergehende aus, für immer, Erinnerung, Mnemosyne, halb Göttin, halb Taumel, Musenmutter, den Künsten darf das Gedächtnis auch nicht im Wege stehen, nie zu klar, immer verschwommen, anders entstehen keine Geschichten, ein schlafendes Rehkitz, das träumt von Fluchten und Jagd.

Ihr Anblick rührte Hannes, ihre rosige, glatte Haut, wie unter Zwang drückte er ihr Küsse auf die Schläfe, die Wange, die Lippen, jetzt lachte sie, jetzt schlug sie die Augen auf, die hell waren, wasserhell, als könne man direkt auf den Grund sehen, Metas Augen waren das. »Papa«, sagte sie, wie verzückt, dass ihm gleich wieder warm ward, »Ja«, sagte Hannes, »Papa«, wieder sie, ihr Atem roch säuerlich, ein Mundgeruch wie bei großen Menschen: »Das ist gut«, sagte sie, »dass du mir das mit den Eiern erklärt hast.«

»Mit den Eiern?«

»Ja, wie ich sie ausbrüten muss.«

»Du?«

»Ich habe doch diese Eier gelegt und dann hast du mir gesagt, wie ich sie ausbrüten muss.«

»Cora, du hast geträumt!«

»Meinst du wirklich, Papa? Aber das war gerade eben, in echt ...«

»Mhm. Ganz sicher. Ich bin jetzt erst in dein Zimmer gekommen.«

»So.«

»Das ist aber ein ulkiger Traum gewesen. Den musst du mir erzählen.«

»Ja.«

»Sollen wir in unser Zimmer?«

»Ja.«

»Tragen oder selber gehen?«

»Tragen.«

Hannes umfing das bettwarme Kind, Thymian-Duft und Schwefelhölzchen, Cora klammerte sich an ihn, barg ihr Köpfchen in seinem Bart, ohne Rückhalt, die Arme fest um seinen Nacken, schwer wie ein Kasten Wasser, er hievte sie hinüber ins Elternschlafzimmer, legte sie hinein in die weiche Decke und sich dazu.

Diffus drang das Licht durch die gelben Vorhänge, Safrannebel, Rauch aus irgendeiner Nebenwelt, nur zwischen zweien dieser bodenlangen Fensterschleppen klaffte ein schmaler Spalt, der ausreichte, das Zimmer in ein fahles Zwielicht zu tauchen, Konturen und Gegenstände, ein hüfthoher weißer IKEA-Schrank, Regale, zwei kleine Nachttischchen, ein Stuhl und ein Reckchen, über dem einige Kleider hingen. Das warme Kind an seinem Leib, Kinderhitze, Hannes lüftete die Decke, kitzelte Cora an den Fußsohlen, dass sie sich wand und kicherte.

Meta kam mit dem Tablett, Kaffee und Marmeladenbrote, stellte es auf dem Bett ab und streichelte Coras Wange: »Guten Morgen, Schatz. Hast du gut geschlafen?«

Cora erwiderte nichts, sondern schlängelte sich wie ein Wurm unter der Decke hin zum Fußende. Meta hockte sich schräg aufs Bett, kauernde Steinzeitvenus im Halbprofil, missbilligend strich sie mit dem Finger über das Nachttischchen: »Ich komme einfach zu nichts hier.« Daraufhin Hannes abgelenkt: »Hm?«, ohne eine Antwort zu erwarten, Meta gab ihm auch keine. Sondern: ein Gähnen, laut, ein Strecken, die Gelenke knackten, dann schüttelte sie ihren Kopf, die Locken zahllos, sie ringelten sich hinab auf den Rücken, vielleicht lebten sie, Medusenhaupt, Königreich für eine Bürste, ihr rundlicher Leib im roten Satinnachthemd, fast eins mit der Düsternis des Raumes, nur Schultern und Arme, unbedeckt, stachen heller ab.

Nun ließ sich auch der Hund blicken, der unter dem Bett schlief, verborgen im dunklen Nirwana aus Staub und dort verstauten Taschen: »Singa, meine Süße, bist du schon wach? Na, komm mal her.« Die Hündin schwarz wie die Nacht, aus der sie eben hervorgekrochen war, dunkelbraun ihre Torfaugen, sie sprang an Meta hoch, aufgeregt, kaum wach, wollte sie schon spielen oder musste sie raus, Hannes wusste es nicht, Meta schon, Meta verstand immer, die Sprache der Menschen und der Tiere, sie zog den Kopf der Puli-Dame an sich und meinte: »Ein bisschen musst du dich gedulden, wir gehen gleich los. Und Cora, kein Guten-Morgen-Kuss von dir?«

Ortskunde I

Der Ort Kirchweiler liegt – mit den Koordinaten 51° 9' 38" Nord, 6° 40' 3" Ost, einer Fläche von 14,83 Quadratmetern und einer Höhe von 47–67 Metern über dem Meeresspiegel – in der niederrheinischen Bucht, genauer: der Jülicher Börde im Erftmündungstal. Die Gegend ist Ergebnis größerer Bruchstörungen, geprägt vom Einfallen in südwestlicher Richtung. Kirchweiler schmiegt sich in den Winkel zwischen Rhein und Erft, und entlang der Flussufer hat sich auf sandig- bis lehmig-tonigen Böden eine Auenlandschaft mit Büschen, Sträuchern und Kopfbaumweiden herausgebildet. Das Gros der Flächen wird landwirtschaftlich genutzt, bereits in fränkischer Zeit, zwischen dem 10. und 12. Jahrhundert, ist hier viel gerodet worden, übrig geblieben sind nur wenige Waldstücke, Eichen-Eschenbestände hier und da, mitunter künstlich wie Truppenübungsgebiete. Gerade genug Bäume gibt es, dass die Jäger noch ein paar Hasen und Rehe schießen können, die Jagd ist in diesem Landstrich mit großer Schützentradition heilig.

Kirchweiler ist gut 1200 Jahre alt. 1816 wurde Kirchweiler gemeinsam mit dem Nachbarort Dorst in eine Personalunion geführt, 1927 entstand daraus die gemeinsame Bürgermeisterei Kirchweiler. 1975 wurde der Ort jedoch im Zuge der kommunalen Neuordnung gegen den Widerstand seiner Bewohner der Mittelstadt N. verwaltungsrechtlich zugeschlagen. Der Gebietsänderungsvertrag, der von beiden Kommunen am 6. März 1974 geschlossen wurde, sah vor, dass die Kreisstadt N. nunmehr die Kirchweiler Verwaltung übernähme, somit die Bebauungspläne und die Belegschaft, Beamte ebenso wie Arbeiter und Angestellte. Auch wurde ein Bezirksausschuss eingerichtet, bestehend aus 13 Personen, 5 Ratsmitgliedern und 8 Kirchweiler Bürgern, der ein Initiativrecht besitzt. Einerseits sollte sichergestellt werden, dass er zu allen wichtigen Fragen, die Kirchweiler betreffen, gehört wird, andererseits kann der Ausschuss in allen Belangen des Bezirks beratend tätig werden sowie Beschlussempfehlungen an Stadtrat oder Oberstadtdirektor abgeben.

Im § 11 des Vertrags verpflichtete sich die Stadt N., die Weiterentwicklung Kirchweilers zu gewährleisten – was darunter zu verstehen ist, regelte eine detaillierte Anlage mit insgesamt 31 Punkten. Vieles, was dort aufgeführt ist, hat die Verwaltung N.'s tatsächlich umgesetzt, aber von einer ganzen Reihe der hier getroffenen Vereinbarungen kann längst keine Rede mehr sein: So besitzt Kirchweiler keinen eigenen Polizeiposten mehr. Weder gibt es ein ausreichendes Angebot an Jugendeinrichtungen noch ein Altenwohnheim. Das Krankenhaus ist geschlossen worden, der versprochene Direktanschluss zum Städtischen Krankenhaus in N. existiert nicht.

Auch wenn sie das Rad der Geschichte nicht zurückdrehen können, beteuern die Kirchweiler bei jeder Gelegenheit ihre Eigenständigkeit und weisen darauf hin, dass die Dinge vor der Eingemeindung besser gelaufen seien als heutzutage.

»Iss geh jetz' Christian Reyer ärgern, denn Christian is ein Arschloch. Christian, das Aaaarschloch.« Schon immer. Der zu mir. Ich merk mir das, ich merk mir, was die Leute machen, gut für Bob, schlecht für Bob, ich merk mir das, wo soll ich jetzt hin? Ist es noch nicht zu spät? Wie viel Uhr ist es denn? Die Uhr, die Uhr, ich kann nicht. ... Da ist ein Erwachsener, anhalten, den frage ich mal, da halte ich an, der weiß doch bestimmt.

»Entschuldigung ... Entschuldigung bitte.«

»Ja?«

»Darf ich diss mal was fragen?«

»Was denn?«

»Kannss du mir sagen, wie viel Uhr jetzt ist?«

»Aber ... da ist doch die Kirchturmuhr, warum ...?«

»Ja, iss weiß das nisst.«

»Wie?«

»Iss kann nisst die Uhr. Iss hab sogar eine Uhr. Hat Mutter mir geschenkt. Aber iss kann die doch nisst.«

»Mein Gott, so ein großer Junge? Aber gut. Es ist kurz vor Eins.«

»Danke schön. Um ein Uhr soll ich zu Christian Reyer ins Pfarrzentrum.«

»Na, das schaffst du. Besonders mit dem Fahrrad. Ist ja gleich um die Ecke.«

»Danke.«

Christian ist im Pfarrzentrum, das hat er gesagt, das ist, das Pfarrzentrum ist, die Straße runter, das ist, wo die Bücherei ist, wo es die Spiele gibt, und die Bücher, da muss man nicht bezahlen, aber Bücher mag ich nicht, Spiele schon, wenn ich jemanden zum Spielen finde. Als Acki noch da war, aber seit der weg ist, mit wem soll ich jetzt Spiele machen. Da hinten ist das Pfarrzentrum, da sind Christian Reyer und die anderen, Christian ist immer, er ist immer so, nie durfte ich, bei denen durfte ich nie, Fußball, Verstecken, nie. Er immer nur: *Hau ab, Spasti*, was ich gar nicht bin, das ist es ja nicht. Und sonst gab's Schläge. Achtung, Auto, es fährt schnell, anhalten, am Rand warten, immer aufpassen, lieber vorsehen, *sieh dich vor, besser einmal zu viel als einmal zu wenig*, der weiß das schon, der Herr Wegener, wenn der das sagt, *besser einmal zu viel als einmal zu wenig*, der weiß das, der sagt das richtig, das Auto ist vorbei, rüber auf die andere Seite, das Pfarrzentrum ist nicht auf dieser Seite, sondern auf der anderen Seite. Heute darf ich mitmachen, sie brauchen jeden Mann. Das hat Christian gesagt, gerade er, ausgerechnet, jeden Mann, vielleicht ist er jetzt doch kein Arschloch mehr, ich kann helfen, *bei der Kirmes kannst du auch was tun, du kannst die Straße absperren*. Das ist gut, da helfe ich, absperren, die Straße absperren, dieses Auto da, das rote da, was für eine Marke, kenne die nicht, die Marke, rot ist es aber, wenn ich helfe, kann ich nicht auf den Spielplatz, bei dem schönen Wetter, wenn sie da, wenn sie da alle, und die Mädchen. Aber wenn ich eine Aufgabe habe, wenn ich gesagt habe, dass ich das mache, dann muss ich, obwohl es Christian Reyer ist, das Arschloch aus der Nachbarschaft. Hoffentlich schaffe ich das, absperren, hoffentlich ist das nicht zu schwer, was, wenn die Autofahrer wütend werden, wenn sie nicht durchfahren dürfen, was sage ich und wen kann ich fragen ...

Aber ich habe ja mein Handy, mit dem Handy kann ich Christian anrufen, wenn es ein Problem gibt. Bei Problemen frage ich ihn übers Handy, was ich machen soll. Sonst muss er selber herkommen, da sind Sachen, die kann ich nicht alleine. Hier ist das, Pfarrzentrum, Lagebesprechung haben sie gesagt, hier erfahre ich, was zu tun ist. So, Fahrrad abschließen, ich kann mein Fahrrad nicht einfach so stehen lassen, jemand wird es nehmen, wenn ich es nicht abschließe, den Helm lasse ich auf. Dann brauche ich ihn nachher nicht wieder ... Was ist aber, wenn ich mal aufs Klo muss? Ich kann ja nicht stundenlang da stehen bleiben, wenn ich aufs Klo muss.

»Hi, Bob! Los, setz dich, du bist gleich dran.«

Christian Reyer will, dass ich mich hinsetze, will ich aber nicht. Nein, ich bleibe hier stehen, sitzen will ich nicht, soll er halt sitzen, wenn er will, oder er steht auf, wenn ihn das stört. Wenn ihn das stört, soll er selber aufstehen.

Behutsames wie zögerndes Anschlagen des Windspiels, Kalebassenlaut hell, kehlig, Bambusstäbe an Nylonfäden, vom Holland-Urlaub, schön, dabei meinte Hannes sofort, das ist nichts, aber ich ... Wo stammt das eigentlich her, in Holland wächst doch kein Bambus, balinesisch vielleicht?

Das Spinnennetz unterm Holzverschlag zitterte in der Brise, und die Kreuzspinne, lauernd inmitten ihres filigranen Gewebes, schaukelte mit, Meta kräuselte die Nase: »Hallo, Esmeralda, gut geschlafen? Fang mir mal schön das Ungeziefer weg, die Mücken und die Fliegen, die mir immer die Minze wegmampfen.«

Sie atmete tief ein, schnupperte, Geruchsmischung diverser Spätblüher: Stachelmohn, die rosa Bissmäuler der Belladonnalilien, daneben die Leuchtblüten der Ochsenzunge, violettblau, selbst die Hornveilchen, Monsterklee in Bunt, lockten noch mit prächtigen mischfarbigen Dreiblättern. Jede Menge zu tun, die Äpfel sind bald dran, der Birnbaum muss raus, der hat's leider nicht geschafft, kein Wunder nach dem letzten Winter, war aber auch arschkalt, der eine Tag, glatt die Leitungen eingefroren, ganz was Neues, in der Stadt ist das nie passiert, was wir da für ein Schwein gehabt haben, Hannes hat gar nichts begriffen, *und was kann dann passieren ... Wasserrohrbruch, ist das schlimm?* Der Beinwell wuchert zu sehr, muss ich noch mal ran, gar nicht mehr lange, dann muss alles winterfest gemacht werden.

Meta spannte die Wäschespinne auf, sie schloss die Augen, einen Moment nur innehalten, bis ein Gefühl sie wärmend durchströmte, dann griff sie sich das erste T-Shirt und befestigte es mit Holzklammern am wackelnden Plastikstrang. Erneut lärmten die Glocken, einmal mehr, Samstagmittag, Sondertermin wegen der Kirmes? Damit sich die Festgäste moralisch stärken können, bevor es auf die Piste geht? Na. Nichts dagegen. Warum auch? Immer dieses Rechten und Hadern, bin ja nicht Hannes, der. Man lebt besser, wenn man einverstanden ist, Zufriedenheit, klingt platt, trotzdem ist es das, zufrieden mit der Situation und mit sich selbst im Einklang. Mit dem Großen Ganzen nicht, der Politik, der Einrichtung der Welt ... das nicht, natürlich nicht. Aber wir, das ist doch prima, geradezu privilegiert. Wenn er nur nicht so unruhig wäre, warum ist er nur so unruhig? Fast verbittert, warum? Er sitzt immer in seiner Bürohöhle, brütet und sinnt, das ganze Zimmer raucht davon, wie in so 'ner Comiczeichnung, *brüt*, *brüt*, und so Rauchringe überm Kopf. Genau so sieht das aus. Und das ist lästig, belastend, man hat doch nur dieses eine Mal, es gibt keine zweite Chance. Lohnt sich das? Wegen Geld? Schon mal gar nicht. Sicher, die geringen Spielräume, hätte das auch gerne anders, Sechser im Lotto, nie mehr dran denken, aber sonst ist alles in Ordnung. Alles in bester Ordnung. Schau dich mal um, wer kann das von sich sagen, ein eigenes Haus, na ja, Kredit von der Bank, trotzdem, wir leben drin, der kleine Garten, Supermarkt um die Ecke und die Nachbarn sind nett. Er muss nicht klagen. Was soll ich sagen, 400-Euro-Job, Koch- und Backkurse im Offenen Ganztag, davon ist gar nicht zu reden. Als könnte man mit den Schülern ... Kaum zu motivieren sind die, Hausaufgabenhilfe, mehr ist nicht drin. Dabei würden sie es brauchen, viele schon so übergewichtig, zwölf, dreizehn Jahre und trotzdem. Unterschichtenthema, hatte ich ja reingeschrieben ins Konzept, genau das wollten die, aber. Hat keinen Sinn. Die saufen weiter ihre Riesencolas und Eisteetüten. *Fuck-egal, was die Alte da erzählt. Was soll ich scheiß-kochen, ich geh lieber zu McDonald's.* Wozu habe ich überhaupt studiert? Könnte ich auch fragen. Trotzdem. Werde mir davon nicht mein Leben vermiesen lassen. Ganz bestimmt nicht, manchmal ist es auch schön, als Yvonne da mit ihrer Freundin, wie heißt die noch gleich? ... Hm ... Komm nicht drauf. Das Hirn, das Hirn. Oder war das Nicole? Ja, genau, freudestrahlend, dass sie am Wochenende zusammen einen Kuchen gebacken haben, einen eigenen Kuchen zu Hause, nach meinem Rezept. Ohnehin nur vorübergehend, bald ändert sich das. Wenn Cora in die Schule kommt ... Alles zu seiner Zeit, will schließlich was mitbekommen von meinem Kind, diese Mütter, die ihre Tochter bloß frühmorgens zu Gesicht kriegen und die Erziehung anderen überlassen. Businessfrau, *drei Kinder und dann eine solche Karriere hingelegt* – wer soll das glauben? Was bleibt auf der Strecke? Das wird nicht erwähnt.

Meta hatte den Bottich geleert, alles aufgehängt, die Spinne war erst halb voll, doch eine ganze Maschine voller Wäsche wartete noch. Die Treppe runter in die Kellergrotte, der Geruch der Sickergrube, müsste mal gereinigt werden – aber da muss ich Hannes erst mal zu kriegen, mache ich wohl besser selbst –, sie zerrte Knäuel nasser Wäsche aus der Maschine, abwechselnd mit beiden Händen, als zöge sie an einem Tau, bis der ganze Batzen auf einmal hineinplumpste in die Bütt, nicht enden wollende Menge an T-Shirts und Hemden von Hannes, Hosen von Cora, Strümpfe, unendlich viele winzige Söckchen. Ein einziges Kind, was das allein schon verbraucht, nicht auszudenken, wenn es zwei oder drei wären, sie stöhnte innerlich, wieso bin ich eigentlich für die Wäsche zuständig? Von wegen Gleichberechtigung. Sowieso Illusion, ungleiche Bezahlung, ungleiche Rente, ungleiche Krankenkassenbeiträge. Und diese Karrieresache, ob mit Frauenquote in deutschen Firmenvorständen oder ohne, soll das das etwa Gleichberechtigung sein? Aufstieg um jeden Preis, genauso werden wie die Männer in den Führungsetagen?

Nach dem Abi die Frage, wie geht es weiter, tiefste Eifel, unser Hof bei Neroth ... Wie der jetzt wohl aussieht mit den neuen Eigentümern? ... Traurig, ein bisschen traurig, aber doch sehr abgelegen, da haben wir es hier besser, sind sofort in Düsseldorf oder Köln, wenn wir wollen. Eigentlich wollen wir gar nicht ... Genau diese Überlegung, Karriere, was soll das, ich pfeif drauf, geprüft und ausgeschlossen. Wozu etwas darstellen in dieser verkorksten Gesellschaft, die sich immer zweifelhaftere Ikonen sucht? Erfolg, Ruhm, alles nur Ballast, der einen am Leben hindert. Ist doch nicht das, was es ausmacht. Wenn Hannes es nur mal begreifen würde. Ist doch hyperintelligent, *im Intelligenztest als Kind habe ich über 140 gehabt* ... Da ist er dann stolz drauf, aber dass er wirklich mal was kapiert, etwas Essenzielles, das ihn lehrt, sein Leben zu führen, so weit ist er nicht, der Ehrgeiz, der an ihm nagt, ist das Problem. Was bringt das? Ruhm ist unwichtig, Karriere auch, gelingendes Leben hängt davon nicht ab. Will gar nicht daran mitwirken, dass es hierzulande immer so weitergeht, die Wenigen viel, die Vielen wenig, wo bleibt da die Gerechtigkeit?

Sie wuchtete den Wäschebottich die Kellertreppe hoch, Stufe um Stufe, dazwischen auch mal absetzend, die nasse Wäsche wog wie Blei, sie wischte sich den Schweiß ab, der über die Stirn rann, setzte sich wieder in Bewegung, blau vom Himmel geschirmt, Kaiserwetter für die Kirmes, schon jetzt war es backofenheiß, und das im September. Sie pustete sich eine feuchte Locke aus dem Gesicht, schnaufte, diese ganze Hausarbeit, eine Putzfrau, so eine Zugehfrau, die sich auch um die Wäsche kümmert, das wäre ein Traum. Aber auch komisch: andere für sich arbeiten zu lassen ... Wenn Hannes nur ein bisschen mehr täte, aber da machst du nichts, der sieht gar nichts, nicht den Staub, nicht die Wäscheberge, da ist er elend traditionell, *ich arbeite den ganzen Tag, komme erst abends nach Hause, verdiene das Geld, wie soll ich da noch, was kann ich ... außerdem tue ich schon alles Mögliche*, ja, Spülen ab und zu, immer diese Leier. Für eine Putzfrau fehlt nun das Geld, es sei denn, ich suche mir eine zusätzliche Stelle – was für eine absurde Idee, selbst mehr arbeiten, um eine Putzfrau bezahlen zu können ...

Hm? Was jetzt? Die Glocken ... so plötzlich still, jetzt sitzen sie wohl alle drinnen, modernder Dunst, Weihrauchschwengel, innere Einkehr, aber schön kühl ist es da sicher. Ah, nun hört man's, sehr weit weg noch, sehr leise, Blasmusik, sie ziehen schon, sie ziehen durch die Straßen, das wird lustig. Diese Umzüge bräuchte ich nicht, Karneval ist mir lieber. Hoffentlich hängt Hannes nicht wieder so durch. *Hach, ist das alles wieder schlecht. Ich hab ja so miese Laune. Das muss ich jetzt aber allen mal zeigen.* Was ist denn das? Ist das etwa ein Slip von mir? Der ist doch nicht von mir. He, Hannes, hast du ...? *Ich... ich weiß auch nicht, wie der hierhin kommt.* Das fehlte noch. Mama hat mir den ... Wenn er nur einmal über seinen Schatten springen würde, aber nee. Wenn er so ist, immer so schwarze Wolke über seinem Haupt, dann soll er zu Hause bleiben. Kann er ja, bringt er mal das Kind ins Bett und ich geh feiern, habe ich mir verdient. Sieht er sicher ganz anders. *Ich versteh gar nicht, wieso du abends immer so fertig bist.* Genau. Betreuungsarbeit. Ist gar nichts wert. Dem Mann nicht, dem Staat nicht. *Kochkurse mit den Kindern, ich bitte dich ...* Die mache ich noch zusätzlich, er wollte unbedingt, dass ich mehr Geld einbringe in den Haushalt, Geld, Geld, immer dieses Geld. Soll ich mein Leben damit vertändeln, mir über Geld Sorgen zu machen? *Was wäre das beruhigend für mich, wenn nicht alles von mir abhängen würde.* Alles. Alles von ihm, nichts von mir. Kann ich was dafür, dass die Kinderkochschule so schleppend anläuft? Das muss sich halt erst mal rumsprechen, das wird schon. Wie viel Uhr? Einmal ... Ist das jetzt halb eins oder eins?

Ortskunde (Infrastruktur)

Die inoffizielle Webseite von Kirchweiler vermerkt 7628 Seelen, es ist jedoch unklar, von wann diese Zahl stammt, anscheinend ist sie nicht beständig aktualisiert worden, denn 2012 ist die Zahl der Einwohner nach offiziellen Angaben der Kreisstadt bereits auf 7670 geklettert, mit einem leichten Übergewicht an Frauen (3917, also 51,1 %). Insgesamt 487 (6,3 %) Bürger mit einer anderen als der deutschen Staatsangehörigkeit leben in Kirchweiler. Die große Mehrzahl der Ortsansässigen ist römisch-katholisch (4237, 55,2 %), nur 1326 (17,3 %) protestantisch und der Rest (2107, 27,5 %) anders oder gar nicht gläubig. Auffällig ist der hohe Anteil von Einwohnern über fünfzig (3284, 42,82 %), eine Tatsache, die man im Straßenbild wahrnimmt, viele Senioren trotten über die Gehsteige, Junge oder Menschen mittleren Alters sind fast schon die Ausnahme. Die meisten dieser Alten wurden hier geboren und kennen sich von klein auf. Doch ihre Reihen lichten sich, die Lücken werden durch nachziehende Mittelschichtfamilien aufgefüllt, deren gut qualifizierte Versorgerinnen und Versorger in der nahen Landeshauptstadt arbeiten. Noch deutlich in der Unterzahl, sind diese jüngere Generation und ihre Kinder dennoch spürbar.

Ein Grund für die wachsende Attraktivität Kirchweilers ist die gute Verkehrsanbindung. Neben Bussen in alle größeren und kleineren Ortschaften ringsum existiert bereits seit 1869 ein Bahnhof mit einer direkten Linie in die Landeshauptstadt, sechzehn Minuten pro Strecke, auch mit dem Auto kann man Düsseldorf mit einem Sprung über die Brücke erreichen. Ob Köln, Aachen, Mönchengladbach oder das Ruhrgebiet, über die nahen Autobahnen sind Ziele in allen vier Himmelsrichtungen leicht anzusteuern.

Die Gemeinde ist stolz auf ihre drei Kindergärten: In der katholischen Tagesstätte Maris Stella versammeln sich die Kinder der neuen Bürgerfamilien, der eingesessenen Handwerker und Unternehmer. Ausländer und Angehörige der Unterschicht, die vornehmlich in der Hochhaussiedlung am Ortsrand leben, bringen ihre Sprösslinge im nahen evangelischen Kindergarten unter. Die Tagesstätte der Arbeiterwohlfahrt wiederum, frequentiert von den Übriggebliebenen aller sozialen Niveaus, liegt hinter der Bahnschranke, die Kirchweiler alle halbe Stunde für lange Minuten in zwei Hemisphären teilt, eine faktische Grenzlinie, die generell Bestand zu haben scheint, denn der Austausch zwischen den beiden Ortshälften ist gering.

An Schulen hat Kirchweiler eine katholische Grundschule und eine Realschule vorzuweisen, beide gut beleumundet. Andere weiterführende Schulen verteilen sich auf die benachbarten Stadtteile, weswegen der nur zur Rush Hour häufig verkehrende Bus morgens und mittags von Pendelschülern überquillt.

Sechs Restaurants und Kneipen bieten Einiges an kulinarischem Programm, deutsche, griechische, portugiesische Küche, dazu zwei Take-Away-Pizzabäcker, zwei Frittenbuden sowie eine kleine, aber sehr beliebte Gelateria, zu der im Sommer Eishungrige aus dem ganzen Umkreis pilgern. Drei Supermärkte, zwei Backstuben, eine Metzgerei, zwei Fahrschulen, drei Podologen und eine ganze Handvoll von Versicherungsbüros. Die ärztliche Versorgung ist gut, Fachärzte praktizieren zwar eher im Stadtzentrum von N., in Kirchweiler hat sich aber eine ganze Reihe von Allgemeinmedizinern niedergelassen, häufig in Praxisverbünden organisiert.

Ein Passagierflugzeug zog am Himmel dahin, entließ weiße Rauchwürmer ins makellose Blau, ein anderes schraubte sich vom nahen Düsseldorfer Flughafen in die Höhe, hören konnte man nichts, dafür war es zu weit weg, zum Glück, dachte Meta, die Chance, dass uns mal eines aufs Dach fällt, ist vergleichsweise gering. Sie schüttelte energisch die Wäsche aus, mit geübten Händen hängte sie alles über die Leine, in Windeseile, und doch wollte der Berg von nassen Kleidungsstücken nicht schrumpfen. Eine Amsel zischte vorbei und verschwand in einer Häuserecke, hat die etwa ein Nest gebaut? Jetzt noch im September? Der Vogel nutzte den Holzstapel nur zur Zwischenlandung, gewissermaßen als Startrampe, um von dort steil in die Höhe zu schießen, von der Dachrinne nun stimmte er ein Triumphlied an – ganz so, als verspotte er Meta dafür, dass sie, flügellos, gezwungen war, am Boden zurückzubleiben.

»Komm du mir mal runter«, drohte sie und seufzte, ein verwickeltes Handtuchknäuel war zu Boden gefallen, wieder bücken, alles vorsichtig auseinander fummeln, nicht dass noch eins auf den Rasen, in den Dreck, sonst kann man's gleich wieder waschen. Cora erschien. Ihr Haar wehte und Meta dachte, mein Engelchen, und sagte das auch, wollte ihre Wange streicheln, doch das Kind tauchte weg und kramte einen Ball unter dem Tisch hervor, schmutziggelbe Werbegabe, die Luft war schon halb entwichen, aber Cora kickte die Plastikkugel auf den Rasen und rief: »Mama! Sollen wir Fußball spielen?«

»Fußball? Das ist wohl eher was für deinen Vater!«

»Ach, der Papa«, murrte Cora. Meta schaute, ihre Tochter scharrte im Sand, der Kummer der Kinder, unglaublich betrübt, wenn nicht alles gleich nach ihrem Kopf geht. So waren wir und so sind wir noch, selbst als Erwachsene, dachte Meta, kleine und große Verletzungen, Niederlagen, unerfüllte Träume, Tag für Tag verdrängen wir das, aber nichts davon bleibt in den Kleidern stecken. Besser man hält die Träume klein, schätzt, was man hat, das ist der eigentliche Reichtum.

»Ich spiele gleich mit dir. Muss nur noch die Wäsche aufhängen. Du kannst ja so lange Blumen gießen.«

»Die Blumen gießen?« Coras Stimme klang wenig begeistert, dennoch holte sie sich die Gießkanne und tunkte sie ins Regenfass, ein schmatzendes Geräusch, Vakuum saugte Wasser ein, Meta wippte im Rhythmus der Musik vom Platz, summte eine Melodie mit, die sie zu vernehmen glaubte. Die Wäschespinne füllte sich, Fahnen im Wind, Cora hatte bald drei Runden durch den Garten gedreht und die Beete ausgiebig gewässert.

»Gieß nicht zu viel auf den Basilikum. Das mag der nicht.«

»Mama, woher weißt du das? Hast du mit ihm gesprochen?«

»Nein, mein Schatz. Ich weiß das aus Erfahrung.«

»Aus Erfahrung weißt du das? Aus Erfahrung?«

»Nachher gehen wir auf die Kirmes, hörst du, sie spielen schon?«

»Ja«, sagte Cora und wässerte unverdrossen die Beete.

»Freust du dich schon?«

»Ja.«

Hh-Hh, Schrittschritt – Ff-Ff, Schrittschritt, Hh-Hh, Schrittschritt – Ff-Ff, Schrittschritt, Hh-Hh Schrittschritt – Ff-Ff, Schrittschritt, ein Hundebellen, kleiner Hund, sehr kleiner, jetzt ein anderer, ganz tief, grollend, Bellen wie aus der Hölle, »Nein, Ronni, ich glaube, das ist keine so gute Idee! ... Tschuldigung.« »Kein Problem.« Ein Flugzeug von weither, der Wind in den Bäumen, Hh-Hh, Schrittschritt – Ff-Ff, Schrittschritt, Hh-Hh, Schrittschritt – Ff-Ff, Schrittschritt, Hh-Hh, Schrittschritt – Ff-Ff, Schrittschritt, Hh-Hh, Schrittschritt – Ff-Ff, Schrittschritt, Singvogel-Parlando, dazwischen das salvenartige Klopf-Staccato des Spechtes, das Fisteln der Raubvögel, »Guten Tag!« – »Hallo ...« Hh-Hh, Schrittschritt – Ff-Ff, Schrittschritt Hh-Hh, Schrittschritt – Ff-Ff, Schrittschritt Hh-Hh, Schrittschritt – Ff-Ff, Schrittschritt, Hufschlag, Pferde im Trab, »Können Sie bitte den Hund zurückhalten? Der geht mir sonst durch.« »Ja, ja. Schon gut. Aber wenn Sie ihr Pferd nicht beherrschen, haben Sie hier nichts zu suchen. Auf diesem Weg sind nun mal viele Hunde.« »Sehr freundlich. Also echt ...« Hh-Hh, Schrittschritt – Ff-Ff, Schrittschritt Hh-Hh, Schrittschritt – Ff-Ff, Schrittschritt, Cellophanrascheln, Hh-Hh, Schrittschritt – Ff-Ff, Schrittschritt Hh-Hh, Schrittschritt – Ff-Ff, Schrittschritt, Hh-Hh, Schrittschritt – Ff-Ff, Schrittschritt, Naseschnauben, Abputzen, Zusammenknüllen, raschelnd zurück in die Hosentasche, Hh-Hh, Schrittschritt – Ff-Ff, Schrittschritt, das Hecheln des Hundes, knapp dahinter.

Ortskunde (Strategischer Bahndamm)

Immer wenn das Militär zu denken beginnt. Immer wenn es Neuigkeiten gibt. Immer wenn Forschung, Technik, Innovationen Raum greifen, will die Kriegskunst ihren Teil. Der Bahndamm unvermindert geradeaus, zwanzig Kilometer geradeaus, zwischen N. und R., er war so eine Idee, Aufmarschpläne gegen Frankreich, Truppenverlagerungen in schnellem Stil, Alfred von Schlieffen, Chef der kaiserlichen Armee, Planung strategischer Bahndämme, »Ruhr-Mosel-Entlastungslinie«, zweigleisig von N. bis ins Ahrtal, und von da zur französischen Grenze, Baubeginn 1904, doch nie fuhr hier ein Zug, das ließen sie nicht zu, die früheren Erzfeinde, heutigen Erzfreunde. Geblieben ist ein Bodendenkmal, von Brücken und Unterführungen gequert, nun wuchert hier Gras, schreiten hier Pferde, spazieren Spaziergänger, joggen Jogger, rappeln Mountainbikes über den splittersteinbedeckten Pfad, und die Sonne scheint durch die Zweige, nichts wirkt mehr militärisch, alles friedlich und zivil.

Muss das absperren, hier darf keiner durch, absperren mit dem rot-weißen Band, Signalband heißt das, das soll ich nehmen und es über die Straße ziehen, wie viel Uhr ist jetzt? Wieso schenkt mir Mama eine Uhr mit Zeiger zum Geburtstag, keiner da. Absperren, und wie mache ich das fest? Hab ich ja gesagt, ich weiß nicht, wie ich das festmachen kann, hab ich ja gesagt: *Und wie mach ich das fest?* und da regt Christian sich wieder auf: *Du Trottel! wirst schon was finden, wo du's festbinden kannst. Oder willst du's die ganze Zeit in der Hand halten?* Das will ich natürlich nicht. *Aber was ist, wenn jemand durchwill? – Sicher soll da keiner durch. Nur wenn einer etwas anliefert. Nachschub, Getränke oder Essen. Die dürfen natürlich durch. Oder wenn jemand in der Christophstraße wohnt, eh klar.* Wie soll ich das auseinanderhalten? Erst darf keiner durch, dann dürfen manche schon, woher soll ich denn wissen …? *Christian, du Idiot, wie soll ich wissen …? – WER ist hier der Idiot? Wer? – Christian, ist gut, komm, das hat Bob doch nicht so gemeint.* Da wird er gleich wütend, wie immer, knallrote Bombe, gleich platzt er, aber die anderen halten ihn fest, Christian Reyer darf mir sowieso nichts tun, mir nicht, ich bin ja behindert, der Bob ist gestört, der ist behindert, den darf man nicht schlagen, Christian beruhigt sich, man kann ihn gut ärgern. Christian Reyer, das Arschloch. *Hier, wenn was ist, nimmst du das. – Was ist das? – Ein Walkie-Talkie. – Hä? – Ein Sprechgerät, du*

Dummie. Das ist gut, Sprechgerät gefällt mir, aber ich habe doch ... *Ich habe auch ein Handy, ich kann euch anrufen. – Ja, ja, klar. Aber das Handy hört man manchmal nicht, das hier hört man immer.* Das stimmt, mein Handy höre ich oft sehr schlecht. Deshalb ist es gut, dass sie mir das Sprechgerät geben, nur Leute, die wichtig sind, haben so ein Sprechgerät, ich bin für die Absperrung zuständig und darf niemanden durchlassen, deshalb bekomme ich es. Wenn ich mir nicht sicher bin, frage ich Christian über das Sprechgerät. Das kracht und knattert und rauscht, das kann man nicht überhören, und ich muss nur auf den roten Knopf drücken, dann spreche ich und Christian hört das direkt, muss er eben rüberkommen, vom Bierstand, der ist nicht weit weg, dann muss er eben kommen und sagen, ob die Leute durchdürfen oder nicht.

Wo binde ich das jetzt fest? Hier am Straßenschild? Nicht zu hoch und nicht zu niedrig, haben sie gesagt, die Autos dürfen nicht durchfahren, tun sie es doch, zerreißen sie das Band, wie die Läufer bei den Sportspielen, die so rennen, ganz schnell, und dann das Band durchreißen, so Muskeln hätte ich auch gerne, mit so Muskeln würde Christian Reyer nicht mehr wagen, auf mich loszugehen, und er müsste sehr vorsichtig sein, was er sagt. Wenn er was sagt, was ich nicht mag, dann zerfetze ich ihn, so richtig in Stücke reiß ich den, das Scheiß-Arschloch Christian Reyer, dieses scheiße Scheiß-Kacke-Arschloch, auseinanderreißen tu ich den, so, das ist fest. Ich kann Christian anrufen und ihm sagen, er soll vorbeikommen und gucken, ob das richtig ist. Dann kann er nachher auch nicht meckern.

Das brauche ich heute wirklich nicht, nicht in dieser Situation, diesen Zirkus, Mützen, Litzen, Holzgewehre, wie erwachsene Männer ... warum gehen sie nicht einfach in die Kneipe und besaufen sich, wozu dieses Beiwerk? Stellt sich die Frage, ist das Ganze ein Epiphänomen des Trinkens oder umgekehrt? Undurchschaubar, jedenfalls für mich, ich sehe, begreife da nichts ... Zusammenhalt, Freundschaft, Tradition. Kann man auch anderweitig, vage, diffus, unklar, und wenn man dann konkret nachfragt, weichen sie nur aus. Erinnert mich beinahe ... wie dieser Borkumer Brauch, Walfängerfest, keine Fremden zugelassen, Meta und ich in dieser einen Kneipe, ziemlich versackt, das Kind war da noch nicht, so lange ist das her: *Was ist das für ein Fest? Und was passiert da? – Na ja, Klaasohm. Das kann man nicht erklären, das muss man gesehen haben.* Hm. Ja. Na klar. Wie soll man sich das ansehen, wenn Auswärtige keinen Zutritt haben?! Norddeutscher Humor.

Bei den Schützen gibt es keine Geheimnisse, ein Rätsel bleibt die Sache selbst. Wie weit noch? Die Wade macht dicht, nicht dass die Zerrung wieder aufreißt, aufpassen, weich auftreten, gut abrollen, der Rückriem-Stein, immerhin schon, dann sollte es klappen, da komme ich wohl zurück. Bin noch immer zurückgekommen, das Gewinsel des eigenen Körpers, darf man nichts drauf geben, das ist eigentlich gemeint mit dem Spruch: Der Körper ist das Nachrangige. Und überhaupt: Dass in einem gesunden Körper ein ebensolcher Geist wohnte, wäre eher die Ausnahme, Gewichte stemmen ist kein Ausweis von Intelligenz, Schwachmaten ausm Fitnessstudio, so klein die Köpfe, Hirne passen da gar nicht mehr rein. Die Juvenalsche Satire ist dem Spruch leider abhandengekommen, das Drama geflügelter Worte, meist gestutzte Federn, der Sinn elementar verdreht.

Passt in unsere Epoche, man will gar nichts mehr komplett verstehen, nur Bestätigung finden. *Wir müssen in die Zukunft unseres Landes investieren,* haha, *die Bildung eine zentrale Aufgabe,* blabla, meine Seminare, wie das runterzieht, die neue Elite ... ahnungslos, aber eingebildet, worauf bilden die sich eigentlich was ein? Glotzen wie Kühe, nee, wie kuhblöde Lämmer, so unbeleckt, überall weiße Flecken auf der kognitiven Landkarte, Praxisbeispiele, Methodenwechsel, anregende, offene Fragen, alles Quatsch. Da regt sich nichts, da ist ganz große Stille im Hirn. *Wer ist Heinrich von Kleist, schon mal gehört?* Schulterzucken, *ja, der war so ... erste Hälfte zwanzigstes. Jahrhundert, nie was von gelesen,* Germanistikstudium bietet sich dann wirklich an.

Aber nachher die Evaluationen: *Das war alles sehr elementar. Der Dozent geht viel zu langsam voran.* Fische im Aquarium, blub blub, solche Blasen steigen da auf, die platzen und dann ... Das ist eine Abwärtsspirale, Analphabeten, nur noch Analphabeten, wenn die später überall ... Ja, eben ... die geburtenschwachen Jahrgänge, Arbeitslosigkeit ist für die kein Thema mehr und unsereins wird womöglich verdrängt. Vielleicht sogar – schon sehr bald ... das wäre, na, die Hoffnung, die bleibt. Immerhin noch was in petto, vielleicht wird das ja, der Schäferhund sieht übel aus, Singa: »Singa, komm her! ... Singa! Kannst du bitte mal herkommen!« Verdammt, willst du wohl? Hört nur auf Meta, der Köter, ich bin auch dein Herrchen, verstehst du das. Weiter, bereits vorbeigeflogen, da die zweite Stele, gleißend wie ein Zeichen, ein weißes Tor, und darauf zu ... Der Fluss, wie beruhigend, Flüsse immer, so schön stetig, aber unaufhaltsam, von der Quelle bis zur Mündung. So hätten wir das gern, nicht diese Winkelzüge, dieses Unwägbare, das ist ja die ganze Ablenkung, weil man sich ständig kümmern muss, dem Alltäglichen verfallen ... *Eudaimonia,* das wäre vollkommene Selbstgenügsamkeit, das ist, was sie damit meinen, Sein zum Tode hin.

»So, Singa, Endspurt, ab nach Hause!«

Fauna und Flora (Märchenwald)

In der Altrheinschlinge, ebenso links und rechts der Erft, ist eine typische Stromlandschaft erhalten geblieben, Erlen-, Eschen- und Weichholzauenwälder sowie Erlenbruchwälder, nasse, zeitweilig auch überstaute Wälder mit seggenreicher Krautschicht. In Tümpeln und Lachen siedelt die kleine Wasserlinse, daneben giftige Pflanzen wie Drachenwurz, Aaronstab und Bittersüßer Nachtschatten. In Flussnähe haben sich feuchte Hochstaudenfluren ausgebildet mit Wasserschierling, Ufer-Wolfstrapp, Blutweiderich, Zungen-Hahnenfuß und Fluss-Ampfer. Am Rande der Erft führen Trampelpfade hinein in die Uferwälder, flankiert von Schlingpflanzen und Bodendeckern. Im Sommer werden diese Pfade von Indischem Springkraut und Brennesseln, die explosionsartig aus dem Boden schießen, überwuchert, sodass manche nicht mehr passierbar sind.

Im Wald selbst wallt Knoblauchgeruch auf – mit jedem Schritt durch Bärlauchrabatten. Brombeeren, wilde Johannisbeeren, Farne, Winden und andere Ranken verhaken sich in der Kleidung, erschweren das Vorwärtskommen. Unterholz und umgestürzte Bäume bestimmen das Bild, mehlig-verfaulte Stämme, von Ameisenvölkern bewohnt, Humus, malerisch, wie unberührt. Teils klaffen Löcher wie Bombenkrater, über denen riesige Wurzeln ragen, Lebensraum einer Unzahl von Wesen, Mega-Citys für Insekten, Würmer und Asseln. Pastellblüten bedecken im Frühling den Boden, Gundelrebe, Buschwindröschen, Schlüsselblumen, Wiesenschaumkraut, Blauminze und Brennesselblüten. Mitunter bricht ein Reh oder ein Hase durchs Gehölz und oberhalb der Wipfel kreisen Greifen: Bussarde, Habichte, der rote Milan, über der Wiese rüttelt der Falke. Doch lassen sich Krähen, Schwalben und Tauben davon nicht irritieren, sie schießen durch die Lüfte, passen nicht ins Beuteschema. Auch der Specht nicht, der seinen Code in die Baumrinde drischt.

»Na, Bob, passt du schön auf?«

»Ja, Hans-Dieter, hier darf keiner durss. Mit dem Fahrrad schon. Autos dürfen nicht mehr durss. Warte, iss halte dir das Band hoch.«

»Gut so, Bob. Weitermachen!«

»Danke, Hans-Dieter.«

»He! He, ihr!«

»Was? Was willst du?«

»Nisst anfassen.«

»Hä? Weißt du, was der Typ meint?«

»Nee.«

»La-la-lass das Band los.«

»Welches Baaand denn?«

»Das Absperrband. Hier darf keiner durss!«

»Ist das vielleicht deiiin Band?!«

»Das Band sperrt die Straße ab. Damit die Autofahrer wissen, das sie hier nisst lang dürfen.«

»Und du willst sie daran hindern oder was? Du ...?«

»Krass, ej. Der Spasti.«

»Ej, hör mal, du? ... Wie heißt der noch mal, Mandy? Weißt du, wie der heißt?«

»E' klar. Bob. Kennst den doch.«

»Nee, so wat kenn ich nich ... Ej, Bob!«

»Wa-wa-was is?«

»Ej, wie findste das, hä? ... Mandy sagt, du bist'n Spasti, und du? Sagste gar nix dazu? Stimmt das? Also wenn mich jemand Spasti nennen würde. Sag doch mal, Bob?«

»Vorsicht! Das Schild fällt um!«

»Au, du Wichser! Fass mich nicht an, sonst schreie ich! Hilfe! Der fasst mich an, der Spasti fasst mich an!«

»S-s-s-sei ruhig. L-l-l-leise. Iss habe gar nisst. I-i-iss muss aufpassn. Und du muss' das Band l-l-loslassen, das Schild fällt um.«

»Jeanette, mir ist langweilig. Gehen wir woanders hin.«

»Warte mal. Bob, also wie ist das ...?«

»Hau ab! Hau ab, verflucht noch mal!«

»Ej, isch hab disch was gefragt. Isch will eine Antwort, ej ... Vorher gehe ich nicht!«

»Hau ab, Arschloch. Du Arschloch! Hau schon ab!«

»Mandy, ist das wahr? Hat der mich Arschloch genannt?«

»Der hat dich Arschloch genannt. Dieser Scheiß-Spasti.«

»Hör mal, Spasti, du nennst mich nicht Arschloch, verstehst du? Ob du verstehst?«

»Hau endlich ab! Ich muss ... hier aufpassen.«

»Na, gut, du Scheiß-Kanake, hier, bitte schön ...!«

Lautes, nachhallendes Scheppern, ein wahrer Höllenlärm, die Nachbarn ringsum rissen die Fenster auf und sandten wilde Blicke auf die Straße, wer wagt es, wer macht so etwas, dieser Krach in der Mittagspause, noch dazu am Samstag, doch es war nur das Behelfsverbotsschild, das lang hingeschlagen war, und Bob warf die Arme über den Kopf, als befürchte er eine Kettenreaktion, erst das Schild, dann weitere Metallständer, Bäume oder Häuserteile, dabei war nach dem ersten Schreck alles vorüber, nur die Absperrung war zerstört, das Band gerissen, prompt preschte ein Auto darüber, vorbei an Bob, vorbei an der vermeintlichen Sperre. Er schlug mit den Händen gegen seine Stirn und Tränen quollen unter seiner dicken Brille hervor.

»Jeanette, jetzt ist aber gut! Lass Bob in Ruhe, sonst kriegst du's mit mir zu tun!!« Meta hatte dem Streit zugesehen, gelassen und mit ihrer ganzen Masse stützte sie sich auf ihren Besen. Jeanette zuckte zusammen, schielte rüber zu ihr, hatte ein bildhübsches Gesicht eigentlich, pseudo-brav mit Pferdeschwanz, doch jetzt zerrissen ihre Züge, glitten über in ein Grinsen, das nicht passen wollte zu ihrem Alter, sie spuckte in die Rinne und meinte zu Mandy, als sei nichts gewesen: »Wohin denn? Was sollen wir machen?«

Die: »Kein Plan. Und du?«

Jeanette schüttelte den Kopf, ihre Augen funkelten, fixierten Meta, während Bob sich daranmachte, das Schild aufzurichten: »Zum Karussell?«

»Okay.«

Sie dampften ab, Bob versuchte, das Absperrband wieder zusammenzuknoten, aber es war jetzt zu kurz, Meta meinte: »Warte, Bob, das kriegen wir schon hin. Du hast doch noch Band übrig. Wir machen einfach ein neues …« Er nickte und beruhigte sich wieder. Ein Polizeihubschrauber propellerte heran. Eine Zeitlang stand er über Kirchweiler wie ein träges Gewitter und pumpte ein Staccato an Schallwellen auf den Ort hinunter, dass es in den Ohren pochte. Argwöhnisch schaute Meta in die Höhe, auch andere Passanten reckten die Hälse, aber nun flog der Helikopter weiter, auf dem Weg zum Stadion oder zu einem Einsatz auf der Autobahn. Wenn es sich nicht um den Flüchtigen drehte, der gestern Nacht in der Innenstadt von N. seine Frau und die zwei Kinder umgebracht hatte.

Cora, unbeeindruckt von alldem, malte mit Kreide Figuren und Formen aufs Pflaster, ungeachtet ihres hübschen rosa Blümchenkleids rutschte sie auf den Knien herum, während sie die Bodenplatten dekorierte, und Meta hätte sie am liebsten durchgerüttelt und ermahnt, *bist du verrückt, dein schönes neues Kleid …!* Das verkniff sie sich, eine Waschmaschine mehr machte den Kohl auch nicht fett.

Immer wieder Jeanette, verlorene Seele, zwölf Jahre alt, das muss man sich mal vorstellen. Aber schwierig, ganz schwieriges Kind. Und Bob? Ist alles in Ordnung mit dem? Ja, da steht er wieder, so eine britische Schildwache, lachen tut er auch nicht. Hat er mal eine Aufgabe. Wieso sagt ihm keiner, dass er weggehen kann? Wer die Absperrung sieht, dreht sowieso ab. Ganz unnötig das. Aber Jeanette, wirklich, ist das, weil sie Einzelkind ist? Nein, also wenn Cora auch so wird, da würde ich alle Hebel in Bewegung setzten. Die Mutter kommt einfach nicht klar. Alleinerziehend, arbeitslos. Na ja, gearbeitet hat sie noch nie, die kennt das nicht, geregelten Ablauf oder so, seit Jahrzehnten Hartz IV. Sozialhilfe. Heillos überfordert, da sieht man, wohin das führt, manchmal denkt man wirklich, es wäre besser, der Staat … Muss Jeanette unglaublich früh bekommen haben, die ist noch keine dreißig, schätze ich jetzt mal so. Nee, muss, hat ja auch Hilde letztens erzählt. Als ganz junges Mädchen, unerfahren, keine zwanzig, noch jünger sogar. Ich dagegen. Abgeklärt, reife Mutter, Mutter über dreißig, bin eigentlich froh darüber, wenn uns nur nicht Cora irgendwann zu alt findet. Abstand von dreißig Jahren, gibt Schlimmeres. Sagen wir mal, es wären nur zwanzig, wenn ich vierzig bin, ist sie zwanzig … Was würde das ändern? Die lehnen sich so oder so auf. Für mich allemal gut. Keine Sorge mehr, was zu verpassen, genug gesehen und erlebt, Kultur, fremde Länder, fremde Städte, gleich nach dem Abi die zwei Monate in den USA, Route 66, ein Traum wurde wahr … Im Studium noch mal das halbe Jahr in Paris. Menschen, viele Menschen.

Jeanettes Mutter kennt nur das hier. Bestimmt selbst aus zerrütteten

Verhältnissen, wie soll sie ... Obwohl, das sind so Entschuldigungen. Leicht ist es für niemanden. Hat das Kind von Beginn an vernachlässigt, sagt Ilse, die kennt Jeanette seit ihrer Geburt. Stimmt schon. Merkt man jetzt noch, nicht ordentlich gewaschen, die Klamotten schmutzig, dazu wahrscheinlich Alkoholismus und Schläge zu Hause. Das andere, was Ilse da, also das wäre wirklich ... Fall fürs Jugendamt. Ist das nicht so? Form von unterlassener Hilfeleistung, wenn man tatenlos zuguckt ... Mit wechselnden Partnern, während das Kind wach daneben lag, das ist so schrecklich, kein Wunder ... Vermutlich weiß das Jugendamt Bescheid, nur warum schreiten sie nicht ein? Immer wieder. Kümmern sich erst, wenn die Katastrophe eingetreten ist, tote Kinder, verhungert, erwürgt, verbuddelt im Blumenkübel, Horror.

Im Offenen Ganztag auch so ein Drama, würde ihr gerne helfen, aber man kommt nicht ran. Als ich da gerade mit anfing, letztes Jahr ... im August, nein, das war im Frühjahr, hat es noch mal geschneit ... muss Februar, März gewesen sein, wie sie so, ich hätt' sie auf den Mond schießen können. Bin ziemlich unsicher gewesen, muss man erst mal mit klarkommen, dass die Kinder alle kein bisschen fleißig und engagiert sind und auf nichts Lust haben, immer dieses Gezappel, Gehampel, Plappern. Wenn man konsequent ist, die Grenzen aufweist, gibt sich das bei den meisten. Die testen einen natürlich aus. Aber Jeanette. Keine Chance. Da gibt sich gar nichts. Stören, Faxen, nur Verweigerung, *habbisch kein' Bock drauf, ej.* Und die anderen gleich mit. Wenn sie überhaupt da war. Kam ja mehrfach mit Polizei, aufgegriffen wegen Schulschwänzens, zusammen mit Mandy, ganz übler Einfluss, den die beiden da aufeinander, obwohl: sind beide gleich verkorkst. Zwangsweise zum Unterricht, so richtig abgeführt wie Kriminelle, in dem Alter, dann fühlen sie sich ganz groß vor den anderen ...

»Mama, jetzt muss ich was trinken!« Meine Süße, so zart, fast durchscheinend die Haut, die blonden Locken, umrahmen das kleine Gesicht wie ein Nest, ganz warm wird mir davon.

»Ja, dann hole dir doch ein Wasser von drinnen.«

»Ich will aber, dass du mir was holst.«

»Cora, wie alt bist du?«

»Vier Jahre.«

»Und du wirst im nächsten Monat fünf. Alt genug, um dir etwas zu holen.«

Na, macht sie's? Nur unter Protest. Nein, was jetzt?

»Mama, guck mal! ...«

»Toll, Cora, du bist die allerbeste Treppenspringerin Kirchweilers! Gleich drei Stufen auf einmal. Wolltest du nicht was trinken?«

Ja, macht sie, mach mal. Besser ist es, da muss man immer hinterher sein. Ah, wen haben wir denn da? Verschwitzt, völlig verausgabt, auch da dieser Ehrgeiz. Braucht er das, braucht er das wirklich? Zur Selbstbestätigung, *seht her, ich bin noch gar nicht so alt:* »Geht's denn?«

»H-h-h-h ... Würde dir auch mal guttun. H-h-h-h ...«

Hm. Klar, kann er sich jetzt nicht verkneifen, lässt mich saukalt, aber so was von: »Meine Sporteinheit folgt heute auf der Kirmes.«

»Verstehe. H-h-h-h ... Bratwurst und Bier.«

»Genau.« Pfff, geh doch. Lass ich mir nicht madigmachen, nichts lasse ich. Der Besen wie ein Rechen, Blätterwirbel wie im Herbst, ja, der kommt schon, trotz der Hitze, und der Staub, in die Rinne damit, alles in die Rinne.

»Du musst es ja wissen. H-h-h-h. Ich geh dann mal duschen.«

Wie satt ich diese Anspielungen habe. Soll er sich eine andere suchen, jünger, schlanker, hübscher, dümmer, wenn ihm das gefällt. Ich mach, was ich will und daran hindert mich keiner. Ein Leben aus Bedenken, das muss man und das darf man nicht, überall Vorschriften und Verbotsschilder. Soll lieber alles mal ein bisschen laufen lassen, dann geht's ihm besser. Früher war er nicht so ... sonst hätte ich, hätte ich vielleicht gar nicht ...

II

Nun hat er den Hochmut zu Schanden gemacht durch seine Demut und Erniedrigung in jener hl. Nacht ... Seid ihr mit Abtragung dieses Berges noch nicht fertig oder habt euch etwa noch nicht dazu angeschickt?

Gerards, Predigten

Noch immer keine Wolke, muranoblau, nicht die kleinste Brise jetzt, und selbst oben am Himmel schien die Luft still zu stehen, die Kondensstreifen der an- und abgehenden Jets blieben fest dort eingeschrieben, Kreuz- und Querraster wie eine konstruktivistische Zeichnung. Noch war die Kirmes nicht recht im Gange, alles drehte sich in der Warteschleife, die beiden Getränkestände waren zwar besetzt, doch ohne Gäste, goldene Biere mit eingefallenen Schaumkronen standen auf der Theke, eingefüllt, um den Druck abzulassen, wurden sie schal, die untersetzten Zapfer waren tatenlos. Die Hüpfburg daneben war bereits aufgeblasen, aber kein einziges Kind verlustierte sich darauf – die Mittagspause lastete über dem Ort, große Lethargie vor dem rauschenden Fest. Oder vor etwas ganz anderem. Etwas, das da kommen würde, unaufhaltsam, zwangsläufig. Eine Ruhe vor dem Sturm also?

Einzig das Nostalgiekarussell rotierte gemächlich, jeder, der wollte, konnte es auf Knopfdruck in Betrieb setzen. Doch räkelten sich, abgesehen von zwei kleineren Kindern, nur Jeanette und Mandy auf den Holzpferden. Kaugummi kauend, warfen sie blasierte Blicke auf die wenigen Helfer, die dort gelassen letzte Verrichtungen vollführten. Eine Rollschlittenbahn wurde aufgestellt, Marke Eigenbau, betreut von den Edelknaben der Bürgerschützenwehr Kirchweiler 1837 e. V., die Jungs, fünfzehn Jahre vielleicht, rutschten schon mal Probe, in bunten Plastikschalen, die eher für die Kleinkinder des Ortes gedacht waren. Sie taten das nicht aus Spaß, sondern im Bewusstsein ihrer Verantwortung, schließlich sollte nichts passieren. Andere steckten die Wurfbude zusammen, türmten verbeulte Konservendosen übereinander, die sie mit weichen Strumpfbällen abzuräumen versuchten.

Mandy und Jeanette fuhren Runde um Runde, eigentlich waren sie viel zu alt für das antike Gerät. Aber Autoscooter oder Berg-und-Tal-Bahn gab es hier nicht, kommerzielle Schausteller nahmen nicht teil am Fest, das vom Ort in Eigenregie organisiert wurde. Und so motzte Jeanette denn: »Ej, Mandy, das is öööde.«

»Was willst du denn machen?«

»Kein Plan. Was essen wär' gut.«

»Haste denn Geld?«

»Nee.« Jeanette schlang die Arme um den Hals des Pferdes, ließ sich auf die Seite gleiten, nur noch ein Fuß überm Sattel, hing sie an der Flanke des Reittiers, wie ein Cowboy beim Rodeo, und nun begann sie, unter dem Bauch hindurch zu klettern, misstrauisch beäugt von einem kurzatmigen Mann mit kleinen Knopfaugen.

Mandy rief: »Ej, abgefahren!« und Jeanette grinste geschmeichelt, ihr Pferdeschwanz schleifte über den Boden, der dicke Mann schimpfte: »Hörst du wohl auf damit? Willste dir den Kopp abreißen?«

»Ja, genau!«, lachte Jeanette und der Mann brüllte nun los: »Wenn du nit sofort rungerkommss', dann mach isch dat! Dann reiß isch dir den Kopp ab, du!«

Ihr Auftauchen, provozierend langsam, erst lugte nur ihr Scheitel über das Pferd, dann schwang sie sich in den Sattel, lehnte sich zurück, posierte, das Kinn aufgeworfen, die Linke in den Nacken gestützt, Stülpen der Lippen und dazu die Augen, Verführung, Sirene, Sirenchen, Lo-li-ta, *nicht Macht ist's, die sein Herz verführt:* »Was wollen Sie von mir? Ich bin ein Kind und möchte Karussell fahren!«

Der Mann kodderte, rumpelige Hilflosigkeit, anhalten konnte er das Gefährt nicht, sein Eifer erlahmte, eher halbherzig sein letzter Versuch:

»Komm da runger, sarisch, sofort!« Jeanette keckerte unbeeindruckt, sie blieb sitzen, drapiert übern Pferderücken, auf dem bekanntlich die Freiheit, wie ein Model beim Foto-Shooting. »Ej, du biss' escht krass, Jeanette!« Applaus von Mandy, die nun versuchte, es ihrer Freundin gleich zu tun, mit weitaus weniger Erfolg, ihre füllige Figur, verunglückte Illusion, zumal sie nun tatsächlich fast vom Karussellpferd plumpste, klammerte sich gerade noch fest, Jeanette prustete los, der Mann sah seine Felle schwimmen, was konnte er machen, allenfalls den Netzstecker ziehen, doch was würden dann die Eltern der anderen beiden Kinder sagen? Er also abschließend: »Verfluchte Bande. Mir spreschen uns noch ...« Und brummelte weg. Jeanette verlachte seinen Rücken und äffte ihn nach: »Spreschen uns noch ... spreschen uns noch ...«. Dann war der Spaß wieder vorbei, von Neuem zog zähe Langeweile auf, erst nölte Mandy: »Und jetzt?«

Dann Jeanette: »Ja, und jetzt?«

Und Mandy so: »Kein Plan.«

Und Jeanette so: »Du immer nur kein Plan.«

Und Mandy so: »Was können wir machen. Ohne Geld. Und alles.«

Und Jeanette so: »Immer muss ich mir was ausdenken. Dir fällt nie was ein.«

Und Mandy so gar nichts, Mandy so bloß Schulterzucken, Kaugummi kauen, blöd aus der Wäsche stieren, da verlor Jeanette glatt gleich ganz die Lust: »Ach, ... fick dich!«

Verächtlich sprang sie runter vom Karussell. Mandy, beides, beleidigt und schuldbewusst, blieb hocken: »Warum 'n das jetzt? Was 'n los?«

»Ach, halt die Fresse!« Jeanette machte Anstalten zu verschwinden, nur weg hier, weg von Mandy – weit kam sie nicht, sie stoppte beim Wurfstand, wo die Jungs Säcke mit Süßigkeiten in Bottiche entleerten, Gewinne und Trostpreise für die Kinder, die bald ihr Glück versuchten, »He!«, sagte Jeanette, und weil keiner von ihr Notiz nahm, noch einmal: »He!! Ich will werfen!«

Geringschätzig betrachteten sie die Edelknappen, »Hört ihr nicht? Gib ma' her, das Teil! Ich hau die alle weg und gewinne den Hauptpreis!«

»Noch nicht geöffnet«, schnarrte einer der Jungs, nur paar Jahre älter als Jeanette, ebenso wie seine Kollegen, trotz lockeren Dresscodes (Bermudashorts und Motiv-Shirts unterm Flatterhemd) durchdrungen von Pflichtgefühl.

»Lass mich doch weeerfen, ej!«, bettelte Jeanette, doch die Jungs wandten sich ab, Gespräch beendet, der von eben einfach nur: »Zisch ab!«, sie kannten Jeanette, weil in Kirchweiler jeder jeden kannte, zumindest fast jeden, sie tat einen verlegenen Hüpfer, knurrte wie eine Nachwuchslöwin und maulend ging's zurück zum Karussell, wo Mandy unverändert stupide im Kreis fuhr, glasige Augen, Jeanette blieb am Rande stehen: »Mandy, los, komm schon, ej!« Die nur mit missmutigem Ruckeln der Schultern, also rief Jeanette erneut und lauter diesmal: »Mandy! Komm jetzt!« Und Mandy gehorchte, seufzend, die Sonne brannte, es war, als sei Kirchweiler ein einziges Tier, das hechelte.

Ortskunde (Handel und Wandel)

Die Gemeinde Kirchweiler ist für die Kreisstadt ein fetter Bissen gewesen, ein Ort mit gewachsener Substanz, zahlreiche Selbstständige und Handwerker leben hier, insgesamt achtundzwanzig Einzelhandels- und Dienstleistungsunternehmen. Die Analysten der Kreisstadt bescheinigen Kirchweiler eine »gute Angebotsausstattung für ein Nahversorgungszentrum mit zum Teil gehobenem Sortiment für den mittel- bis langfristigen Bedarf«. Bemängelt wird lediglich, dass die Läden weit auseinander lägen, auch wird das Erscheinungsbild einiger Geschäfte als defizitär bezeichnet.

Neben dem Einkaufsbereich besitzt Kirchweiler ein kleines Industriegebiet, in dem zahlreiche, zumeist mittelständische Firmen ihren Sitz haben, insgesamt sind 450 Gewerbebetriebe hier angesiedelt – Arbeitgeber für über 1000 Beschäftigte, gesunde Unternehmen.

In Kirchweiler dagegen beklagt man, dass seit der Eingemeindung alles Geld abfließe in den Haushalt der Kreisstadt, Investitionen in die hiesige Infrastruktur bleiben aus, daran ändert auch der Kirchweiler Bezirksausschuss nichts, der in allen Stadtteilfragen tätig werden könnte.

War es früher ein kurzer Weg gewesen, den Gemeinderat von dringenden Maßnahmen zu überzeugen, versickern nun die meisten derartigen Gesuche in den Mühlen der Verwaltung. Schlaglöcher bleiben ungestopft, Baugrund verkümmert, öffentliche Liegenschaften werden zu Spottpreisen verpachtet, ohne dass sich irgendeine sinnvolle Nutzung dafür fände. Den historischen Ortskern, der durch privates Engagement zu neuer Blüte gelangt ist, verschandelt ein heruntergekommener Discounter; einst als Zwischenlösung geplant, ist er nun zur Dauereinrichtung geworden, an der niemand in der Verwaltung mehr rüttelt. Petitionen und Unterschriftenlisten der Anwohner, die sich gegen allmorgendliche Anlieferungen früh um sechs, rangierende LKW und parkplatzsuchende Autofahrer im engen Ortskern wenden, zeitigen keine Wirkung, da den Verantwortlichen die Hände gebunden sind. Der Supermarkt existiert seit Anfang der 1980er Jahre, trotz baulich unpassender Einbindung verhindert der Bestandsschutz ein Eingreifen behördlicherseits.

Die entwürdigenden Arbeitsbedingungen der Angestellten sind ein weiterer Kritikpunkt, der Verkaufsraum besitzt keine Heizung, im Winter frieren die Frauen, die dort beschäftigt sind, trotz dicker Pullover und Thermojacken, denn nichts als eine winzige Nachtspeicherheizung, klimaschädlich, womöglich asbestbelastet und ohnehin bald nach europäischem Recht verboten, soll den Raum erwärmen. Im Sommer kann man kaum atmen, die einzige Luftzufuhr das Öffnen der Ein- und Ausgangstüren. Die meisten Nachbarn kümmert das Los der Marktangestellten wenig, für sie ist der Supermarkt günstig gelegen, sie sagen, *Nur deshalb bin ich hierhin gezogen, den Discounter gleich ums Eck*, oder sie sagen: *Die haben immerhin einen Job, in diesen Zeiten, sie sollen mal zufrieden sein*, und das sind sie auch, die Frauen, sie mucken nicht auf, sondern ergeben sich in ihr Schicksal. Hauptsache Arbeit, auch wenn sie schlecht bezahlt ist, der Lohn kaum über der Arbeitslosenhilfe rangiert, Hauptsache in Lohn und Brot. Das einzige Interesse der Firmenzentrale ist, die Kosten niedrig zu halten. Steigen die Kosten, rentiert sich der Markt nicht mehr, die Frauen werden entlassen, das gleiche Spiel wie überall, die Kosten müssen daher nicht nur gehalten, sondern gesenkt werden, um konkurrenzlos günstige Preise anbieten zu können, Ausverkaufspreise, Preise, die deutlich unter denen der großen, besser sortierten Supermärkte liegen, von den paar Einzelhandelsläden Kirchweilers ganz zu schweigen: dem Metzger, den beiden Bäckern, den beiden Hofläden, die können nicht mithalten im Preiskampf, bei ihnen kaufen nur jene ein, die sich höherwertige Produkte leisten können.

Die Bewohner der Hochhaussiedlung, nicht nur, aber vor allem sie, besuchen den Discounter rege, und den Genuss der dort erworbenen Waren sieht man ihnen an: faltige Haut, Übergewicht, kreislaufrote Gesichter – purer Zynismus, dass die Supermarktkette ihre immensen Gewinne auf Kosten derer erzielt, die kaum etwas besitzen. Einer nach dem anderen pilgern sie tagein, tagaus zum Discounter, eine nicht abreißende Kette, um sich und ihre bereits dickleibigen Kinder mit überzuckerten, nährstoffarmen, ökologisch hoch bedenklichen Nahrungsmitteln einzudecken. Danach den immer gleichen Fußweg zurück, vorbei an der alten Schule, den Kinderspielplatz rechts beiseite lassend, den evangelischen Kindergarten passierend, bis das Neubaugebiet erreicht ist. Die gesamte Strecke ist mit Müll übersät, Verpackungsreste, Flaschen, Spuren des Sofortverzehrs, der eine Dreck-Weg-Tag im Jahr, den einige Aktivisten des Gemeindevereins, zumeist Rentner, anberaumen, ist nicht mehr als ein Tropfen auf den heißen Stein.

»Ich versteh gar nichts, ich bin hier oben aufm Klo, du musst dich schon herbemühen, wenn du was willst.«

»Ich sagte: Ich-find-es-scheiße, dass du Geld mit der Sparkassenkarte abgehoben hast, das Konto ist schon tierisch überzogen.«

»Na und? Ich sollte doch einkaufen.«

»Ja, ja, einkaufen, klar. Aber gleich hundert Euro?«

»Ja, hundert Euro. Und weißt du was? Die sind auch schon wieder weg!«

»Was? Das ist doch gar nicht möglich, der Kühlschrank ist leer, was hast du denn davon gekauft, echt, ich fass es nicht!«

»Na, was ich eben gekauft habe. Wir brauchten Kaffee, Milch, Apfelsaft für das Kind, Wasser, einen Kasten Bier, etwas Fleisch, Käse …«

»Bier, Fleisch, klar, wo ich überhaupt kein Fleisch esse, und Bier, wann trink ich mal Bier? Ich verdiene das Scheiß-Geld und du verfrisst und versäufst es!«

»Verfrisst und versäufst … Also echt … du kannst mich mal!«

»Man kann nun mal kein Geld ausgeben, das man nicht hat! Auf dem anderen Konto ist längst Land unter, jetzt ist das Sparkassenkonto auch noch mit vierhundert überzogen, wie soll ich das … Wie sollen wir das denn jemals ausgleichen? Du wirst sicherlich nicht diejenige sein, welche …«

»Wenn du dir mal zuhören würdest … Vielleicht muss ich es dir noch mal erklären, ich bin deine Frau …!«

»Du hast einfach keine Vorstellung davon, welchen Belastungen ich durch das Haus ausgesetzt bin. Ich zahle doch alles: den Kredit, das Wasser, Strom, Grundbesitzabgaben, Müllabfuhr, Gebäudesteuer, Versicherung, Leasing-Rate des Autos, ich … ich kann … ich kann manchmal gar nicht mehr schlafen …«

»Dann verkaufen wir eben das Auto!«

»Wie soll ich dann zur Arbeit kommen?«

»Dass man sich vom Geld so auffressen lässt, du beschäftigst dich mit nichts anderem mehr …«

»Das kann nur jemand sagen, der sich nicht … der sich überhaupt nicht an der Finanzierung beteiligt …!«

»Immer dieser gleiche Text: *Du bringst nichts ein, du musst mehr beisteuern* … Ich liefere auch meinen Teil! Mehrere tausend Euro jedes Jahr. Was meinst du, wie mich das ankotzt? Wann habe ich zuletzt mal was für mich gekauft? Jahre ist das her, ich hab überhaupt nichts mehr anzuziehen, nur Schrott. Nie kann ich mir was leisten, kaum kriege ich mein Geld, ist es schon wieder weg – für den Kindergarten, für KFZ- und Hundesteuer, die zahle nämlich ich, nicht du …«

»Als würde ich mir irgendwas leisten, weißt du, wie viel Geld ich zum Leben habe, wenn die ganzen Überweisungen runter sind, hm?«

Schöne, lange, blonde Haare, die muss man kämmen, die muss man viel kämmen, Mama hat gesagt, wenn man lange Haare hat, muss man sie dreimal am Tag kämmen. Ich möchte gerne so lange Haare haben, auch wenn ich die oft kämmen muss. Nicht so lang wie das eine Mädchen da, gestern auf dem Markt, die hatte ja Haare bis zum Popo, so lang müssen sie nicht sein. Aber so lang wie die von Marie-Joan: *Nicht wahr, Marie-Joan, du magst deine Haare, wie sie sind? Du möchtest sie nicht abgeschnitten haben? – Nein, das möchte ich nicht. Ich möchte sie behalten, wie sie sind. – Dann müssen wir sie sehr gut bürsten. – Pass aber auf, dass es nicht so ziept.*

»So kann es jedenfalls nicht weitergehen, wir müssen einen Plan machen. Einen Plan, wie wir die Kosten im Griff behalten.«

»Dann kaufen wir eben nur noch im Supermarkt. Muss ja nicht immer der Hofladen sein.«

»Was? Das sagst du als Ernährungswissenschaftlerin, du? Auf gar keinen Fall. Ich will nicht, dass unser Kind das bekommt. Und ich will das auch nicht, diesen Scheiß.«

»Wie kann man hier so rumbrüllen, das Geld, das viele Geld und so, aber dann bist du nicht bereit, ir-gend-etwas zu ändern? Ich verstehe dich nicht! Wir versuchen unser Bestes, irgendwie haben wir es doch immer geschafft bisher.«

»Weil ich die Löcher stopfe … Ja? Das ist wohl der einzige Grund! Immer nur mit der Hand in den Mund … mit der Hand in den Mund.«

»Richtig, du alles, ich nichts. Ganz genau. Genau so ist das.«

»Dass du das immer so überspitzt zusammenfassen musst, ist nicht hilfreich.«

»Wieso? So ist es doch, oder?«

Ich lasse mir die Haare jetzt auch ganz lang wachsen, wenn Mama sie wieder schneiden möchte, sage ich, dass ich das nicht will: *Ich will die*

Haare mindestens so lang wie Marie-Joan. – Aber Marie-Joan ist eine Puppe. – Das ist mir egal. So gefallen sie mir. Marie-Joan, kommst du? Wir gehen einkaufen, wir gehen ins Kaufhaus, nur mit der Rolltreppe musst du aufpassen, das ist nicht einfach. Dass du nicht hängen bleibst und dir wehtust.

Cora in ihrem Kinderzimmer, Meta fuhrwerkte einen Stock tiefer in der Küche, Cora summte, Cora bewegte ihre kleinen Finger, Cora strich über den Teppich, schaute und dachte, das ist der Tiger, er hat ganz scharfe Krallen. Der Tiger geht durch den Wald, er hat aber Angst im Wald, denn da kommt eine Frau und die Frau ist eine Hexe, sie ist nicht allein. Da kommen noch viel mehr Hexen. Es sind keine bösen Hexen, aber das weiß der Tiger nicht. Der Tiger hat Angst.

Hannes rief von unten: »Cooo-raaaa!«

Sie reagierte nicht, immer noch die Finger, der Teppich, das Spiel, sie sah doch den Tiger: Der Tiger rennt schnell weg, durch den Wald, auf der Flucht vor den Hexen, die ihm gar nicht folgen. Da ist der Wald zu Ende, der Tiger steht auf einer Wiese, ganz grün, und die Sonne scheint, er braucht jetzt keine Angst mehr zu haben.

»Coooraaaa, hörst du nicht?«

Da sind auch seine Eltern, die ihn die ganze Zeit gesucht haben. Sie waren nämlich gar nicht im Wald. Sie haben auf der Wiese nach ihm gesucht.

»Coraaaa, verdammt!«

Jetzt antwortete sie gereizt: »Was denn, Papa? Was willst du?«

»Willst du nicht auf die Kirmes?«

»Doch. Ich will auf die Kirmes. Ich komme gleich.«

So, Tiger, geh zu deinen Eltern. Sie bringen dich ins Bett. Du musst jetzt schlafen.

Ist das vielleicht, was ich gesucht habe? Ruhe und Abgeschiedenheit, wie alt bin ich denn? Dieser kleine Ort, bin nicht gemacht für so Dörfer, heute keine Spur von Ruhe, Umweltverschmutzung, akustische. Die Kirche ist windschief. Ist mir nie aufgefallen, vielleicht fällt die bald einfach um, pardauz. Die Schwalben, jede Menge davon, immer um diese Spitze rum, draufsetzen und gleich wieder weg, wie so eine elektrostatische Wolke, vorgegebene Muster, Selbstorganisation, gibt's das überhaupt bei Schwalben?

»Und dann hat Céline gesagt, sie gibt mir die Schaufel nicht zurück und da habe ich sie dann behalten. Da hat Kevin gesagt, ich darf nicht mehr mitspielen.«

»Das hat Kevin gar nicht zu bestimmen. Da musst du ihm sagen: Du bist hier nicht der Bestimmer! Ich spiele mit, wann immer ich möchte.«

»Genau. Kevin, du hast gar nicht Geburtstag, du bist nicht der Bestimmer. Nur wenn man Geburtstag hat, darf man bestimmen.«

»Du solltest sowieso nicht so viel mit Kevin spielen.«

»Warum?«

»Hm. Na ja. Was lernst du schon von ihm? Von Kevin guckst du dir immer nur Unsinn ab.«

»Gar nitt'.«

»Ja, und wie er spricht, das musst du nicht nachäffen. Er muss extra zu einer Logopädin deswegen, hat die Mama erzählt. Willst du zu einer Logopädin?«

»Nein.«

»Na, also. Du kannst so schön sprechen. Die meisten Fünfjährigen können nicht so gut sprechen wie du.«

»... Was ist eigentlich mit Mama?«

»Die kommt später nach. Die wollte unbedingt noch Wäsche waschen ...«

Sie bogen in die Hauptstraße ein, immer noch ein Sinnbild der Leere, wie ausgefegt, Hannes hielt Coras Hand in der seinen. Sie schaute auf ihre Füße, zählte die Bodenplatten oder versuchte, auf die Fugen dazwischen zu treten, während sie ging, und redete, was immer. Mit ihren kurzen Beinen musste sie zwei Schritte machen, wenn er einen tat, dennoch war das furchtbar für ihn, etwas trieb ihn, viel weiter, viel schneller ausschreiten würde er gerne, nur wohin?

»Wo ist denn jetzt die Kirmes?«

»Hier, Cora. Das ist keine große Kirmes wie letzten Monat. Nur so eine kleine. Aber guck mal, auf der Hüpfburg ist nichts los. Deine Chance. Nutze sie. Nachher, wenn die großen Kinder da sind, traust du dich wieder nicht. Zieh mal deine Schuhe aus und los geht's.«

»Gut.«

Cora tat, wie geheißen, stellte ihre Sandalen ordentlich vor der Hüpfburg ab und kletterte dann auf die Luftkissen.

»Willst du deine Jacke nicht ausziehen?« Nein. Sie ist schon drin, in Anderswelt, ein Flummi, der kleine Körper gestreckt, ein Flummi, ein Springstock. Aber glücklich, ganz rote Bäckchen gleich. Kinder. Die Studenten haben das alles schon wieder verloren, dabei sind sie selbst noch jung, gerade erst abgenabelt. Vielleicht auch nur diese Generation. Nur dreißig, vierzig Prozent von denen sind überhaupt studierfähig. So auch letztlich dieser Prof im Radio, völlig Recht hatte der. Und auch sonst: weg von allen Bezügen, lesen keine Zeitung, und können nichts mehr einschätzen, politisch, historisch, gar nichts.

»Cora, nicht zu doll!«

»Komm doch auch, Papa!«

»Nein, Cora. Das ist nichts für Erwachsene.«

Im Mitteilungsblatt: Jubiläum. Bürgerschützenwehr feiert Spätkirmes

Im 175. Jubiläumsjahr der Kirchweiler Bürgerschützenwehr wird noch einmal richtig gefeiert. Am 17. und 18. September wird auf dem Kirchplatz eine Kirmes mit Rollschlittenbahn, Karussell und zahlreichen weiteren Attraktionen organisiert. Neben den »Moody Blues«, Sixties-Cover-Band aus Rehberg, spielen die Soft-Metaller von »Popeye«. Den

Höhepunkt des Musikprogramms bilden die »Ahl Säu«, die bekannte Stimmungsband aus Dorst mit ihrem Leadsänger Hennes Schäfer.

Der Startschuss fällt am Samstag, dem 17.9., um 15 Uhr. Hier treffen sich die Schützen in Uniform, aber ohne Hut, in der Halle der Bereitschaftsfeuerwehr, danach Zug durch den Ort zum Sportplatz der Realschule, Königsparade. Am Sonntag, dem 18.9., geht es morgens in kompletter Uniform mit einem Frühschoppen in der Turnhalle weiter. Aufmarsch durch Marien-, Sebastians- und Karolinger Str., dann Schützenbiwak am alten Schulplatz. Das Begleitprogramm wartet mit einer großen Traktorenschau auf, zahlreiche historische Zugmaschinen werden erwartet.

Die Bürgerschützenwehr ist das zahlenmäßig stärkste Korps der Kirchweiler Schützengilde, mit ihrem traditionellen Grün-Weiß ist sie ein fester Bestandteil des hiesigen Schützenwesens und hat vor allen anderen dazu beigetragen, Ansehen und guten Ruf des Kirchweiler Schützenwesens im weiten Umkreis zu erhalten und zu mehren.

So sehr die Kirchweiler Bürgerschützenwehr angestammte Traditionen bewahrt, so aufgeschlossen ist man hier für das Neue, damit Harmonie, Einigkeit und vor allem Kameradschaft unter den Schützen erhalten und gefördert werden.

Jedes Jahr im Oktober feiert die Bürgerschützenwehr Kirchweilers ihr Patronatsfest, die besten Schützen werden beim Scheibenschießen ermittelt. Die Kirchweiler Bürgerschützenwehr besteht zur Zeit aus 13 Zügen und einem Fanfarenkorps, folgende Züge marschieren in den Reihen der Bürgerschützenwehr: »Junge Hüpfer«, »Adlerstolz«, »Blattschuss«, »Jägertreu«, »Edelweiß«; »Räuber«, »Alte Rammler«, »Wilde Bachen«, »Roter Milan«, »Kräuterbitter«, »Buschwindrose«, »Older Gockel«, »Linge Trine«

So, da haben wir das ganze Programm, aber wieso jetzt ohne Hüte? Meta faltete die Zeitung zusammen, die Maschine war noch immer nicht durch, sie hatte keine Lust mehr, darauf zu warten, die Wäsche rennt mir nicht weg, aufhängen muss ich sie früh genug: »Ja, Singa ... was mach ich nun mit dir? Du musst wohl zu Hause bleiben, das wird dir nicht gefallen auf der Kirmes. All die Leute, der ganze Lärm, das ist nichts für dich. Nun. Wir kommen bald wieder.«

Sie trug Rouge auf, Lippenstift, auch wenn es noch nicht spät ist, ungeschminkt kann man nicht vor die Tür. Dass er sich immer so aufführt, als würfe ich das Geld mit vollen Händen von mir. Welches Geld? Seit das Kind da ist, habe ich nichts. Kotzt mich auch sehr an, seit Jahren kein neues Kleid und nichts, eine Frau ohne Kleider, wenn ich seh, was ich heute anziehen muss, die sind bestimmt aufgebrezelt bis zum Geht-nicht-mehr und ich ... das ist abgewetzt, peinlich. Richtiggehend peinlich ist das. Da sollte er lieber drüber nachdenken, ob er seine Frau wirklich so rumlaufen lassen will. Ich könnt manchmal ausflippen, wenn er so ist. ...

Ob die Meißners schon drüben sind? Aber man sollte nicht zu früh anfangen zu trinken, sonst ist um acht schon Feierabend, wie das eine Mal, da in Köln, das war vielleicht, schamrot, wenn ich nur dran denke, fast einen Blumenkübel aufs Taxi geworfen, nee, die harten Sachen, das ist nichts. Allzu spät darf es ohnehin nicht werden, sonst haben wir morgen den Salat. *Haben wir den Salat, haben wir den Salat.* Könnte ein Stimmungshit draus werden. Im nächsten Leben. In diesem keine Sangeskarriere. Dabei so gerne gesungen als Kind, der Chor in Daun, dieses Gefühl, wenn alle zusammen, wie ein Körper, der ganze Alltagsstress verschwindet, doch ganz ohne es zu merken, hört man auf damit, schade drum. *Haben wir den Salat, haben wir den Salat.* Könnte das ja eigentlich durchaus, hier gibt es doch sicher ... Wer wird denn da sein? Hilde, Wolfgang, Birgit und Bernd, Claudia ... alle, die mit den Schützen zu tun haben, was an sich für jeden hier gilt.

Die Türschelle ging, insistierendes Schnarren, Meta galoppierte die Treppe runter, aufpassen bei den glatten Stellen, nicht wieder ausrutschen und aufs Steißbein, au, das war vielleicht, »Ich komme!«, das Haus schien zu ächzen unter ihrem Tritt, nicht weil sie schwer, sondern weil das Haus alt war, weil es mitlebte und alles ausglich, oder stöhnte es wegen all dem, was es mit ansehen, mit anhören musste? Sie öffnete: »Ach, hei! Ihr seid's! Hallo, Hilde, hallo, Wolfgang, geht ihr schon?«

»…«

»Ich komm auch gleich. Bin noch nicht ganz fertig. Noch ein bisschen aufhübschen, haha …?!«

»Sehen wir uns da?«

»In wenigen Augenblicken!«

Irgendetwas schwang mit, die Luft vibrierte, es war seltsam. Trotzdem lachte Meta fröhlich, die beiden liefen los, sie schloss die Tür und trabte wieder die Treppe hoch, zurück ins Bad, singend: »Da haben wir den Salat, da haben wir den Salat!«

»Willst du aufs Karussell?«

»Ja!«

»Wir müssen warten, bis es anhält.«

Hannes hielt Cora sanft, nicht dass sie einfach losstürmte und erfasst würde, wie schnell etwas passieren konnte, immer, überall, wir sind weich, wir sind angreifbar, schutzlos sogar. Die Welt der Gegenstände, Gewicht und Wucht, drehende, fliegende, sich überaus schnell bewegende Gegenstände, Autos, wie sie da lang preschen mit verdunkelten Scheiben, dann erfassen sie Cora, sie wird in hohem Bogen durch die Luft geschleudert, oder auch mich selbst, eine Millisekunde, und alles ist anders, vor Gericht nur ein bedauerlicher Irrtum, ein Unfall, wer kriegt Recht in diesem Land? Im Zweifelsfall die Frauen und Männer in den Limousinen.

Das Karussell stoppte, Kinder raus, Kinder rein, Hannes setzte Cora auf eines der Pferde, Pegasus, dachte er, Pegasus immer im Kreis: »Na, dann viel Spaß.« Langsam setzte sich der Antikkreisel in Bewegung. Da sah Hannes die Mädchen, die Mädchen aus der Straße, immer waren sie unterwegs, nie ohne einander, die eine pummelig, die andere ansehnlich. Sie turnten auf dem Karussell herum, das sonst nur von Kindern in Coras Alter bevölkert war. Aufreizend feixten sie die umstehenden

Eltern an, um Geltung bemüht, Aufmerksamkeitsökonomie überall, ich, sieh her, ich bin da, merkst du das denn nicht? Hannes schenkte ihnen die Beachtung, die sie brauchten, starrte sie düster an, besonders die Hübsche, Kleine, frühreif ist sie schon, richtig schöne Brüste und auch ihr Gesicht, fein geschnitten, leichter asiatischer Einschlag, Porzellanpüppchen chinesisch, erstaunlich entwickelt, wie alt mag sie ...? Noch keine vierzehn, wirklich, ausgesprochen niedliches Ding, noch ein, zwei Jahre, dann ist es vorbei ...

Auf einmal wurde Jeanette seines Gaffens gewahr, ihre großen, verstehenden Augen, und, nach einem Innehalten, bei dem ihr Gesichtsausdruck beinahe erwachsen wirkte, stach die Zunge hervor wie ein Giftdorn, hellrosa Zunge, angespitzt, doch wieder ganz Kind. Hannes zuckte zusammen, ertappt, zugleich schockiert, dieser Anblick, sie war schon weiter, so langsam das Karussell sich auch drehte, schockiert, weil die Kindermiene in einem Moment zersprang wie ein Spiegel, entzündete Larve, weibliche Pulcinella, ein jäher Blick in die Zukunft, Hannes sah sie und ihr Schicksal, auf der Straße, an diesen Straßen, im Stadtrandgebiet, vor verrosteten Campingwagen oder kleinen Waldstücken, rauchend, schlendernd ohne Ziel, Picassos Desmoiselles, Cora fuhr vorbei, er winkte, und plötzlich war Meta neben ihm, hakte sich ein, ein bisschen tröstlich war das schon, angesichts des Streits eben, der in ihm noch immer nachschwang.

Das ist jetzt ein richtiges Pferd, wie nennt man das, Schimmel, ich wusste gar nicht, dass Schimmel auch etwas Gutes sein kann, Papa hat es gesagt, weiße Pferde heißen Schimmel, erst sind die Pferde schwarz, dann werden sie weiß. Da ist ja Mama, sie ist da und winkt. Mama! Sieht sie, wie schön ich hier auf dem Pferd sitze? Ja. Mama und Papa. Papa hat Mama an der Hand gefasst. Jetzt sind sie wieder nett zueinander. Ich mag es nicht, wenn sie streiten. Das ist so laut, und mit mir spielen tun sie auch nicht. Wenn ich sage, dass Papa mir vorlesen soll, meint er nur: *Später, später*. Wenn ich sage: *Wann später?*, sagt er, *Na, nachher eben. Jetzt nicht.* Aber nachher liest er mir auch nicht vor, sondern schimpft mit Mama in der Küche. Er soll nicht so viel schimpfen. Vielleicht ist es meine Schuld. Manchmal sagen sie: *Denkst du denn gar nicht an Cora? Soll das Kind das unbedingt mitkriegen?* Wieso darf ich das nicht hören? Bestimmt habe ich irgendwas falsch gemacht und sie streiten wegen mir. Ich bin ja froh, dass ich Mama und Papa habe. Nico hat nur seine Mama, deshalb rennt er immer zu ihr hin, wenn wir eine Weile gespielt haben. Wenn seine Mama eine Zeitlang nicht da ist, weint Nico. Vielleicht hat er Angst, dass sie nicht wiederkommt. Es ist gut, dass die Mama da ist. Da kann ich sie fragen, ob sie mit mir zum Dosenwerfen geht. Beim Dosenwerfen bekommt man Kaubonbons. Alleine traue ich mich nicht dahin. Mama soll mitkommen und fragen. Wenn das Karussell das nächste Mal anhält, steige ich ab. Dann können wir zusammen dorthin.

Auftritt der uniformierten Männer

Als Erstes hörte man die Fanfaren, es war jedoch kein König, der einzog mit großem Gefolge, es war das Korps, grüne Jacketts, weiße Hosen, blanke Häupter, denn heute war Samstag und so war die Vorschrift. Zunächst erschienen die Vorreiter auf sediert wirkenden Pferden, teils mit Scheuklappen, Ackergäule, Schindmähren, die gedankenlos vor sich hin schlingerten, alle paar Meter dampfende Kotkugeln ausschieden. Den Rössern auf dem Fuße folgten die Sappeure, französischen Pioniertruppen nachempfunden, ihre blauen Uniformen gemahnten allerdings eher an preußische Grenadiere. Dahinter trommelte und blies ein Tambourkorps und schon rappelte die Kutsche des Generaloberst mit seinem Gefolge heran; für gewöhnlich, in anderen Stadtteilen, war dies nur ein Oberst, doch aufgrund der Bedeutung des Kirchweiler Schützenwesens, das immerhin das zweitgrößte Fest in der Schützenhochburg N. ausrichtete, hatte man sich diesen höchsten Rang ausbedungen für den Vorsteher der hiesigen Schützengilde. Ihn flankierten zahlreiche kleinere Züge, Fahnengruppen und Musikkorps. Nach dem Edelknappen-Korps mit gut zwei Dutzend Schützeneleven, inklusive deren eigenen Königs, nahte nun bereits die weiße Kutsche des Königspaars, das allerdings etwas profan wirkte, trotz des würdigen Habitus Seiner Majestät Wilfried des II. und der aufwändigen Robe seiner Gemahlin Rita I.

Hinter ihnen tauchte eine schwarze Kutsche auf, darin hockten weitere Honoratioren des Ortes, Bürgermeister Schreiber, Bauunternehmer Herrmanns, einer der wichtigsten Förderer örtlicher Strukturprojekte, sowie Pfarrer Wulf als Präses der Schützenbruderschaft, die katholische Kirche durfte hier nicht fehlen.

In endloser Folge strömten weitere kleinere und größere Züge und Vereinigungen, hurtig marschierten die zumeist jungen Blasmusiker, einige spielten, andere hatten Einsatzpause und ließen die goldenen Instrumente locker an ihrer Seite baumeln, sie lächelten, sie freuten sich, über den Tag, über das Wetter, und dass die Leute am Rande standen, das sagte Luise immer: »Die sind so froh, dass ihnen mal jemand zuschaut.« Und ihr Mann, Kavallerieleutnant der Kirchweiler Bürgerschützenwehr, seufzte über den mangelnden Nachwuchs, das Schützenwesen, es sterbe aus, doch heute sah man nichts davon. Welle auf Welle, Zug auf Zug schwappte durch die Bahnhofstraße, wenngleich nicht alle in Kirchweiler selbst ansässig waren, auch viele auswärtige Schützenorganisationen pflegten an diesem großen Tag mitzuwirken, mit blumengeschmückten Holzgewehren über der Schulter zogen sie vorbei an den Getränkebuden, den Bierbänken, den Absperrungen, hinter denen das Publikum ihnen zuwinkten, kräftige Hönese stemmten üppige Blumenhörner in die Höhe, ein Fahnenschwenker warf sein rot-weiß gestreiftes Gymnastikgerät gut fünf Meter hoch, wo es sich zweimal drehte, um geschickt aufgefangen zu werden, er tat dies, ohne den Marschschritt zu verlieren, Flöten schrillten, das Glockenspiel scherbelte und über allem schmetterten die Fanfaren. Das Tempo war stramm, in Kirchweiler marschierte man im Stechschritt, hier hatte das Schützenwesen Struktur.

Am alten Schulplatz staute sich der Tross, die einzelnen Korps machten Halt, warteten auf das Kommando zum Weiterziehen. Glücklicherweise gab es hier einen Getränkestand, der informiert war, dort hatte man in großem Stil vorgezapft, so dass mehrere Dutzend Schützen mit Bier versorgt werden konnten. Bald paradierten neue Gruppen vorbei, dann allmählich das Ende, der Zug verebbte, die Nachhut winkte und zog vorüber, verschwand.

Nach dem Zug war vor der Müllabfuhr. Ein extremer Geruch von Pferdescheiße wallte über dem Ort, die dicken braunen Haufen lagen überall in den Straßen, eine Frau mit Gehhilfe ächzte in mühsamem Slalom hindurch, die Wimpel über ihr flatterten in der schwachen Brise wie ein Schwarm grün-weißer Sperlinge, selbst die Fanfaren waren kaum mehr zu vernehmen, nurmehr leicht verwehte Klangschemen. Ein paar Mädchen am Straßenrand konnten oder wollten sich noch nicht lösen, aufgeregt schnatterten sie, *die schneidigen Uniformen, die feschen Kerls*, gab es das heutzutage noch? Atavismus, Zeittunnel, sie passten dazu: Provinztrampel, überschminkt mit puterroten Wangen, mit Augen, die vor Kajal troffen, aufgeputzt wie für einen Abschlussball, Marshmellows in Tüll.

Social Media / Schützen-Chat: Dinge, die Schützen niemals sagen

»Wie? Schon wieder Schützenfest!«
»Wir sind diesmal über Kirmes im Urlaub.«
»Dieses Jahr mach ich mal Pause.«
»Uniformen sehen ja so albern aus!«
»Marschmusik? Reaktionär und militaristisch.«
»Mitten im Sommer mit Uniform, Hut und Holzgewehr durch die Hitze laufen ist doch bescheuert!«
»Natürlich komme ich nach dem Umzug mit dir nach Hause, Schatz!«
»Blumen für mich? Aber ich bin doch ein Mann!«

»Nein, kein Bier, ich bleibe bei Wasser, denn ich muss morgen früh arbeiten.«
»Ein Bier für mich? Nee, ich nehme lieber einen Wein.«

Wie sollen wir das machen, wenn das zum Äußersten kommt, das Haus, keine Chance, und wohin gehen wir? Sie sitzt da, breitbeinig, *ich muss dich nun vor allen Dingen in lustige Gesellschaft bringen, damit du siehst, wie leicht sich's leben lässt. Dem Volke hier wird jeder Tag ein Fest und so weiter.* Macht sie sich denn irgendeinen Kopf? Nimmt alles, wie es geschieht, keine Strategie, alles, alles hängt an mir. Müsste man nicht arbeiten, Chancen suchen, Alternativen auftun, um es, wenn es wirklich, wenn es wahr wird, irgendwie abzuwenden oder auszugleichen, vielleicht stellt sich das noch als Glück heraus, später sagt man: *Haha, ein Glück war das damals, am Ende wurde alles besser.* Besser als jetzt, das wäre so schwer nicht. Aber diese Prozesse, die sind so lang, das ist illusorisch, bis dahin ist es längst, aber angehen müsste man es, gerade deshalb. *Ich kann Ihnen nichts versprechen.* Stattdessen hier, welche Zeitverschwendung, das schale Alt, diese Musik, mein Rücken, Mann, der ist nicht für Bierbänke, wahrscheinlich zu niedrig, ist gar nicht der Rücken, das fängt bei den Knien an, die sind für Zwerge gemacht, diese Bänke, Zwerge, *bestehlen die Felder, vertauschen die Kinder,* voll ist es jetzt geworden, nach dem Umzug, wo sind die eigentlich hin? Hören kann man sie noch, kommen die etwa wieder? Kann gut drauf verzichten, aber die anderen ... Was verbinden die damit, was gibt ihnen das? Warum sind nur alle so unerträglich zufrieden? Diese zur Schau gestellte Behaglichkeit, weswegen? Schwarm von Gesichtern, dem jegliche Schwarmintelligenz abgeht, kenne fast niemanden, aber wen kenne ich hier schon, wen wollte ich kennen? Mit wem reden, wirklich reden, Fragen, die mich interessieren ... Wie konnte ich nur, dachte echt, es ist egal, was brauche ich Kontakt, dort wo ich wohne, die Uni, die Bekannten in Köln, Düsseldorf und anderswo, doch jetzt ist es manchmal ... Der Aufwand immer, wenn man mal weggehen will in der Stadt, mit dem

Zug dauert's abends 'ne geschlagene Stunde, und mit dem Auto, die Parkgebühren. Wenn wir ins Kino gehen wollen, sind wir bald vierzig, fünfzig Euro los, viel zu jung, noch nicht bereit dafür, aber sie immer: *Das Kind, denk nur, wie schön sie das hätte. Soll sie auf der Richard-Wagner aufwachsen? Das ist wie 'ne Autobahn, diese Abgase.* Sicher, Autobahn, Abgase, nicht zu leugnen, war schon nervig, auch die Pendelei zwischen Köln und Düsseldorf, da konnten wir nicht bleiben, *näher dran werden wir nie an ein Haus kommen!* Stimmt, aber wenn man alles aufrechnet, warte mal, zwanzig Jahre Parkkosten, Taxifahrten, angenommen, mal will nur einmal die Woche, 2500 und ab und an das Taxi, das macht ...

»Hannes, wo ist Cora überhaupt?«

»Hm? Sie wollte zur Wurfbude, weißt schon, die Gummibärchen ...«

»Ich seh sie gar nicht.«

»Wird schon wiederkommen.«

Hier kann man gar nicht verloren gehen, in diesem Kaff, das kannst du großschreiben, KAFF ... *Und die Luft zwischen Uns & Ihm trübgrau aus Niesel, trübgelb aus Kaff;* echt auf dem Mond, nicht mal Autos fahren da jetzt, bei der ganzen Pferdescheiße wäre das auch kein Spaß.

»Heute Morgen, komm isch die Hauptstraße lang, seh isch die beiden Frauen da stehen mit 'm Besen inner Hand, sag ich ›Seid ihr jrad jekommen oder fliegt gleisch wech?‹ Da hättse die mal sehen sollen, wat die für Augen jemacht hann.«

»Nicht schlecht ...«

»›Seid ihr jrad jekommen oder fliegt ihr gleisch wech?‹ Haha.«

Der Wolfgang aus der Hanweiler Straße, Mitte 50, rot geflecktes Gesicht, große, teils zerklüftete Zähne, richtige Hauer, ein entwaffnendes Lachen, aber echt, da kriegt man nämlich Angst, dazu ein Vollbart wie ich.

»Letztlich auf der Baustelle, da in ... Dorst oben, wo wir ze don hatten, meint der Mensch da, der Bauherr, ›Brauchen wir eine Verschalung für den Kellerausbau?‹ Und wir: ›Na klar, dat muss ausjebaggert werden und dann abjedichtet‹, und er ›Mal sehen, wat der Arschitekt dazu meint‹, als wüssten wir nit Bescheid, ne! Und als der dann kam, der Arschitekt, dat war einer … der trug so Jesundheits-, so Birkenstocks un' 'ne Strickpulli, aber weisse, der! Der hatte escht von Tuten und Blasen keine Ahnung. Der meint: ›Nee, dat brauchen wir nicht … nach den Plänen …‹ Was immer dat wohl für Pläne waren, dat möcht isch jar nit wissen, weisse, der Werner und ich jedenfalls, wir sachten, dat bei so 'nem Kellerausbau auf jeden Fall 'ne Verschalung rein muss, ich also bei der Firma angerufen, so und so, wegen Sorgfaltspflicht, wir können da nicht schlechte Arbeit abliefern, am Ende sind wir dann noch die Jelackmeierten, und der Chef meint auch direkt, ›Ich schick eusch 'n Bagger vorbei.‹ Aber wat wir da alles rausgeholt haben, dat glaubsse jar nicht.«

Klar, immer alles im Griff, der Architekten-Fuzzi, diese Studierten, *keine Ahnung,* nicht vom Tuten, nicht vom Blasen, ganz genau, die Arbeiter an die Macht, denn die wissen alles besser. Bah, dieses Bier, bitter, wieso trinke ich das überhaupt? Das nächste Mal nehme ich'n Wein. Meta klebt förmlich an seinen Lippen, mir hört sie überhaupt nicht mehr zu, darf alles dreimal sagen, so unkonzentriert, während ich spreche, denkt sie schon wieder an was anderes: *Äh, wie bitte?* Wie so eine Wand, eine Wand aus Desinteresse. Na, das ist wieder typisch, verfällt in diesen Pseudo-Heimatdialekt, wo sie da gar nicht geboren ist und das auch nicht kann, hört sich ganz anders an bei den Leuten, Eifel-Mundart oder wie man das nennt, nee, ist ja schon Rheinland-Pfalz, nicht so wie hier jedenfalls, und sie dann immer, schaltet den an für die Handwerker-Kommunikation. Thea Meta. T. Meta. Warum überhaupt hat ihr Thea so missfallen? Thea Tannert wäre gut gewesen, T. T. Extra den zweiten Namen als Rufnamen angenommen, wie mein Cousin, der … bei dem konnt ich's verstehen, möchte halt nicht Detlef heißen. Obwohl. Bisschen locker … Na ja, stimmt, reimt sich auf den Namen ihrer Mutter, wer möchte sich schon auf seine Mutter reimen?

Ortskunde (Alter Schulplatz)

Hell, groß und massig, wie eine schlafende Dogge, als Riegel vor dem kleinen Platz stand die alte Schule, 1837/1838 gebaut, zunächst als zweigeschossiger, zehnachsiger, geschlämmter Backsteinbau mit pfannenbedecktem Satteldach. Schlanke, segmentbogig geschnittene Fenster gliederten die Fassade in strengem Rhythmus, dazu steinerne Sohlbänke und zwei aufgedoppelte Holzeingangstüren mit Oberlichtern, die mit Rauten und Halbkreisdekor verziert waren. 1913, kurz nachdem im Ort und in der Schule das elektrische Licht eingeführt worden war, erweiterte man den Originalbau um zwei neue Achsen, vier zusätzliche Säle wurden eingerichtet, Zentralheizung, Terrazzo-Böden, steinerne Treppen.

Nachdem die Schule 2003 ihrer Funktion beraubt worden war, von Verfall bedroht, erbarmte sich ein Investor aus der Kreisstadt, spezialisiert auf die Erneuerung denkmalgeschützter Bauten. Das Risiko schien hoch, angesichts des Kostenrahmens, über zwei Millionen Euro, dennoch wurden die Baumaßnahmen angegangen. Renoviert wurde aus der Schule ein Apartmenthaus, großzügig und zeitgemäß, Wohnkomfort im Stil des dritten Jahrtausends, doppelverglaste Holzfenster, Balkons serienmäßig, Aufzüge und enorme Deckenhöhen, dem historischen Ortskern angepasst, als Wohnlage attraktiv. Der kleine Platz in Front war vom Verkehr abgeschnitten, eine Schranke regelte die Zufahrt der Anwohner zum hauseigenen Parkplatz, in der Mitte wölbte eine alte Linde ihre Zweige und am Rand plätscherte der Brunnen, inklusive Steinfigur, gestiftet vom Gemeindeverein: Sankt Martin, Schutzherr der Armen, zerteilte seinen Mantel. Doch das Wasser war gelblichtrüb, trostlos schwammen Verpackungsreste und welke Blätter darin.

Weitere Linden umstanden den Platz wie Wachposten, kein Wunder bei dem Namen, Name jenes Generalfeldmarschalls und Reichspräsidenten, der dem österreichischen Gefreiten in den Sattel half, hier wurde Tradition, hier wurde Kontinuität großgeschrieben. Ein Versuch zur Umbenennung des Platzes, den die örtliche Sozialdemokratie losgetreten hatte, wurde von vielen Anwohnern argwöhnisch betrachtet, *Man muss mal an die Kosten denken …* und *Der hieß schon immer so, der Platz*, was nicht stimmte, denn vor 1938 war es der Schulplatz gewesen. Auch Hannes und Meta hatten erwogen, sich für eine Umbenennung zu engagieren, doch so kurz, wie sie erst hier lebten, wollten sie sich nicht einmischen, trugen sich mit ihrer Meinung lediglich ein in die Listen des Gemeindevereins, der die Bürger wertfrei dazu aufrief, ihre Meinung kundzutun. Schnell war das Thema wieder vom Tisch, eine knappe Mehrheit entschied, dass alles beim Alten blieb.

Sie saßen auf den Bänken im Schatten der Kirche, die Band wollte mit Siebziger-Hits einheizen, *The Shades of Pale*, ein Quartett von Freizeitmusikern, Lehrer aus den umliegenden Dörfern, in Jeans und Karohemden, die selbst mehr Spaß an ihrer Musik hatten als das Publikum. Der Himmel hatte graue Gardinen vorgezogen, der Nachmittag lastete schwül. Dennoch war der Festplatz gut gefüllt. Nach dem Mittagessen waren die Kirchweiler herbeigeströmt, pünktlich zum Umzug der Bürgerschützenwehr.

Die Leute aus der Hanweiler Straße, bei Hannes und Meta ums Eck, waren vollständig versammelt, Wolfgang und Hilde Siepmann, Herbert und Waltraud Jacobs, Peter Frings, Willi Becker, alles Handwerker, Maurer, Maler, Monteure, gute Leute, geradeaus, auch sie gehörten Schützenzügen an, die heute mal nicht mitmarschierten, was kein Grund sein konnte, beim Feiern auszusetzen.

Meta stemmte die Ellenbogen auf die Tischplatte, dazwischen ragte ein Alt, ihre Lockenmähne kräuselte sich an ihr herab, die Siepmanns, die Jacobs, saßen gleich ihr, wie verwachsen mit den Klapptischen und -bänken, als hätten sie nie etwas anderes gemacht. Nur Hannes krümmte sich, der Rücken schmerzte, der Nacken spannte, immer dieses Sitzen, dabei hatte er die Beine überschlagen, den Oberkörper eingeknickt, windschief und gleichzeitig verkrampft, gesund sah das nicht aus, eine verschrobene Galionsfigur am Rande der Gruppe, als sei er um Abstand bemüht, als strebe alles in ihm fort.

Meta beobachtete ihn aus dem Augenwinkel, sein Gesicht wie aus Gips, wieder stieg der Ärger in ihr hoch, obwohl sonst nichts einen Anlass dazu bot, sie fühlte sich blendend, sie genoss das Bier, den Trubel, den Austausch, interessante Einblicke in das Kirchweiler Seelenleben zumal. Manchmal wäre es besser, er wäre nicht da, manchmal wäre es besser, er wäre weg. Dass er den Sachen so gar keine Chance gibt, dem Tag nicht, der Situation nicht, seiner Laune gleich dreimal nicht, was will er denn? Er war's doch, dem das Pendeln zwischen den Großstädten zu viel geworden war, die Großstadt selbst zu laut, zu dreckig, doch das Land stört ihn auch, gerade erst Ende dreißig, da sprießen bei ihm Unverträglichkeiten, sehe ihn schon vor mir, ein bibbernder alter Mann, ächzend und wimmernd, schon jetzt fängt das an, ängstlich, mürrisch und verloren, wie soll das erst später werden, will ich das wirklich? Klar. Altern ist kein Honigschlecken. Was sollen die Nachbarn sagen, Wolfgang, Herbert, auch Waltraud, die sind alle schon Ende fünfzig, Anfang sechzig. Schlägt ihnen das auf die Laune? Keineswegs. Was wäre auch der Sinn? Man kann doch nichts dagegen machen. Außer früher sterben. Ich will das nicht. Nein, gehört dazu. Und für uns. Alter. Für uns ist das Alter so weit entfernt, meilenweit, Lichtjahre entfernt, warum sich jetzt damit beschäftigen? Sich unwitzige Marotten angewöhnen wie Hannes, später, da mag das kommen, irgendwann mit den Wehwehchen, die Schmerzen, ganz sicher, das ist der Lauf der Dinge, niemand wird verschont. Ist das nicht sogar tröstlich? Ja, denk mal. Wenn man ewig weiterleben müsste, irgendwann wird man müde. Oder nicht? Wenn sie das jetzt entdecken, was da letztens im Fernsehen, die Zellinformation ändern, dass die nicht die Fähigkeit verlieren, sich zu erneuern. Dann könnte man ... Hunderte von Jahren, will ich das? Vielleicht ganz gut, dass es enden wird, so ist es vorgesehen, die ganzen Tiere, die müssen auch enden, wenn es an der Zeit ist. Wie überbevölkert die Welt wäre. Irgendwann lässt man los, weil es reicht. Stell ich mir jedenfalls so vor. Platz schaffen für das, was kommt, so ist das Leben, die Natur, der Kosmos. Wie im Garten, es müssen Pflanzen verrotten, um den Humus für Neues zu bilden. Da muss man sich einfügen, ohne Selbstmitleid.

Oder ist es was ganz anderes, das an Hannes nagt? Etwas ist da jedenfalls, so kenne ich ihn, wenn ich auch manchmal glaube, ich kenne ihn gar nicht mehr oder kannte ihn nie. Etwas, das tiefer sitzt, etwas, für das womöglich keine Lösung existiert, mitunter kommt es mir so vor, da spüre ich was, aber das ist ... ich bekomme es nicht zu fassen. Das hatte er nicht immer, er hat da, es fing noch in Köln an ... wie eine Aussparung in seiner Seele, ein Loch, das saugt alles an und lässt sich durch nichts füllen, aber ich ... ich werde mich nicht ansaugen lassen, ich bleibe, wo ich bin und die ich bin, und Cora, die bleibt auch.

Die Band beendete ihr Set und ging von der Bühne ab, begleitet von trägem Applaus, der erste Festredner betrat das Podium. Als er das Mikro ergriff, jaulte eine Rückkopplung. Er trug Uniform, weiße Hosen, grüne Joppe, das Revers mit Blumen geschmückt, an seinem breitkrempigen schwarzen Hut (jetzt waren Hüte offenkundig wieder gefordert) steckten Fasanenfedern. Der Mann, Karlheinz Schreiber, in anderer Funktion Mitglied des Stadtrates von N., war groß, korpulent und stiernackig, er verströmte große Energie. Schreiber nannte sich selbst »Kanonenkugel auf zwei Beinen«, eine politische Allzweckwaffe, fähig, jedes Bollwerk kommunalen Starrsinns sturmreif zu schießen, mit einer Mischung aus Eloquenz und Beharrlichkeit, oder aber: selbst als Bollwerk aufzutreten, unüberwindbar für neumodische An- und Zumutungen. Er begrüßte wahrscheinlich die Kirmesgäste – Hannes, Meta und die Nachbarn saßen in einem akustischen Off, so dass nur Bruchstücke der Rede zu ihnen hinüberdrangen.

»Nä, da verpasse mer nix, der schwätzt eh jedes Johr dersälwe Driss«, stellte Wolfgang fest und die anderen, die es wissen mussten, weil sie schon Jahrzehnte hier lebten und so manche Kirmes gesehen hatten, nickten dazu. Hannes glaubte es unbesehen.

»Hundertfünfundsiebzig Jahre ... Heimattreue ...radschaft ... Pflege des ... ...pferungsvoller Einsatz ...«. Als fege der Wind mit seinen Böen dazwischen ... Hannes rümpfte lauschend die Nase; Heimat, Kameradschaft, worüber redete der Mann? Blanke Illusionen, was ist davon übrig? Jede und jeder steht für sich allein, großes Rattenrennen um Erfolg und Glück, das soziale Gelingen, Einzelkämpfertum, Konkurrenz der Monaden, alles strebt auseinander, alles klatscht an den Rand. Glaubt er überhaupt selbst daran? Wahrscheinlich nicht. Die Politik, die er macht und seine Partei, nimmt das billigend in Kauf, nein, es ist Kern ihrer Ideologie. Und wenn doch, wenn er glaubt, was er sagt, leben wir in verschiedenen Welten.

Wolfgang ging eine neue Runde holen und stellte, zurückgekehrt, auch vor Hannes ein frisches Altbier, was diesem nur ein gequältes Lächeln abzwang.

»Der Professer hätt wohl kein' richtijen Spass an der Kirmes ...?«

»Hm. Saufen und Schießen find ich 'ne komische Kombination.«

»Et is doch viel mehr als dat ...«

»Nämlich?«

»Dat Janze. Dat is ... en Jeföhl. Dat kannsse nit erklären ...«

Hannes zuckte mit den Schultern, nicht klüger geworden.

»Und?« Wolfgang grinste, ließ die Hand über dem Bierglas kreisen, das noch vor Hannes stand: »Du *muss* nit. Hier wird keiner jezwungen.«

Doch Hannes nickte, das Gesicht leicht schmerzverzerrt, und hielt das Glas fest.

»Mach dir nichts draus, Wolfjang«, sagte Meta, »wenn Hannes rumzickt, trink ich es aus! Ich bin eine dankbare Abnehmerin!«

»Die Frau jefällt mir!«, Wolfgang und Meta lachten sich an und Hannes registrierte mit Abscheu, wie sie sich gemein machte, gemein ist das tatsächlich, sie wird ein anderer Mensch, es ist eine Rolle, sehr unschöne Rolle, was verspricht sie sich davon?

»Wat sachsse zu der Geschichte mit dem Präsidenten?«

»Was denn? Der Schützen-Präsi- ...«

»Nee, der do' nit, der richtije ...«

»Au Mann, unglaublich. Aber dat isset ja gerade, wat man erwartet. Nur dat die auch noch so dumm sinn', dat kannisch nit begreifen.«

»Ist ’n Politiker.«

»So ist dat. Hör mir auf mit de Politiker.«

»Et wär Zeit, dat mal wieder ’n paar Handwerker in der Politik mitmischen. Die wissen, wat Sache is.«

»Wie der damals ... der, wie hieß er?«

»Der Blüm?«

»Ja, jenau.«

»Dat wird aber nix, Wolfjang.«

»Wieso?«

»Der Handwerker besitzt die Jrundvoraussetzung nich’!«

»Hä?«

»Der Handwerker ist ehrlich.«

»Ach so. Klar. Natürlich ... Da hasse Rescht.«

Triumphierend wippte Hannes mit der Fußspitze, sag ich’s doch, am besten sollten die uns regieren, Diktatur des Proletariats, aber, zum Glück, wer käme heute noch darauf, lieber Jünger als Marx, wer möchte in einer Welt leben, in der Boulevardblätter den Ton angeben, *Sind wir der Zahlmeister der EU oder Todesstrafe wieder einführen* oder *Wie geil sind die Deutschen?* Bisschen Elite ist nicht verkehrt, in Berlin sitzt allerdings die falsche. Kein Wunder, alles Mittelmaß, in Amerika hätte ich längst Tenure. Nur weil sie nicht wollte, damals als das Angebot ... dann ist das Kind da und der Zug ist abgefahren. Abgefahren, abgehängt. Mit siebenunddreißig, das muss man sich mal vorstellen.

»... die Treue zur ... und Brauchtum ... unsere schöne Erft ... Schützenwese ... Korps und Jäger ... sensationelle Ein- ...«

An der Macht sind die natürlich längst, wer hier alles den Mund auftun darf, das neunzehnte Jahrhundert hatte da seine Vorteile, Unfreiheit, Leibeigenschaft, Fürstenwillkür, aber Vor- und Nachteile stehen oft in reziprokem Verhältnis ... Hm. Taoistische Vorstellung. Zen, bei den Vorsokratikern gab’s das auch, Heraklit, *Alles ist eins, Ganzheiten und keine Ganzheiten, somit aus allem eins wie aus einem alles ...*

»Ich geh mal kurz nach Haus und mach die Waschmaschine aus.«

Meta kam hoch, erstaunlich behende für ihr Gewicht, und setzte sich gemächlich in Gang, blickte in den Himmel, ein leichtes durchsetztes Grau, wie eine Wolldecke, darunter presste feuchte Wärme. Gewitter drohte wohl nicht, sie kämpfte mit einem leichten Schwindel und dachte, plümerant, nicht überraschend bei dieser Luft, plümerant, so nannte Oma das immer, vielleicht sind es auch die frühen Biere.

Menschen in Festkleidung kamen ihr entgegen. Durch die schwere, aufgeladene Luft wirkten ihre Gesichter wächsern, die Figuren wie ausgestanzt. Als sie um die Ecke bog, sah sie Bob, der gerade seinen Posten aufgab. Er kletterte auf sein Fahrrad, setzte den Sturzhelm auf und mühte sich auf den Sattel.

»Na, Bob, fertig für heute?«

Er schaute bekümmert, nestelte an seinem Rucksack und Meta dachte, er habe nicht gehört oder nicht verstanden, da sagte er: »Ja, darf gehen, haben sie gesagt.«

»Ist doch gut. Hast genug gearbeitet.«

»Iss weiß nisst, was iss jetzt tun soll.«

»Hm. Fahr doch ein bisschen Fahrrad!«

»Ja. Oder iss geh auf den Spielplatz. Darf iss dir was sagen?«

»Ja, natürlich, Bob!«

»Iss habe eine langweilige Kindheit.«

»Echt? Warum?«

»Immer nur Fahrrad fahren. Oder auf dem Spielplatz rumhängen.«

»Du sollst ja nicht rumhängen, du kannst schaukeln, klettern, turnen. Obwohl ... du bist tatsächlich etwas zu alt dafür. Hm. Wie wär's denn ... bau doch ein Baumhaus!«

»Ein Baumhaus? Wie denn?«

»Hier ist überall Wald, du suchst ein bisschen Holz zusammen ...«

»Wie macht man das denn?«

»Hör mal, ein Junge wie du ... Du musst doch wissen, wie man ein Baumhaus baut!«

»Nein. Kannst du mir niss helfen?«

»Wo ist denn dein Vater? Kann der dir nicht helfen?«

»Nein.«

»Wo sind denn deine Eltern überhaupt?«

»Die liegen zu Hause auf der Couch und gucken Fernsehen.«

»Bei dem Wetter? Und wo doch Kirmes ist ...«

»Iss würde auch gerne auf der Couch liegen und fernsehen.«

»Fernsehen macht aber dumm. Und dick wird man davon, wenn man sich nicht bewegt und nur auf der Couch rumliegt. Dick und dumm macht das Fernsehen.«

»Du bist aber auch dick.«

»Hey, sag mal! Ich bin nur kräftig gebaut.«

»Wenn iss groß bin, will iss auch auf der Couch liegen und fernsehen wie meine Eltern. Nisst immer allein auf dem Spielplatz.«

»Was ist denn mit deinen Freunden?«

»Freunde hab iss keine.«

»Echt? Was ist denn mit der Schule, du gehst doch zur Schule?«

»Doch. Aber die ist weit weg. Mönchengladbach.«

»Da fährst du jeden Tag hin?«

»Ja, mit dem Bus.«

»Was ist das denn für eine Schule, dass du dafür extra so weit fahren musst?«

»Das ist ... das ist ... so Förderschule. Weil iss, weil iss doch ...«

»Verstehe. Und deine Klassenkameraden wohnen alle woanders.«

»Ja. Mit wem soll iss ein Baumhaus bauen? Willst du nicht mein Freund sein?«

»Ich bin doch viel zu alt dafür! Aber ich bin das, deine Freundin, natürlich, klar.«

»Dann baust du das Baumhaus mit mir?«

»Nein, Bob, ich habe keine Zeit. Ich muss mich um die Wäsche kümmern. Und dann geh ich wieder auf die Kirmes ... Schau mal nicht so betrübt. Warum gehst du nicht in einen Sportverein? Hier sind doch alle in irgendwelchen Vereinen. Geh doch Fußballspielen!«

»Iss kann niss' gut Fußball.«

»Dann lernst du es … Kannst ja ins Tor.«

»Aber wen kann iss fragen?«

»Am Sportplatz steht bestimmt was. Oder im Telefonbuch. Du kannst lesen?«

»Ja.«

»Dann schau da mal rein. So, Bob, ich muss. Mach's gut, wir sehen uns bestimmt noch auf dem Fest.«

Die Frau redet. Sie ist nett, sie sagt so Sachen, doch ein Baumhaus … Das geht nicht, ein Baumhaus kann ich nicht, nie im Leben, weiß nicht, wie, was muss man da tun? Das kann ich nicht und wo? Wo soll ich das machen? Selbst wenn, machen es die anderen nur wieder kaputt, wenn sie's finden. Christian Reyer, der macht das sofort kaputt, der gönnt mir nichts. Ich würd gerne eins bauen. Man kann sich da reinsetzen und niemand sieht einen. Seit Acki weg ist, warum musste er zur Großmutter, können wir nicht beide dahin? Ich will nicht allein in Kirchweiler bleiben, ohne Acki. Da sagt Mama einfach: *Acki geht zur Oma.* Und ich bin allein. *Und ich? – Bei der Oma gibt es so eine Schule für dich nicht.* Dann fahr ich eben zum Spielplatz. Oder nach Hause? Nein, zu früh, dann schimpfen sie. *Geh raus, es ist schönes Wetter, Bob,* aber ich will gar nicht draußen sein, da draußen ist doch nichts, *geh, Bob, und komm erst wieder, wenn es dunkel wird. Kinder müssen an die frische Luft. Außerdem gehst du uns auf den Keks.* Ich will niemandem auf den Keks gehen, ich haue ab, aber raus will ich auch nicht. Ein richtiges Zimmer, ich habe ja kein Zimmer. Mit so einem richtigen Zimmer, nicht nur ein Bett, ein Zimmer mit Platz, wo mehr Platz ist als das Bett. Dann kann ich da drinbleiben. Vielleicht kann ich meinen eigenen Fernseher haben. Jetzt kann ich noch nicht zurück. Es ist ganz hell. Am Brunnen sitzen wieder die beiden, die blöden Kühe, Jeanette, diese Hure, eine ganz scheißblöde Nutte, Jeanette, ich hasse dich. Dass sie das Schild umgestoßen hat, vergesse ich nicht. Nie. Das Schild fällt um und das Band reißt durch, ich muss alles wieder neu machen und zwei Autos fahren durch, blöde Nutte, ich guck gar nicht dahin, fahre einfach vorbei.

»Hallo, Spasti!«

»Stehst du nicht mehr an deinem beknackten Schild?«

»Bob, he, Bob, komm mal her! Na, komm schon!«

Nein. Mach ich nicht. Sie ist der Teufel. Jeanette ist böse. Total böse. Sie ist der Teufel, ich gehe da nicht hin, ich fahre einfach weiter. Muss ich absteigen? Nein, ich kann mich ja am Geländer festhalten, so komme ich da durch. Ganz langsam und gut festhalten. Da liegt was. Hundescheiße, nicht da reinfahren. Da liegt oft Scheiße, irgendwer lässt immer seinen Hund dahin kacken. Immer. Oder das sind mehrere. Mehrere Leute, mehrere Hunde. Ist immer Kacke da. Um die Ecke kann man gar nicht, da ist alles voll. *Tretminen*, sagt Papa immer, *Tretminen, da darfst du nicht langgehen. Einmal, da gab's ein Donnerwetter, mach das sauber, sofort! – Aber wie soll ich das? Mama? – Halt die Schuhe unter Wasser, verdammt, glaubst du, ich mache für dich die Hundescheiße weg? Wenn du so blöd bist, da reinzutreten,* wer ist denn auf dem Spielplatz, ein Mann, ein paar Kinder, ist er der Vater? Ich bleibe am Rand, da kann ich alles sehen, ich bleibe am Rand mit dem Fahrrad, dann kann das niemand klauen, niemand.

III

Wir können keine Engel sein, ganz gut, aber ihr braucht auch keine Bengel zu sein und nicht im Tal der wüsten, sumpfigen Niederung stecken zu bleiben mit den Gedanken.

Gerards, Predigten

Cora auf Metas Knien, Meerkatze, Meerkatze schlecht geölt, und an den Händen ihrer Mutter, festgekrallt, auf und ab, auf und ab, sie war vergnügt, quietschvergnügt, wie man das nennt: »Mama, weißt du, was ich heute geträumt habe?«

»Nein. Aber vielleicht erzählst du es mir ja jetzt!«

»Also, hör zu: Ich bin im Traum auf unser Dach gestiegen, und dann war da noch ein Baum, den bin ich auch hochgeklettert und dann hab ich geguckt, dass ich noch 'ne Wolke erwische und hab mich ganz gemütlich schlafen gelegt.«

»Das hört sich sehr bequem an.«

»War es auch.«

»Und wie kommst du darauf? Steht das in einem deiner Bücher? Schläft da jemand auf einer Wolke?«

»Die Träume machen, was sie wollen, Mama.«

Meta musste lachen: »Du sagst manchmal komische Sachen, Cora.«

»Du bist ein Quarkbällchen.«

»Ich bin ein Quarkbällchen?«

»Ja, genau.«

Hannes stelzte weiter hinten über die Straße, man konnte nicht einordnen, was er dort machte, was er dort wollte. Schmetternde Trompetenstöße kündeten eine neue Bläsereinheit an, diesmal auf der Bühne –

den Umzug glücklich überstanden und trotz größerer Alkoholzufuhr musizierfähig, schickte sich das Bläserkorps der Bürgerschützenwehr an, weitere Märsche und andere Militärmusiken zu Gehör zu bringen.

Die Sonne bahnte sich wieder ihren Weg zwischen den Wolken hindurch, warf orange Batiknetze über die gemischte Menge an den Stehtischen, Bierbänken und Getränkeständen, die selbstvergessen die Rhythmen der Kapelle mittrommelte. Hannes bückte sich über einen Pferdehaufen, was Meta erst amüsiert, dann zunehmend irritiert beobachtete, was tut er da, ist er besoffen oder jetzt ganz hinüber, manchmal geradezu ... skurril ...

Meta wippte Cora weiter auf und ab, die jedes Mal loskreischte, wenn sie den Kontakt zu Metas Schenkeln verlor. Dann wollte Herbert wissen, was denn die Holzwürmer machten und Meta antwortete, dass sie erst mal probiert habe, was ihr ein Freund empfohlen habe, alles mit Alufolie verkleiden und dann mit der Heißluftpistole absengen, »Die platzen dann in ihren Kanälen, sagte mein Freund.«

»Welscher Freund?«, grinste Peter, »Dä Jung' da?«. Er wies auf Hannes, der noch immer an den Pferdeäpfeln zu schnüffeln schien.

»Nee, Peter. Der nicht. Der hat keine Ahnung von praktischen Dingen.«

»Von Pferdescheiße offensichtlich schon.«

»Weißt du«, entgegnete Meta, »er reflektiert wahrscheinlich gerade über die Rolle der Pferdeäpfel in der deutschen Literatur.«

»Vielleicht iss er auch Hellseher«, assistierte Hilde, »und kann aus Pferdeäppeln die Zukunft lesen.«

»Du, da muss ich ihn gleich mal fragen. Vielleicht hast du Recht!«, lachte Meta, dabei dachte sie, Gespött, er wird zum Gespött, Cora quengelte, Meta wusste, dass sie etwas essen musste, so sehr Cora das auch jetzt noch bestritt, und sie setzte durch, dass sie gemeinsam zum Wurststand gingen und eine Rostbratwurst erstanden, von der Cora allerdings nur ganze zwei Mal abbiss.

Des Restes erbarmte sich Meta selbst, sie musste sich nicht wirklich dazu zwingen, unglücklich war nur, dass just in diesem Augenblick

Hannes seine Exkrement-Auspizien abgeschlossen hatte und sie dabei erwischte, wie sie die letzten Wurstzipfel verzehrte: »Das ist nicht wahr, das ist die zweite heute, oder?«

»Was geht's dich an?«, versetzte Meta schnippisch, »Nur, dass du's weißt, das ist eine echte Vorzugswurst, sie geht nur an herausragende Persönlichkeiten. Deshalb hast du keine bekommen.« Eine Welle lief über Hannes' Züge, Ekel, Abwehr, Hass, er drehte sich ab. Das war der Entzug der Gesprächsbefugnis. Meta schluckte, in ihr wallte es auf, Magensaft, ein Würgereiz, sie presste die Kinnladen aufeinander, dass ich mir so etwas bieten lassen muss, im Beisein der Nachbarn, welches Recht hat er, sich so aufzuspielen? Bin nicht sein Eigentum, *das* hat er sich mit der Heirat nicht erkauft. Wenn ich will, dachte sie, packe ich noch heute Nacht die Koffer und verschwinde, Cora nehme ich mit. Tröstlich, ganz tröstliche Gewissheit, ich kann machen, was ich will und er kann nichts dagegen tun. Ja. Abspeichern. Abspeichern das als Alternative für den Notfall. Einfach nichts sagen, wortlos ins Schlafzimmer, den Koffer, das Nötigste reinschmeißen, dann ein Koffer für Cora, Taxi rufen, er steht dumm und stumm, das hätte er nicht gedacht, was? Das nicht. Und dann. Abdampfen. Zu meiner Mutter. Voll das Klischee. Nur wovon bezahle ich das Taxi? Das fängt's schon wieder an. Diese Konflikte, wenn sich das nicht ändert, besser ein Ende mit Schrecken, in letzter Zeit, die letzten Wochen, furchtbar. Er hat keine Achtung vor mir, er achtet mich nicht. Das sind so Facetten, diese Unbedingtheit, und dass er stets glaubt, alles besser zu wissen als der Rest der Welt, er kann und weiß alles und der Rest der Welt nichts. Hat mich schon immer so genervt, aber mittlerweile ist es unerträglich geworden ... Wirklich unerträglich, könnte manchmal, eben hätt' ich fast gekotzt, wie hätte das ausgesehen, *Meta, bist du schwanger?* Das fehlte noch ... aber kann gar nicht. Tja. Cora. Da hüpft sie und wird nicht müde, wird sie es verkraften, wenn der Papa nicht mehr da ist?

Ortskunde (Schulgeschichte)

Die Geschichten, die sich um die alte Schule ranken, sind längst verblasst, 1717 Schulpflicht in Preußen, der die Bauernschaft nur widerwillig gehorchte, *Wir vernehmen missfällig und wird verschiedentlich von deren Inspectoren und Predigern bey Uns beklaget, dass die Eltern, absonderlich auf dem Lande, in Schickung ihrer Kinder zur Schule sich sehr säumig erzeigen* ... Aber. Die Arbeit auf dem Felde macht sich nicht von allein und im Sommer gilt es, Brennholz zu sammeln für die eisigen Winter, da kam es vor, dass viele fehlten, die »Körner-Krankheit«, noch im Juni 1879 »erkrankten« 153 Kinder just zur Erntezeit.

In den Anfängen 1725 Unterricht durch einen Vikar, noch im winzigen Gebäude nebenan, mehr als fünfzehn Schüler werden kaum hineingepasst haben. Nach dem Neubau gab es dann schon zwei Klassen, eine richtige Schule, alles schön getrennt, Jungen, Mädchen, weibliches und männliches Lehrpersonal, dem zwei Dienstwohnungen mit vier Räumen zustanden, dazu ein rückwärtiger Anbau mit Außenklo, Kleinvieh und Garten, ohne das hätte es trübe ausgesehen ... *in einem Dorf im Rheineland, da lebt uns allen wohlbekannt,* das kleine Dorfschulmeisterlein, ohne Kuh und ohne Gemüsebeete stürbe es glatt des Hungers ... Dennoch die unangekratzte Autorität, Bilder strammstehender Zöglinge, bei achtzig, neunzig Schülern pro Klasse war Disziplin das A und O, dafür sorgte sonst der Siebenschnick, die kleine, lederne Peitsche mit den sieben Schwänzen. Nicht nur Angst flößte der Lehrer ein, sondern damals auch Respekt – einen, den liebten sie, den feierten sie, als er fünfundzwanzig Jahre in Kirchweiler wirkte, *im reichen Schmucke vieler Fahnen, Kränze, Triumphbogen und Girlanden, die mit sinnigen Inschriften verziert waren, eine Via triumphalis* war ihm der Weg zur Kirche, die versammelte Schülerschaft überreichte ihm kreuzfeierlich einen Silberkranz und *eine stattliche Schar weißgekleideter Mädchen* führte ihn zum Gotteshaus, wo man ihm ein Hochamt abhielt. Heutige Lehrer würden davon träumen, mit Hochämtern können heutige Lehrer nicht rechnen.

1907 wurde die dreistufige in eine fünfstufige Volksschule umgewandelt, 1910 wurden ganze 378 Schulkinder von drei Lehrern und drei Lehrerinnen unterrichtet, der Schulleiter wohnte im Haus nebenan. All das lebt nur in den Erinnerungen der älteren Bewohner.

Nach der Schulreform 1968 figurierte sie als katholische Grundschule, eine Weile am alten Standort, doch 1975 reichte der Platz nicht mehr aus und man zog ins Gebäude der ehemaligen Hauptschule drei Straßen weiter. Zuletzt, 1975 bis 2003, nutzte man das Gebäude noch als Berufsförderschule, danach aber hatte es nach 175 Jahren ausgedient.

Und nichts. Das zieht so dahin, das plätschert, Lethe, aber nur ein Rinnsal, ein Rinnsal des Vergessens, was tu ich hier?

»... Elsbachtal. Für die Hunde ist das super ...«

»Ach, da habe ich von gehört, das ...«

»Hasse viel Auslaufflächen und stört sich auch niemand, wennde sie von der Leine lässt.«

»Soll auch landschaftlich sehr ... wo ist das eigentlich?«

»Das ... ist über die Autobahn. Fährst du da lang.«

»Welche ... die siebenundfünfzig?«

»Äh, nee. Die sechsundvierzig. Hier direkt.«

»Und wie weit dann?«

»Hm, ein oder zwei ...«

»Musst du mir demnächst mal genau erzählen, dann schreib ich's mir gleich auf.«

»Dat is ... Abfahrt Jüschen. Jüschen ist dat. Un' dann Rischtung Jolfplatz.«

»Jüchen?«

»Ja, sischer. So wie du dat widder erzähllss, find' dat doch keiner.«

»Jenau, da muss erst widder 'ne Mann kommen, der dat erklärt.«

»So is dat mit die Frauen, jefühlsmäßisch wissen die janz jenau, wo ir'ntwat is oder ..., aber ne Weechbeschreibung, mit der de wat anfang' kannss...«

»Wolfjang, du kannss dir deine Weechbeschreibung ma sonst wo.«

»Nä, da habbisch schon wat anderes, haha, da habbisch schon wat anderes.«

»So ungefähr weiß ich es jetzt. Da fahr ich mit Singa auch mal hin.«

»Du muss einfach nur ... Golfplatz. Den dann links neben dir lassen, einfach nur der Straße nach, kommste annen Parkplatz, da ...«

»Sonst frag ich euch noch mal ...«

»Da hammer letztlich 'ne janze Krötenfamilje jesehen. Einfach so inner Pfütze.«

»Wann spielen eigentlich die Ahl Säu? Die sinn' jut. Kennsse die, Meta?«

»Sind die aus Köln? Der Name kommt mir bekannt vor aus dem Karneval.«

»Nee, die sinn aus Motzbroich.«

»Aha. Nee, dann ...«

»Die sinn schon janz lang dabei. Mindestens zwanzisch Johr.«

Was das immer nur ist, dieses Gefühl. Zu kurz gekommen zu sein. Aber es stimmt, etwas enthalten sie mir vor, nur wer sind *sie*? Ein Komplott wohl nicht. Und doch, manchmal ... wie so ein undurchdringlicher Block. Man schlüpft nicht rein, man schlüpft nicht durch. Mein gerechter Teil, was habe ich nur schon alles gemacht ... die Promotion durchgezogen, superschnell ... Lektorenstelle in Warwick, dann das Lecturer-Jahr in Wisconsin und gleich darauf die Junior-Professur, keine Kerben, keine Beulen, keine Ausreißer, lupenreine Laufbahn, und wo bin ich damit, siebenunddreißig Jahre, *Vorsicht, die Felle, sie schwimmen weg,* das hat sowieso keine Zukunft hier. Als ich ihn letztens ansprach, zugegebenermaßen ziemlich zwischen Tür und Angel war das, aber wann sehe ich ihn schon mal, kriegst den nicht zu fassen, Tagung hier, Tagung dort, wann ist der überhaupt mal da? Und sein Lehrdeputat, was ist damit? Wenn du derart drinhängst, fragt keiner mehr danach. Gastvorträge im In- und Ausland und nächstes Semester sowieso in USA. Ob ich denn, vielleicht, wenn das andere … Irgendwer muss ja vertreten, wenn der Wind allerdings so weht, was kann man da … Komisch ist das trotzdem, dieses Gefühl, wohl so was Ödipales, geht ganz weit zurück. Wie ich einmal nicht schlafen konnte, rüber ins Elternschlafzimmer und sie benahmen sich seltsam, lassen mich nicht in ihr Bett, sondern schicken mich zurück in mein eigenes, *Gleich, Hannes, im Moment geht's nicht. Wir holen dich dann.* Große Angst, Schlangen und Spinnen, sehr ungerecht war das. Ob ich da was gesehen habe? Erinnern kann ich mich an nichts, vielleicht … Wie alt, drei, das war in Duisburg, in der alten Wohnung, also drei, höchstens vier, dass ich das noch so gut weiß, das ist schon ein Indiz.

»Und du hast nichts davon gemerkt?« Wovon?

»Nein, gar nichts. Kein bisschen.«

»Haha. Unglaublich. Also ich hätte ja …«

»Aber dafür später umso mehr.«

»Ja, dat kannisch mir denken! Dat – kann – isch – mir – denken!«

Auf der Bühne unruhige Bewegung, ein letztes, lautes Störgeräusch des Verstärkers, dann betraten die Ahl Säu die Bretter, fünf Schnauzbärte, alle in roten Cordhosen und weißen Hemden, darüber rote Glitzerwesten, bei der Hitze musste das furchtbar heiß sein unter den starken Bühnenlichtern. Der Sänger begrüßte die Zuschauer: »Hallo, alle miteinander, isch hoffe, ihr habt jute Laune. Dann krieng mer dat jetzt schon jut zusammen hin, habbisch Rescht?«

Wenig Resonanz, er: »Habbisch Rescht? Sach schon ma!«

Jetzt riefen sie, riefen sie lauter, riefen sie »Ja.« Natürlich hatte er Recht, natürlich war die Laune gut, Stimmung prima an diesem Tag im Rheinland. Zufrieden stopfte der Sänger sein Mikro wieder in die Halterung des Ständers, wandte sich seinen Mitstreitern zu, der Schlagzeuger zählte an, dann legten sie los, gemächlicher Dreivierteltakt, der die Band sofort in wippende Bewegung versetzte, die Musik schwappte wie eine Gallertwoge über den Bühnenrand, breitete sich aus über die

Bierbänke, den Kirchplatz, die Marienstraße und streunte fort ins Dorf hinein, in jede Ecke, in jeden Winkel. Erste rosa Fächer am Himmel, silberne Ganglien wie erstarrt, die Häuserkanten wurden scharf und schwärzten sich ein, Postkartenmotiv: *Willkommen in Kirchweiler! Erholungs- und Freizeitparadies.*

Auf den Bänken begannen einige zu schunkeln, manche sangen mit, während andere vergnügt weiterschwatzten, ungeachtet der Musik. Umlagerte Bierstände, die Thekenleute hatten alle Hände voll zu tun, Bestellungen von ringsum, keine Luft zum Atmen, die Zapfer ließen die Hähne fast durchlaufen. Lärmende Männer mit geröteten Gesichtern lehnten am mobilen Tresen oder stemmten derbe Fäuste in die Hüften, machten sich breit und schwadronierten, brüllten, trompeteten, grölten, Gläser wurden in Sekundenschnelle geleert, dazwischen Kurze, so waren sie es gewohnt. Die Jüngeren gingen ganz hart ran, Trinkspiele, Trinkrituale, schmissen Runde um Runde möglichst ekelhafter Liköre und Schnäpse, *wer ein echter Mann ist, der kann das ab*, eine Mutprobe war das, ebenso wie die U-Boote, kleine Kräuterlikörgläschen, eingesenkt in Biergläser, und dann beides in einem Zug wegtrinken, hier war was los.

Nebenan brutzelten Bratwürste und Nackensteaks, verströmten Grillgeruch, dazu gab es Pommes und Kartoffelsalat, süßlichen, mittelscharfen Senf, man quetschte ihn, ebenso wie Ketchup und Mayonnaise, aus Gummiflaschen auf Pappteller, mit dem Plastikbesteck ließ sich nicht leicht essen, etwas improvisiert war das, aber die Qualität war gut, die Preise günstig. Hier wurden keine Billigprodukte aufgetischt, hier wurde beim örtlichen Großhandelsbetrieb im Gewerbegebiet eingekauft, Qualitätswürste, Qualitätsfleisch, da waren die Leute schon wählerisch, die ließen sich nicht abspeisen mit minderwertiger Kost.

Vor dem Kirchenportal kauerten drei Mädchen, Schwestern, eine dicker als die andere. Während die Jüngste, sieben, acht Jahre vielleicht, nur ein bisschen pummelig war, die nächste Schwester schon recht dick, war die Älteste, fünfzehn Jahre alt, ein bedauernswerter und durchaus pathologischer Fall von Fettleibigkeit, mit massigem Kopf thronte sie in ihren eigenen Speckwülsten wie ein afrikanischer Potentat. Sie hatten die Kirmes zum Anlass genommen, einen Verkaufsstand zu installieren, wo sie Spielzeug aus ihren Kinderzimmern feilboten. Um sie herum zog sich bereits ein Ring aus Müll, Verpackungen von Chipstüten, Schokoriegeln und anderen Süßigkeiten, die sie direkt nach Verzehr zwanglos neben sich fallen ließen. Die Dickste maulte, weil schon lange kein Kunde mehr gekauft hatte, doch die Zweitdickste wiegelte ab, *wird schon.*

Jeanette und Mandy strichen vor der Bühne herum, wie viele andere Kinder, die tanzten, keiften und herumzappelten, es war nicht alle Tage Kirmes.

Bob hockte auf seinem Fahrrad und schaute zu. Seine Augen starrten unentwegt hinter den dicken Brillengläsern hervor, nicht Echsen-, nicht Reptilienaugen, eher die eines uralten Orang-Utans, dabei war Bob nicht alt und gesehen hatte er auch nicht viel. Nie hatte er Kirchweiler verlassen, außer auf dem Weg zur Schule, war hier geboren und aufgewachsen, auch wenn er manchmal mit dem Fahrrad in der Gegend herumfuhr, doch dabei kam er über die Nachbardörfer nicht hinaus. Schlaff hing die schwarzrotgoldene Fahne, Überbleibsel der letzten Fußballweltmeisterschaft, an seinem Gepäckträger.

Auf einmal zuckte er zusammen, ein plötzlicher Schmerz, die Krümmung kam von ganz allein, gequält, nun eher Hundeblick, ein getretener Köter, und Jeanette hatte ihren Triumph: »Na, Spasti!« Bob rieb sich die Rippen und hasste sie, hasste sie so, dass sich ihm der Magen fast umdrehte, Jeanette jedoch ging einfach weiter, in Richtung Wurststand, nur einmal schaute sie über die Schulter, schadenfroh, als hätte sie ihn nicht selbst herbeigeführt, den Schaden.

Sie einfach umfahren, umfahren, umfahren, ganz doll in die Pedale treten, direkt auf sie zu und dann über sie richtig drüber, voll über sie rüberfahren, dass sie platt ist, platt auf dem Boden liegt und die Reifenspuren kann man sehen oder die ist gleich ganz kaputt, liegt da und blutet und die Arme so verrenkt wie eine Puppe, an der alles verdreht ist. Da muss ich aufpassen, das ist schwierig, da muss ich stark bremsen, da ist ja die Bühne, stark bremsen, damit ich nicht gegen die Bühne fahre und hinknalle und dann tut mir das selber weh, so einfach ist das nicht, so schnell fahren und plötzlich bremsen. Ich weiß nicht, warum sie das macht, warum macht sie das, wir kennen uns gar nicht, wir wohnen nicht in derselben Straße. Christian Reyer, der wohnt, wo wir wohnen, wohnt im Nachbarhaus, Nummer 65, wir wohnen in der 63, da ist zwar auch so eine kleine Straße davor, in die man extra rein muss, aber Straßenname ist derselbe. Jeanette wohnt nicht bei uns, die wohnt hier irgendwo, mit der haben wir nichts zu tun, ich kenne die nicht, eigentlich kennen wir uns gar nicht. Ob ich vielleicht, vielleicht sage ich das mal Papa, das mit Jeanette, was wird er tun? Wenn Papa mit der redet, wenn Papa der mal sagt, dass sie das lassen soll oder mit ihrer Mutter, er könnte auch mit ihrer Mutter reden, dass die ihr das sagt. Aber ich glaube nicht, Papa bestimmt nicht. Mama auch nicht, da haben sie keine Lust zu, sie sagen, das muss ich selber machen. *Du bist ein großer Junge, das musst du selber regeln.* Dabei wollen sie nur weiter fernsehen, sie haben keine Lust dazu, Papa wird sich noch ein Bier aufmachen und sagen: *Wenn mir einer was wollte, ob Junge oder Mädchen egal, ich hab die einfach weggeklatscht.* Und Mama wird lachen, ich weiß nicht, ob sie das lustig findet. Ich habe nie gesehen, wie Papa irgendwen weggeklatscht hat. Nur Acki und mich, aber wir sind klein und Papa ... Wie wird das aussehen, wenn Papa wen wegklatscht. Ob er so stark ist, dass der andere umfliegt, ist Papa so stark? Dass der vom Boden abhebt, runterplumpst und liegen bleibt? So stark wie Superman ist Papa nicht, der hat ja echte Superkräfte, auf diesem Planeten da, diesem, aber vielleicht so wie Batman, ein Boxhieb von Papa und der andere macht einen Salto rückwärts.

Jeanette muss ich wohl selber wegklatschen. Das nächste Mal, wenn sie so was macht, das nächste Mal, wenn sie Spasti sagt oder was anderes, dann klatsch ich sie weg, ob Mädchen oder nicht, ich hau ihr eine rein, dass sie nicht mehr geradeaus gucken kann, das geht nicht anders.

Gleich mit dem Baseballschläger, gleich auf den Kopf. Das hat sie verdient. Die Jeanette versteht das sonst nicht. Die versteht nichts, wenn man sie nicht wirklich mal wegklatscht.

Mist. Was ist das? Was ist denn das? Das ist ja. Das ist. So ein Mist! So eine verdammte Scheiße, da ist ein Auto, da ist ein Auto durchgefahren, jetzt ist da ein Auto durch trotz der Absperrung, jetzt steht das da und kann nicht weiter. Christian hat gesagt, ich kann gehen, die Absperrung reicht, sehen ja alle, dass zu ist. Jetzt ist doch jemand durchgefahren. Wenn die sagen, ich bin schuld? Dabei hat Christian es erlaubt, er hat gemeint, ich soll gehen, wenn sie jetzt sagen, ich habe nicht aufgepasst, ich habe gepennt, ich hätte das Auto nicht durchlassen dürfen, ich kann gar nichts dafür. Aber wenn Christian einfach sagt ... Besser, ich gehe zurück. Besser, ich passe weiter auf. Christian? Er sieht das doch auch, das Auto, das nicht mehr weiterkann. He, Christian. Er sieht das Auto doch, er steht an der Theke und lacht. Er sagt nichts. Nicht zum dem Auto. Auch zu mir sagt er nichts. Soll ich ... Soll ich kommen? Von wegen, das klappt von ganz allein, von wegen ich brauche mich nicht darum zu kümmern, ist der einfach durchgefahren und hat das Band zerrissen? Dann können jetzt alle Autos durch, dann kommen gleich jede Menge Autos und alle sagen, ich bin schuld, weil ich nicht aufgepasst habe, ich muss, ich flitze schnell dahin, dann kann keiner was sagen.

»Nee, der fährt doch den Bürgermeister.«

»Wie, fährt?«

»Ja, als Fahrer natürlich.«

»Aha.«

»Muss ein janz netter Mensch sein. Nit so wie der letzte, der soll ... schwierisch jewesen sein. Aber der jetz' is' wohl janz umjänglich.«

Und eitel bis ins Mark. Bei dieser Eröffnung im Museum, wie peinlich, erst dieses Rumgedruckse, und wer die Rede geschrieben hat, möchte ich mal wissen, komplett ahnungslos. Und dass sie dann dem scheidenden Direktor ... eine internationale Kapazität, – war vorher in

Bilbao, glaube ich, und noch irgendwo Italien, wieso ging der überhaupt? Wahrscheinlich auch wegen der Kürzungen, keine Luft mehr zum Atmen, da ging er lieber nach Holland, kleineres Haus, auch sehr renommiert ... freiwillig jedenfalls ... Glasteller mit Stadtwappen als Abschiedsgeschenk, unterste Schublade, rheinische Art, und der gleich: *Der kommt ins Museum.* Feine Ironie. Diese Kleingeister haben das gar nicht kapiert, und dann immer dieses Grinsen auf den Fotos, wie so 'n Hund, winselnd um Wählergunst.

»Aber der muss natürlich immer parat stehen.«

»Das ist bitter! Niemals einen trinken.«

»Na, frei hat der auch mal. Is' klar. Kommt sogar vor, dat der Bürgermeister zu dem sacht, ›Hier, Rüttgers, Sie könn' fahren. Die Party dauert noch bis in die Puppen, isch nimm en Taxi zurück.‹ «

Ich halt's hier nicht mehr aus. Kann nicht. Kann nicht. Wozu noch länger hier rumsitzen.

»Gehst du, Hannes?«

»Ich ... muss noch was arbeiten.«

»Nimmst du das Kind mit?«

»Hör mal! Ich sagte gerade, ich muss noch was arbeiten!«

»Is' ja schon gut. Lässt du mir noch ein bisschen Geld hier? Ich hab nix mit.«

Verprass nur das bisschen, was wir haben, für Alkohol und Würste, wunderbar: »Ich hab selber nur zwanzig.«

»Reicht doch.«

Ihr Grinsen dabei, das freut sie. Freut sie sogar riesig: »Sieh lieber zu, dass noch was übrigbleibt. Sonst müssen wir nach Zendersdorf zum Bankautomaten und mit dem Auto, das geht ja wohl nicht mehr.«

»Notfalls schwing ich mich aufs Fahrrad. Und es gibt noch das Sparkassenkonto.«

»Ich hab doch schon gesagt, was damit los ist! Da gehen wir bestimmt nicht dran.«

»Wolltest du nicht arbeiten?« Ihr falscher Augenaufschlag in dem Moment ...

Völlig von der Rolle. Der ist völlig von der Rolle. Immer wieder dieses Geld. Vor den Nachbarn. Wie peinlich. Obwohl. Die werden das kennen, haben's selbst nicht so dicke. Von der Hand in den Mund, ich so, woher denn, wie denn anders, von 400 Euro? Das ist zum Leben zu wenig. Wenn alle Kosten runter sind, bleiben nicht mal 150 Euro. 150 Euro für einen Monat, dabei ... nicht mal eine Woche kannst du davon leben. Geschweige denn einkaufen, wenn das Kind mal Schuhe braucht. Hat sich das.

Wenn Jasmin nicht wäre, die ganzen Sachen von Kitty, haben quasi gar nichts kaufen müssen. Und Sabine, der Riesenstapel letztlich, wenn wir das alles selber, das Fahrrad war auch von ihr ... Wir kämen nie im Leben hin. Klar, die Omas und ihre Pakete. Nicht einfach heutzutage, dabei nur ein Kind, muss man sich mal vorstellen, wenn es drei, vier sind? Kann sich niemand leisten, so 'ne Großfamilie.

»Hör mal, kennste das? Dat is doch von dieser hier ... dieser Kölner Band? Du biss doch aus Kölle?«

»Ja, stimmt. Das ist ... von den Bläck Föös.«

»Ah, genau.«

Wenn wenigstens die verdammten Kochkurse laufen würden. Außer Spesen nichts gewesen. Die Flyer. Überall Interesse, ja, *Super-Idee,* aber mehr als zwei, drei Termine mit vier, fünf Kindern sind nicht zusammengekommen. Oder? Wieviel waren das, einmal jetzt im Frühjahr, dann noch mal ... Mai. Ja, und Kindergeburtstage. Davon gab's mehrere. *Was sollen wir mit den Kindern nur machen?* Die Klassiker von damals, Topfschlagen, Eierlaufen, Schokoladeessen, eigentlich sehr lustig für Kinder, nein, zu mühsam, lieber ins Fantasialand mit der ganzen Meute. *Oder ich miet mir jemanden, der alles macht.* Trauerspiel, aber gut für mich, obwohl ... ist wirklich Komplettbetreuung, diese eine ... Frau Jonas, die Angststörung, ich werd nicht mehr, Kind mit Angststörung, nein, Kinderkochen, das ist zu gefährlich, viermal den Termin gecancelt oder war das öfter? Kind krank, neurotisch, muss zu Hause bleiben, kann Kindergeburtstag gerade nicht verkraften. Bis *das* endlich klappte, und dafür jedes Mal diese stundenlangen Telefonate, psychologische

Beratung geradezu, am Ende kommen 120 Euro dabei rum, nicht zu fassen. Frau Jonas. Wie krank die alle sind, heutzutage. Viele, gerade die Bessergestellten. Ist das der Job oder was?

»Und mit den Bädern?«

»Einwandfrei. Prima. Haben uns zwar komplett ruiniert ...«

»Da weiß isch wat von. Nachdem wir einjezoren sind, sin' wir elf Jahre nit in Urlaub jefahren. Elf Jahre.«

»Das sollten wir auch mal machen. Außerdem, hier in Kirchweiler isses schon wie im Urlaub.«

»Jenau! Janz jenau, dat denk isch auch manchmal. Wozu soll man ei'ntlisch no' jroß irntwohin, hier hast du do' alles? Oder nit?«

»Woanders zahlst du ...«

»Oder nit?«

»... und hier hast du alles.«

Eben. Schluss mit Trübsalblasen, das soll Hannes mal machen. Wird eben der Sommerurlaub gestrichen, da haben wir Geld.

»Und? Wolfjang? Herbert, Hilde, Pitter – noch Bier?«

»Aber gerne.«

»Nee, lass mal. Ich mach Pause.«

»Hilde, Pause? Pausieren können wir morgen. Ach nee, übermorgen, morgen ist ja auch noch. Göttlich, haha.«

Arbeiten, arbeiten. Erst mal können vor Lachen. Der Kopf nicht frei, ganz und gar unfrei, was Wunder, das Buch, vielleicht einfach mal anfangen, sich dransetzen, Fakten schaffen. Wie lange ich da schon. Zumindest am Konzept feilen, Projekte, *Fragmente aus der Zukunft*, in der Tat, schattenhaft. *Ausnahmezustand in der Literatur,* erschien gerade was, aber nur zu Kleist und ging auch nicht so ganz in die Richtung, zum Glück, schlimm genug mit dem Titel, fast derselbe Titel, der ist jetzt verbrannt. Zwei Tagungen gab es auch schon, wo das. Schwimmt weg, das Thema schwimmt mir weg, wenn ich nicht bald. Carl Schmitt. Diachronische Betrachtung über literarische Ausnahmezuständе, *Souverän ist, wer über den Ausnahmezustand entscheidet,* in diesem Fall nämlich der Dichter. Gilt das nicht in übertragenem Sinne für die literarische Form? *Auch die Rechtsordnung, wie jede Ordnung, beruht auf einer Entscheidung und nicht auf einer Norm,* der Künstler ist der Souverän über seinen Text, niemand sonst, es ist nicht der Kanon tradierter Formen und Inhalte. Nicht der Betrieb, allein der Dichter entscheidet und muss entscheiden, über Form-, also Rechtsbruch. *Der Souverän repräsentiert die Geschichte. Er hält das historische Geschehen in der Hand wie ein Szepter.* Hier ist der Künstler also der Souverän. Und der entscheidet nach jeweiliger Sachlage. Auch in der Ästhetik herrscht ein »Situationsrecht«. Was an der einen Stelle absolut undenkbar, *no go,* ist an der anderen ein rechter Geniestreich. Mörikes Maler Nolten, das kleine phantasmagorische Stück, wenn es alleinstünde, wär's schrecklich, die Novelle auch, wenn sie immer nur so weiter ... aber wie kunstvoll da die Unterbrechungen und Exkurse gesetzt sind, freie Improvisation über die Novellenform. Kater Murr. Dasselbe: Wo geht das an, dass der Text einfach so abbricht. Und auch am Ende ... willentlich Fragment bleibt. Undenkbar. *Der Souverän schafft und garantiert die Situation als Ganzes in ihrer Totalität.* Der Dichter ist der Souverän, darum muss es gehen. Das ist die Richtung.

Auch die Analogie zwischen *Wunder* und *Ausnahmezustand,* wo stand das noch mal, hier: *Die im Begriff des Wunders enthaltene, durch einen unmittelbaren Eingriff eine Ausnahme statuierende Durchbrechung der Naturgesetze,* das ist das unerhörte Ereignis der Novelle, Kohlhaas' Rosse, die unbefleckte Empfängnis der Marquise von O. und nicht zu vergessen, später, die Rolle des Wunders in der Romantik insgesamt ...

Wenn das Ganze nun wirklich von Dada beeinflusst wäre? Ein greifbarer Link zwischen Kunst und Staatsrecht, legitimierte das Unterfangen zusätzlich, seine Theorie ... von künstlerischen Zeitströmungen beeinflusst ... dann wäre es nur logisch, das mal umgekehrt ... die Theorie auf Literatur zu beziehen. Wo er Ball und die schon alle kannte ... Müsste echt mal ins Archiv und die Briefe einsehen ... Hach. Was dafür alles zu tun, zu lesen ist, das ist ein Riesenberg, der sich da auftürmt. Kann ich das, aber ohne Habil kein Fortkommen, wie denn, es ist klar, seit drei, vier Jahren ist das klar und ich? Klebe hier auf meinem Hintern und sehe der Zeit dabei zu, wie sie vorbeieilt. Ausnahmezustand. Überall Ausnahmezustände.

Draußen wieder großes Theater, das hiesige Tourismus-Marketing legte sich besonders ins Zeug: Die Sonne steckte ihre gesamte Angebotspalette in die Ausgestaltung der Kulisse, Goldkante mit rosa Inlets, die Wolken harrten, dass die Bühnenarbeiter sie umgruppierten für den nächsten Akt. Hannes sah im Spiegel, wie sich hinter seinem Rücken Abendstimmung breitmachte. Ochsenblutrote Strahlenbündel drangen durch das Blättergeflecht überm Platz, die Reflexe legten über sein Gesicht im Spiegel ein Muster, filigran, beweglich, nicht doppel-, sondern halbgesichtig, ein Phantom mit Feuermaske, halbes Gesicht, halber Mensch, Hannes fühlte sich genauso, als habe er eine ganze Hälfte verloren, doch was war das? Was fehlte? Das Telefon klingelte.

Sowieso für sie, jetzt am Samstag, sollen die doch den AB vollquatschen, keine Gesprächzeit, nicht jetzt, muss denken, endlich eine Struktur reinkriegen, also ... was kann man sinnvoll weglassen, was muss unbedingt ... nur neunzehntes Jahrhundert? Nein, langweilig, nur zwanzigstes, hm, ohne Hölderlin, ohne Büchner? Und wenn ich einfach nach Berlin ginge? Wenn meine Ansprüche, wie sie sagt, das kommt mir zu den Ohren raus, wie sie nicht müde wird zu betonen, an Menschen, an unsere Situation, wenn meine Ansprüche zu hoch sind, schlicht ein Zeichen von Arroganz, vielleicht habe ich dann wirklich alles falsch gemacht. Mich auf Halbheiten eingelassen und gedacht, das ließe sich in Einklang bringen. Irgendwie wird es passieren, von allein, was für ein Irrsinn. Wenn das offensichtlich nicht geht, muss ich dann dahin, wo diese Ansprüche angebracht sind? Lohnt sich das, bevor sich nicht etwas konkret abzeichnet? Dann müsste man sowieso ... Ob man das Haus überhaupt verkauft bekäme? Einiges reingesteckt, lässt sich belegen, keine richtige Heizung, das wieder ein Minuspunkt. Mann, was für ein Horror damals, diese Nachtspeichergeräte entsorgt, was an sich gar nicht durfte, aber Meta wieder, *Das macht nichts, was soll schon passieren,* einfach nichts für mich, trotz Atemschutzmaske, und dieser Ausschlag an den Armen, Chromsteine. Die Immobilienpreise sollen gestiegen sein, wenn die nicht so derartig im Keller gewesen wären, hätten wir gar nicht, wie denn? Diese Musik … nicht auszulöschen, selbst hier, wie ein fauliger Luftzug weht das rüber, kann mir das Bild dazu gut vorstellen, da stehen sie rum, palavern, worüber reden die eigentlich? Landwirtschaft, Baustellen, Jagd, *Die Jenny lahmt, ich glaub, sie muss langsam zum Abdecker. – Meinst du dein Pferd oder deine Alte? Hahaha.* Gülle, alles Gülle, manchmal tagelang. Der gesamte Ort unter einer Dungglocke. Güllefelder halten den Ort fest umzingelt.

Die Felder in ihrer Weite, geistwandeln durch die niederrheinische Tiefebene wie Heidegger weiland durch den Schwarzwald, klappt nicht, wäre das in Berlin besser? Der Austausch … Vielleicht würden die Konzepte sich klären, im Dialog. Aber was mit ihr, mit dem Kind? Für die Kleine wäre es nicht gut, Betonwüste, wie Köln, darum ja weg. Muss man, kann man das, immer, immerimmer, nur nach Kindeswohl entscheiden? Überall stolpert man über Kinder in Mitte und Prenzlauer Berg. Geht doch auch. Oder gleich ganz allein …

Stimmung, Stimmungsmusik, wie lange will sie denn dortbleiben? Besser, ich gehe wieder rüber, kenne sie ja, findet kein Ende, und Cora hockt die ganze Zeit daneben. Der Hund: »Nein, Singa, du bleibst hier!«, die wird irre bei dem Lärm.

»Nein, wirklich nicht. Verdammt! Los, rein mit dir.« Wieso gehorcht die mir nicht? Schnell die Tür zu, nicht dass sie sich die Pfote einklemmt, obwohl, wäre sie selber … Dann hinein ins *Vergnügen*, wummtata, wummtata, ja, *die hier* machen auch nicht mit, die sind nicht von hier, lassen sich nicht blicken heute, verkrochen wie Erdmännchen in ihrem Höhlensystem, lichtscheu, schützenscheu … Albaner oder Weißrussen, keine Ahnung … Keiner weiß was, obwohl sie in der Mitte des Ortes, reden ja auch mit keinem, eine Parallelgesellschaft, was heißt eine? Viele Parallelgesellschaften sind das. Und bald werden es noch viel mehr sein, wenn die Flüchtlinge wirklich kommen … und kann man daran zweifeln? Der Junge, schreit wie am Spieß, meint Meta immer, ihr Sozialfimmel, überall muss sie sich einmischen, dachte schon an Jugendamt, gibt nun mal Kinder, die schreien. Und wo sitzen sie? Immer noch da, könnte sonst was passieren, Atombombe runtergehen, im Schatten der Kirche ...

Die Rheinische Mundart

Der Begriff Platt, für Dialekt oder Mundart, bedeutet ursprünglich »verständlich«, »direkt«, »ungeschminkt«. Kirchweiler, das zwischen Uerdinger und Benrather Linie liegt, gehört zum südniederfränkischen Sprachraum, mitunter ist die hier gebräuchliche Mundart als »niederfränkisch-ripuarischer Übergangsdialekt« bezeichnet worden. Sie lässt sich bis ins erste Jahrtausend, also in die Zeit der fränkischen Landnahme, zurückverfolgen.

Die Benrather Linie ist die Nordgrenze der Lautverschiebung nach ripuarischem Muster (also des typischen Kölner Dialekteinschlags), sie ist die »maken-machen«-Linie. Nördlich dieser Linie, etwa in Düsseldorf, wird ein »k« gesprochen, südlich davon ein »ch«. Dieser »K«-»ch«-Gegensatz wiederholt sich in zahlreichen Wörtern, und analog dazu unterscheiden sich nördliche und südliche Dialekte durch die Verteilung von »p«-»f« und »t«-»s/z«. Diese Unterschiede sind Ergebnis der Zweiten Lautverschiebung, die sich noch vor der ersten Jahrtausendwende vollzog.

Die Uerdinger Linie, eine gleichfalls nahezu horizontal verlaufende Trenngrenze, unterteilt »ek« (für »ich«) im nordöstlichen Rheinland vom südwestlichen »ech«, sie teilt das Niederfränkische in einen nördlichen (Kleve) und einen südlichen Teil (Düsseldorf, Mönchengladbach).

Die Sprache des Dialektterritoriums, zu dem Kirchweiler zählt, ist geprägt von der »rheinischen Velarisierung«, einer Dunkeltönung (Gutturalisierung) bestimmter Laute. Darunter begreift man die Umwandlung dentaler zu velaren Verschlusslauten. Diese entstehen, indem der hintere Zungenrücken am Gaumensegel entweder einen vollständigen oder zumindest annähernden Verschluss herbeiführt. Typische Lautprägungen des rheinischen Platts sind etwa die Veränderung des hochdeutschen »d« oder »t« zu »k« oder »g« (»Zeit« zu »Zik«), auch bei intervokalischem »t« (»Leute« zu »Lück« oder »weiter« zu »wigger«). Ähnlich die Verschiebung des »n« zu »ng« (»Wein« zu »Wing«, »braun« zu »brung«) oder von »nd/nt« zu »ng« oder »nk« (»unter« zu »unger«, »Hund« zu »Hunk«). Als Regel dafür lässt sich formulieren: *Dentaler Verschlusslaut nach altlangem Hochzungenvokal wird velar.* Der Vokal wird dabei gekürzt und teilweise gesenkt.

Ein weiteres Charakteristikum der rheinischen Mundart ist die »Koronalisierung« des »ch«-Lautes, der sich zu einem »sch« oder zwischen »sch« und »ch« liegenden Laut verschiebt (»manchmal« als »manschmal«), sowie – damit verbunden – die so genannte »Hyperkorrektur« von hochdeutsch »Fisch« zu »Fich«, um der vermeintlichen Koronalisierung entgegenzuwirken. Während das Platt im 19. Jahrhundert im rheinischen Alltag die dominierende Sprachform war, wich es nach dem Zweiten Weltkrieg immer mehr zurück. Dass es gemeinhin als Sprache der Ungebildeten galt, dürfte ein maßgeblicher Grund für den Dialektverlust gewesen sein. Dieser Entwicklung entgegenzuwirken, existierte in Kirchweiler noch immer eine lebendige Gruppe von Mundartautorinnen und -autoren, die sich einmal wöchentlich traf und jedes Jahr mit einer stets sehr gut besuchten Lesung im Pfarrzentrum aufwartete.

»Nä, die Frau hat zehn Kinder, die is' janz allein damit, der Werner ist jestorben. Aber vorher, na ja. Der war immer mal wieder op Staatspengsion, vastehsse? Und immer wenner eruss war, hätt der en Kind jemaakt. Der Werner, der war der dümmste Dieb von Kirschweiler, der war och Jäjer. Dann sinn' die nach der Jagd, da sinn' die natürlich suffe jejange, drüben beim Schlemmacher. Sacht der Werner, ›Isch bin jrad mal wesch‹ und dann is der rüber zum Otto, dem Metzjer, und hätt den janzen Schmuck jenomme. Später kam de Otto wieder, sah, wat los war und hätt die Polizei jeholt. Un' dann han die mit de Kinder jeredet, ›Wor denn jemand da?‹. Saren die Pänz: ›Nä, nur der Onkel Werner, der hät ne Stunde mit uns jespillt.‹ Da hattense den jleich. Und dann einmal, da hinge, wo dä Platz jetz betoniert ist, da war früher ne Schreinerei. Da ist der rein, und als er eruss kütt, die janzen Maschinen ungerm Arm, wartet da schon die Polizei. Der schmeißt dat allens wesch. Sagen die: ›Wie sinn' Sie denn da rinjekumme?‹ und der: ›Da, dursch dat Finster.‹ Aber dat wor janz klein, da hätt' dä niemals durschjepasst. Sagt die Polizei: ›Verraten Sie uns mal, wie Sie da durschjekommen sind? Das Fenster ist ja auch noch ganz.‹ Da hattense den schon widder.«

»Ja, das hört sich wirklich nach dem dümmsten Dieb an. ›Onkel Werner hat mit uns gespielt‹ ...«

»Dat hat der jemacht. Der war kein schleschter Mensch. Der hat auch jearbeitet, nur wenn Vollmond war, da jing dat mit dem dursch.«

»Ahuuuuuuuu!«

»Ja, jenau ... da wuchsen dem Haare und Klauen.«

»Ach, Hannes, da bist du wieder. Schon fertig?«

»Hock disch nieder, Jung, hock disch dazu.«

»Wir sitzen hier grade so gut.«

»So schön komme mer nie mehr zusamme.«

»Dat häss du jesacht!«

»Hat doch Rescht. So schön nit, nur *noch* schöner dat nächste Mal!«

»So, wer kritt denn noch? Der Professor will auch eins?«

»Hm, na ja, lieber einen Wein.«

»Hör mal, dat is doch kein Problem. Du willst 'n Wein, isch hol dir 'nen Wein, hier beim Heimatverein, die ham juten Wein, direkt vom Moselwinzer.«

Rot, rot, rot sind die Roo-seeennnn, Ro-sen, die ich an dich verschenkeeeee ...

»Wo ist denn Cora?«
»Da hinten an der Bühne, mit Melissa und Heidi.«
»Wir sollten eigentlich …«
»Was? Du bist gerade erst da und redest schon wieder vom Gehen?«
»Das Kind, es ist schon halb sieben, die …«
»Ach, komm! Das ist ’ne Ausnahme. Morgen ist Sonntag.«
»Super. Gibt nur wieder Quengelei.«
»Wenn du sie aus dem Spiel reißt, fängt sie gleich jetzt damit an.«
Da steht ein Pferd aufm Fluuur, jaja, ein Pferd auf dem Fluuur.

Cora und ihre Freundin hampelten aufgeregt vor der Bühne herum, sprangen und kobolzten wie Flummis, ganz rote Wangen, sie hatten ihren Spaß, zweifelsohne. Am Tisch neben Hannes, Meta und den Nachbarn saß eine Gruppe Jugendlicher, Fußballer, noch in den verdreckten Trikots vom mittäglichen Vereinsspiel, alles Jungs, und schwer getankt hatten sie bereits, einer hatte einen nicht enden wollenden Schluckauf. Der Rauch ihrer Zigaretten zog hinüber zu ihnen, Hannes wedelte ihn übertrieben weg, von den Trunkenen merkte das keiner. Sie pafften unvermindert weiter, einer zog geräuschvoll die Nase hoch im Wechseltakt mit dem Schluckauf seines Kumpels, dann rotzte auch noch einer auf den Boden, die Glocke läutete, einmal für Halb.

Die Band hatte sich warm gespielt, die Männer schwitzten in ihrer Auftrittskluft. Nicht nur Cora, Melissa und Heidi, eine ganze Horde kleiner Mädchen hatte sich vor der Bühne aufgebaut. Die Musiker legten sich noch mehr ins Zeug. Den Jungs am Nachbartisch gesellte sich ein Neuankömmling hinzu, er setzte sich rittlings auf die Bank, zog laut die Nase hoch, spuckte, dann nahm er einen großen Schluck aus einer Colaflasche, die mit Wasser gefüllt war, und spie auch das Wasser auf die Erde.

Hannes spürte, wie Zorn in ihm hochstieg, er war drauf und dran, die Jugendlichen zurechtzustutzen, *Ihr ekelt mich an,* doch was sollte das bringen? Sie waren ordentlich alkoholisiert, *Tot getreten, weil ihm ihre Spuckerei auf die Nerven ging,* sowas geschieht. Hannes wandte sich ab, krümmte sich vor, möglichst weit ab von dem Jungentrupp, Meta merkte wie immer nichts, sie redete und lachte und trank. Dicht. Sie ist schon ziemlich dicht, schätzte Hannes, obwohl sie eine Menge vertragen kann.

Man muss das alles nehmen wie ein Mönch, teilnahmslos und gelassen. Gelassenheit, frag mich nur, wer das aushält. Wieder schauen und kein Halt. Vergebliche Hoffnung, dass sich hier irgendetwas hätte geändert haben können. Alle machen weiter: Die Zapfer, die Tresensteher, die Redner, die Schützen, die Kinder, die Musikgruppe, die Buden- und Hüpfburgbetreiber, die Edelknaben, die Grillmeister und Bonverkäufer, wir machen weiter. Wieder dieses, diese Schwere, *fast / will / Mir es scheinen, es sei, als in / der bleiernen Zeit,* nur wie ins Offene kommen? Liegt die Ursache tiefer, die mörderische Struktur unserer Existenz womöglich, sie ist die Hölle, nicht die anderen, wir selbst. Dazu dann irgendwann noch der Verfall, die Schmerzen, Hoffnung ist nirgends, unsere Existenz, unser *Leben zum Tode,* in anderem Sinne, denn was hat das von Leben? *Wer das Zerstörende hasst, muss das Leben mit hassen.* Das ist der wahre Ausnahmezustand, wir, beständig, unser Leben unterm Damoklesschwert, welche Zumutung.

»Die Älteste is jetzt in der Ausbildung. Erzieherin. Wennde im Kindergarten oder sonst wo arbeiten willst, musst du dat machen. Die wird ja vom Kinderjarten jefördert, Erzieherin. Drei Jahre. Na ja, ich sach mal, wenn et klappt!«

Weißer Wind, er wehte den Dunst der Fritteusen herüber, einige Jungschützen brüllten a capella, ein Trinkspruch, dann stürzten sie ihre Schnäpse. Hannes nippte an seinem Wein, tatsächlich nicht allzu übel, aber seine Laune hob sich nicht, zu ausweglos das Ganze, liegt nicht allem ein Selbstzerstörungsprogramm zugrunde? Der Gesellschaft, der Kultur, der gesamten Zivilisation?

Diese Menge ... bärbeißig, ungehalten, wie ausnahmsweise gut gestimmte Menschenfresser. Rheinländer ... besonders lustig sehen sie gar nicht aus, *Komische alte Leute wohnen da,* hatte irgendwer über Kirchweiler gesagt, bevor wir hierhin zogen, wer war das noch? Ach, ja, die Metzgerin aus Wacheroth ...

»Habt ihr schon jehört?«

»Was meinst du?«

»Die Flüschtlinge ... sie sollen vielleicht bald kommen.«

»Ach, du Scheiße.«

»Jetzt echt?«

»Das haben die jetzt beschlossen.«

»Dat wird vielen Leuten nit jefallen.«

»Aber, Wolfgang, wo sollen die denn hin? Denk mal, was die hinter sich haben, denen muss man doch helfen?«

Meta, wie sie leibt und lebt, sie würde die ganze Welt aufnehmen, *Alle hierher unter meine Fittiche,* das ist ja auch irgendwie gut, aber diese ... Abertausende, wie soll man die unterbringen, in Wohnungen, in Jobs, Leute mit völlig anderem kulturellen Hintergrund, das ist blauäugig. Das ist nur blauäugig, was Meta immer sagt, es wird Probleme geben ... die Gesellschaft ... ihr Ferment, man weiß schon nicht mehr, was es überhaupt ist ... betretenes Schweigen, outen will sich keiner. Nicht dieses heikle Thema ... nur Hilde, die traut sich ...

»Die Realschüler werden sich bedanken ...«

»Den Sportunterricht können sie dann knicken.«

»Ach, das ist doch nur übergangsweise! Irgendwo muss man sie doch unterbringen, seid ihr etwa dagegen, dass man den Leuten hilft?«

»Hm, nein. Das muss man wohl schon machen.«

»Überjangsweise, dat isch nit lache ...«

»Wolfgang!«

»Na, ist doch wahr. Ich happ nix jejen Ausländer, aber ...«

»So endgültig ist das noch nicht. Habe gelesen, die prüfen noch. Vielleicht kommen sie auch nach Helldorf ... oder nach Heiligenhain.«

»Besser wäre es.«

Die kulturellen Unterschiede sind nicht zu unterschätzen. Und die Kriegserfahrung. Viele von denen sind schwer traumatisiert. Schon jetzt ist es doch so, Araber, die seit Jahrzehnten hier sind, keine Anbindung, keine Achtung vor der freiheitlichen Ordnung, ihren Instanzen, schon gar nicht vor uns ... die Sozialisation ist stärker, patriarchalische, ultrareligiöse Prägungen, Frauen, Behinderte, Juden, alles Dreck ...

»Ne? Sarisch doch, Hannes, sarisch doch! Die Rolle der Frauen bei denen ...«

»Wat verstehst du denn von der Rolle der Frauen, hä?«

»Na, ... aber hallo! Frauenversteher, siehsse dat? Dat steht auf meiner Stirn tätowiert!«

»Ausjerechnet. Du weißt noch nit emal, wo hinten und vorne ist, bei 'ner Frau.«

»Ja, woher sollisch dat au' wissen, hä?!«

Und alles löst sich auf, wie immer, in Lachen, alles wird breitgewalzt, die ewig gleiche Weise, in die Horizontale, nie gibt's ein Ziel ... Und Meta lässt sich darin fallen, dabei müsste sie es besser wissen ... sicherer wird es nicht werden, auf unseren Straßen, in der Nacht, die bleiche Angst, die Angst der Bleichgesichter ... Es ist eine Aporie. Wie sollen die alle im Arbeitsmarkt unterkommen? Das geht nicht, und dann, was werden sie tun? Und ich? Wo bleibe ich bei diesem Wettbewerb? Nichts, keine Chance. Wir, verwöhnt, degeneriert, sind nichts gegen diesen Lebenswillen. Und das ist erst der Anfang. Viel mehr werden kommen ...

Schön, schön, das ist schön. Heidi findet das auch, wie sie den Kopf schwenkt, hin und her, wie mein Wackeldackel, das mache ich auch, machen wir das beide und schielen dabei. Na, das sieht lustig aus. Wie zwei große, dumme Monster. Das Monster Gertie vom Kinderkanal, das immer pupsen muss.

»Heidi, und jetzt mal so ...!«

Immer laufen, immer auf der Stelle, ganz schnell, auf der Stelle. Die

Musik gefällt mir, Heidi gefällt sie auch. Hüpfen, hüpfen, will immer hüpfen. Wo sind ...? Mama und Papa ... sitzen da hinten am Tisch, gut, dass sie nicht weggegangen sind, und dann wohl noch, ohne mir Bescheid zu sagen. Hallo, Papa, siehst du mich? Ja, er lächelt, er schaut mir zu, ja, da wundert Papa sich, wir tanzen, das hättest du nicht gedacht, was? Wir können schon tanzen, so klein sind wir gar nicht mehr. Es wird schon dunkel, komisch, dass sie nichts sagen. Mama meinte vorhin ... Ich bin noch nicht müde. Heute bleibe ich auf, bis es ganz dunkel ist.

»Komm, wir gehen zur Bühne.«

»In Ordnung.« Obwohl die Musik da ziemlich laut ist. So laut mag ich es nicht. Die Männer schwitzen, ist das so anstrengend? Besonders der Sänger, der schwitzt ganz doll. Er ist aber auch dicker als die anderen, der mit der Gitarre ist ganz dünn, der schwitzt fast gar nicht.

»Los, komm, Heidi, wir tun so, als ob wir ganz dick wären...«

Genau so ... Ich möchte, dass Mama und Papa auch mitmachen. Früher haben wir, ich kann mich erinnern, das war ... In der Küche sind wir immer rumgehüpft, alle drei zusammen, aber da war ich noch klein. Das war ganz super, ich gehe fragen, sie sollen jetzt ...

»Mama ...«

»Ja, Cora.«

»Mama, ich ... ich ...«

»Ja, Cora ...«

»Ich habe, ich habe mir überlegt, wollt ihr nicht, du und der Papa, wollt ihr nicht auch tanzen kommen? Wir alle zusammen ...?«

»Hm. Wir unterhalten uns aber gerade.«

»Ich bestimmt nicht, Cora. Bei dieser Scheißmusik ...«

»Oh, Mann, Hannes ... echt!«

»Scheiße sagt man nicht! Und ich finde die Musik schön!«

»Recht hast du, Cora! Der Papa immer! Ich finde die Musik auch schön. Ich komme gleich mal zu dir.«

»Mach das bitte, Mama.«

So Worte sagt man nicht. Der Papa sagt manchmal Sachen. Wo ist die Heidi jetzt hin? Hm. Bei ihrer Mutter. Sie muss eine Jacke anziehen, wollen sie etwa schon gehen? Alleine möchte ich da nicht hin, das macht keinen Spaß, und Melissa? Melissa, wo bist du? Hast du dich versteckt? Hm, dann gehe ich wieder zu Mama zurück.

»Cora, du wolltest doch zur Musik?«

»Heidi ist nicht mehr da. Sie gehen nach Hause. Kommst du mit, Mama?«

»Gleich, Cora. Ich habe gesagt, gleich. Jetzt trinke ich erst einmal mein Bier aus.«

»Ach, Mama.«

»Was denn, Cora?`«

»Kannst du nicht jetzt mitkommen?«

»Cora, ich sagte doch: gleich!«

»Ich möchte aber, dass du *jetzt* mitkommst.«

»Geh schon mal vor!«

»Ich möchte nicht allein.«

»Du bist schon so groß.«

»Mama ...«

»Ja ...«

»Kannst du nicht jetzt ...?«

»Cora, jetzt nerv mich nicht! Wenn du quengelst, komme ich gar nicht mit. Ich habe gesagt *gleich*, nicht jetzt. Setz dich so lange zu uns. Oder geh alleine vor.«

Manno. Ich will mich nicht hierhin setzen. Das ist langweilig, sie reden die ganze Zeit. Nur Papa redet nicht. Papa sagt gar nichts und lacht auch nicht. Er schaut bloß vor sich hin. Ist Papa traurig? Warum? Vielleicht ist ihm auch langweilig.

»Papa ...«

»Ja ...«

»Kommst du mit?«

»Wohin?«

»Zur Bühne ...«

»Cora, ich habe doch gesagt ...«

»Nur mitkommen. Du brauchst ja nicht zu tanzen. Du kannst mir zuschauen.«

»Na, gut, du Quälgeist.«

Aus der Geschichte 1: Kulturkampf. Katholiken im Widerstand

Kulturkampf, Kampfkultur: die einen gegen die anderen. Liberale versus Ultramontane, die *Jenseits-der-Berge-hin-Orientierten,* denen der Papst hinter den Alpen das wahre Oberhaupt ... Ein Deutungskampf um Kultur und Gesellschaft, wie säkular muss/darf ein Staat sein? Wer hat hier das Sagen?

Die Kreisstadt N., die unruhigste Stadt überhaupt, »so bedenklich wie irgendwo«, und mithin das Land drum herum schwarz, tiefschwarz. 13992 Einwohner hatte die Kreisstadt im Jahr der Reichsgründung 1871, 13015 davon waren katholisch. Wie konnte man dieser Mehrheit etwas aufzwingen, was sie nicht wollte? Aber: Welcher Staat mochte ein Unfehlbarkeitsdogma akzeptieren, *syllabus errorum,* das sich über die Weisungen der Regierung erhob? Die Kirche sei eine wahre und vollkommene, völlig freie Gesellschaft und stünde auf ihren eigenen und beständigen, von ihrem göttlichen Stifter ihr verliehenen Rechten, es sei nicht Sache der Staatsgewalt, zu bestimmen, welches die Rechte der Kirche und welches die Schranken seien, innerhalb derer sie diese Rechte ausüben könne ... sie brauche weder Erlaubnis noch Zustimmung der Staatsgewalt dazu ...

Die Zwickmühle hatte sich schon viel früher aufgetan, der gordische Knoten geflochten bereits in Vormärzzeiten, Kölner Wirren, Kölner Ereignis, ein starrsinniger Westfale auf dem Kirchenthron, *Nein, Mischehen gestatte ich nicht, was kümmert mich mein Geschwätz von gestern,* ein Westfale in den westfälischen Knast, da wussten sie schon, die Ultramontanen, was die Stunde geschlagen, da wappnete sich die katholische

Partei, da harrte sie aus in stummem Widerstand, der in offener Auflehnung erst viel später sich manifestierte. Und wie immer ging es nicht nur um den Kopf oder das Herz, sondern auch um den Bauch, *Was soll am Ende aus dem Katholizismus in unserem Lande noch werden, wenn protestantische Beamte aus den alten Provinzen wie Bienenschwärme herüberschwärmen (...) sich durch Ehebündnisse in die angesehensten und begütertsten katholischen Familien hineinarbeiten, kraft der Kabinettsordre die Religion und mit dieser die Güter der Katholiken verschlingen und sich dadurch zu Protektoren des Landes aufwerfen?* Die Blauköpp, die Preußen, die Lutheraner, kein Wunder, dass die Stimmung aufwallte, nicht nur »etwas gedrückt«, sondern »aufgeregt«, eine »gewisse Erregung«, die Stimmung war die Stimmung, und die Regierung interessierte sich sehr dafür, sie wünschte, dass die Stimmung gut sei, und nicht so aufgepeitscht wie in der Kreisstadt und den anhängenden Dorfangern, aufgestachelt durch katholische Vereine und Presse. *Es war doch nur ein Versuch, den Einfluss der Klerikalen zu beschränken, unterschreibt doch bitte die Staatskatholikenadresse ...* Kanzelparagraph, Schulaufsichtsgesetz, die Maigesetze, Einschränkung der Kirchengerichtsbarkeit, Ermöglichung des Kirchenaustritts, ist das nicht alles recht und billig? Wieso dann diese Gegenwehr? Aber keiner solidarisierte sich hier, Bischöfe, Priester und Laien riskierten Haft, ja gingen ins Gefängnis für ihre Sache, für ihre Weigerung, die neuen Paragraphen anzuerkennen. Was sollte man machen mit so einer Stadt? Der Landrat ein ultramontaner Wolf im Schafspelz, der Bürgermeister ein Wackelkandidat, der sich's mit beiden Seiten nicht verscherzen mochte und deshalb keinerlei Einfluss besaß, nichts behindern, nichts verhindern konnte, Kreissekretär, Kreisphysikus, zweiter und dritter Beigeordneter – alle von der katholischen Partei. Selbst Polizisten stachen interne Mitteilungen an die staatsfeindliche Presse durch, die konnte man gar nicht alle verklagen, auch wenn die Preußen, die Blauköpp, es versuchten, ein Religionslehrer der geistige, ein Kaufmann der organisatorische Mittelpunkt des Widerstands – alle steckten sie unter einer Decke, Stadt und Land, nachweisen konnte man ihnen kaum etwas, *Konspiration ist ihre zweite, spirituelle Haut,* und dann die neue Zeitung, *Für Wahrheit, Freiheit und Recht!,* in der Stadt und mehr noch auf dem Land, *ein auf Agitation in der Masse berechnetes Blatt von ausgesprochen ultramontaner Haltung ... mit gehässiger gegen die Regierung gerichteter Sprache ... Die ganze Haltung ist Aufreizung zu Hass und Verachtung der gegenwärtigen Richtung der Staatsregierung in kirchenpolitischen Fragen ... Schürung des religiösen Fanatismus und Verwirrung der Gemüter ...* Wer auf dem Dorf liberale Blätter hielt, musste sich über Anfeindungen nicht wundern, auf dem Dorf las man katholisch, da half keine Überwachung, da wirkten keine Prozesse. Die Redakteure waren schlau wie Jesuiten, sie druckten falsche Behauptungen, entstellte und erdichtete Tatsachen, wohl wissend, wie entstellt und erdichtet, doch vor Gericht stellten sie sich dumm, vor Gericht wiesen sie nach, dass sie nur Artikel anderer Zeitungen nachdruckten, auf Treu und Glauben, *Wenn ihr jemanden anklagen wollt, dann die.* Geldstrafen, kurze Gefängnisaufenthalte, man kriegte sie nicht klein. Nicht mal als einer der ihren es auf den Reichskanzler abgesehen hatte, der Böttcher Eduard Kullmann, Mitglied eines katholischen Vereins, nur Bismarcks Hand gestreift, nichts weiter passiert, aber selbstredend ein dringender Anlass, *den Quellen, aus welchen der Fanatismus immer neue Nahrung schöpft und schließlich bis zum Verbrechen des Meuchelmords getrieben wird, näher zu treten, um die Mittel und Wege in Betracht zu ziehen, ihrer unheilvollen Wirksamkeit zum Wohl des Vaterlandes Einhalt zu thun.* Also verschärfte Kontrolle, Vereinskontrolle, Pius-Verein, Constantia, Mainzer Katholiken-Verein. Alles unter Beobachtung, alles infiltriert, doch ihre Führer waren so vorsichtig, die Versammlungen stets als Privatpersonen anzumelden, nicht im Lokal der Constantia, sondern an anderen Orten abzuhalten. Trotzdem agitierten sie, für die Kirchenpartei, agitierten fürs Zentrum, das ein Abonnement auf den Gewinn der hiesigen Wahlen hatte, *Vier Ultramontane der schwärzesten Sorte und zwei von einer etwas hellern Schattierung, unter den erstern die beiden Geschäftsführer der hiesigen Mainzer Katholiken-Filiale – das ist das Resultat unserer gestern beendeten Stadtrathswahlen 2. und 3. Abtheilung.*

Unser Stadtrath, bisher fast der einzige lichte Punct auf unserm schwarzen Grunde, ist damit nun auch in seiner Mehrheit ultramontan geworden.

Die Stimmung, wieder diese Stimmung, sie ward immer aufgeheizter, sie ließ sich nicht steuern, Haussuchungen, Prozesslawinen (die zumeist Freisprüche produzierten), das Verbot von Prozessionen, Wallfahrten und Bittgängen, Auflösung mehrerer Schwesternorden und einiger katholischer Vereine, nichts ließ die Staatsmacht unversucht, doch ohne echten Erfolg, am Ende brauchte der Reichskanzler das Zentrum und manches wurde zurückgedreht, die katholische Partei stärker, geeinter denn je, auch wenn die Gesellschaft im Ganzen ein Stück mehr säkularisiert, am Ende, wie immer, fanden die Widersprüche zu neuen Synthesen ...

Du Nutte, du ... Frau Würselin sagt, wir sollen niemand hassen ... die kennt die aber nicht ... Frau Würselin ... was weiß die schon ... was weiß die von mir ... verdammt. Der große Stock, besser, viel besser ... wie das knallt, das macht richtig Krach. Ist mir egal, das sollen sie ruhig alle hören ... ich hau dich in Stücke. Ich hau dich in ganz kleine Teile ... wie so ... wie so ... Ha, da bricht es. Da noch ein paar Mal gegen, dann geht das voll kaputt ... Arschloch ... Sau ... Nutte, verdammte ... Stinkfunz, krach, jetzt ist es geschehen. Jetzt ist das kaputt, ist denn, hat mich. Hat mich einer gesehen? Ist hier jemand? Nein. Alles leer, alle auf der Kirmes. Trotzdem besser ... Jetzt ist das Haus kaputt. Besser wegfahren. Besser schnell wegfahren. Fahrrad nehmen und weg. Sonst sagen sie: *Bob, du musst es bezahlen.* Ich hab doch kein Geld. Und Mama und Papa auch nicht. Schnell weg. Dann weiß keiner, dass ich das war. Der Spielplatz war leer. Wenn mich nur keiner gesehen hat. Wenn mich einer gesehen hat, bin ich dran. Dann ist alles vorbei.

Herrlich. Dass es noch mal so schön wird, der laue Abend ... Und lustig hier mit den Nachbarn, echt sympathisch, was für ein Glück, dass wir so nette Nachbarn haben. Wahrscheinlich die letzten Tage, die so sind, eigentlich haben wir schon Herbst, na, ich beschwer mich nicht. Schon bisschen einen im Tank, das auch, lange können wir sowieso nicht mehr bleiben. Wochenende zwar, die spanische Variante, Kinder sollen rumspringen, bis sie von selbst umfallen. Aber übertreiben müssen wir's nicht, nach der Aufregung braucht Cora etwas, um runterzukommen, Cora, *Ich hab dich lieb, Mama,* zu selten, leider zu selten, damit spart sie, spart sie wirklich, aber das sind die Momente, da weißt du, wofür du lebst.

Hm ...? Ach so: »Na klar, ich nehm noch eins. Aber jetzt sind wir eigentlich wieder ...«

»Kümmer disch nit drum. Isch steh ja schonn.« Allerdings. Steht wie eine Eins, der Pitter, dabei war der schon lange vor uns hier.

Nächstes Jahr kommt sie schon in die Schule, wie rasend schnell das geht, man kann richtig zusehen beim Wachsen, beim Lernen, ihre Schüchternheit muss sie bis dahin noch ablegen. Zu Hause wie ein Wasserfall, aber sobald jemand Fremdes die Nase zur Tür reinsteckt, kein Ton mehr. Dass sie mit Fremden nicht redet, gut, besser als umgekehrt, diese Kinder, die so distanzlos, Maria zum Beispiel, gerade erst drei geworden, das ist auch etwas seltsam, auf jeden geht sie zu, kennt gar keine Reserve. Aber Cora selbst zu uns, muss nur jemand Drittes da sein, wie ausgewechselt, neulich bei Tom, der kennt sie, seit sie lebt. Haben schon so oft miteinander gespielt, aber jedes Mal, wenn er zu Besuch kommt, geht's von vorn los, endlose Annäherungsphase. Das gibt sich schon.

»Ja, Hilde, hab sie auch gesehen. Das ist wohl seine Neue.«

»Schon komisch, was? Grad erst gehört, dass er und Trudi auseinander sinn' ...«

»So ist das heutzutage.«

Alle Zeichen auf Wechsel, niemand kommt mehr längere Zeit miteinander aus ... Warum ist das nur so schwer geworden, na, bei uns ... kann's schon verstehen. Gerade jetzt.

»Hass du von Ralf jehört?«

»Aber ja. Au Mann, der Ärmste.«

Was 'n das für 'n Vogel, der hat nun wirklich einen im Kahn, wie 'n Kranich, stolziert da rum und schlägt mit den Flügeln. Fehlt nur noch, dass er zu gackern beginnt.

Cora? Wo ist sie? Da. Hannes hat sie im Blick. Wird langsam dunkel, wir müssen sie noch unter die Dusche stellen. War ja … das war. Obwohl morgen reicht auch, ist doch Sonntag, da geht das. Aber der Hund, der muss noch mal raus, auf jeden Fall. Das soll ruhig mal Hannes machen …

IV

Die listige Schlange konnte ihr Haupt frech erheben und sich brüsten, dass sie mehr Knechte habe als der dreieinige Gott. Aber schon hat der Kampf begonnen. Beschämt und verwirrt zieht sich Satan zurück. Es stürzen die verlassenen Altäre der Götzen, es fallen die Tempel in Trümmer, und die Engel steigen hernieder auf die vom Fluche erlöste Erde.

Gerards, Predigten

Schwärze, sich ausbreitende, schwellende Schwärze. Aquarellpapier, das sich langsam vollsaugt, nur an den Rändern noch dieses Hellblau. Auch diese letzten Reste würden schwinden, würden sterben, wie alles, wie alle, bis nur noch Nacht bliebe ... Die Stimmung war dennoch gut, die Stimmung war die Stimmung, Rosen waren Rosen, und Herzen standen weiterhin im Zentrum der musikalischen Unterhaltung, alles war, wie es gewesen, vor einem Jahr, einem Jahrzehnt, einem Jahrhundert, 175 Jahre Bürgerschützenwehr, 175 Jahre Heimattreue und Kameradschaft. Geschäfte wurden gemacht, wahrscheinlich wurden Geschäfte gemacht, denn hier galt nicht der Spruch, dass Dienst Dienst sei und Schnaps Schnaps, hier verband sich beides aufs Innigste. Über den Verein, den Zug, man kennt sich, man hilft sich, von wem, denkst du, lass ich mir das Dach, das Bad, den Innenausbau machen, im Regelfall von einen Schützenbruder, *Rot, rot, rot blühen die Rosen,* wankende Trupps von Männern kamen, wankende Trupps gingen, der Familienanteil schrumpfte, ganze Grüppchen mit Oma, Opa, Vater, Mutter und Kindern schoben ab, ein zahlenmäßig identischer Austausch war das, so dass es nicht wirklich leerer wurde, doch Meta und Wolfgang und Hilde und Herbert und Waltraud und Peter und Willi hielten aus, sie hockten in ihrer Höhle, die verziert war mit archaischen Jagdszenen oder auch nicht, sie kauerten am Lagerfeuer, tranken den schäumenden Met und kicherten. Nur Hannes stand abseits, regungslos, Hannes beobachtete das Kind, aber was dachte er, was gab ihm das, was er sah, zu denken? War Hannes wachsam, sah er Cora überhaupt oder richtete sich sein Blick in eine ungeklärte Ferne, also ins Innere, diesen tiefen, dunklen Schacht? Das war nicht zu entscheiden, er fuhr sich durch die Haare, diese Kohlenhaube auf seinem Kopf, fingerte in seinem Bart und betastete sein Muttermal.

Alles läuft aus dem Ruder. Sowieso. Überall. Warum sollte das bei uns anders sein, gesamtgesellschaftliche Prozesse, nur unter chaotischen Vorzeichen. Damals gab es das vielleicht noch: gemeinsame Werte. Heute? Dass ich nicht lache. Ausdifferenziert bis ins Letzte, auch die Werte. *Werte?* Wer hat so was, gibt's das überhaupt? Landauf, landab herrscht schlichter Eigennutz, *gut für Hannes, schlecht für Hannes,* anale Phase, möchte, was ich habe, nicht wieder abgeben, meine feinen Besitztümer ... Diese Mädchen neulich in der S-Bahn. Was alles so S-Bahn fährt, scheußlich, ausgerechnet in meine Viererbank quetschen die sich und sabbeln ein Zeug, Hauptschülerinnen ... Falsche Wimpern, falsche Nägel, falsche Titten und dazu ein Wettbewerb im Synchron-Kaugummi-Kauen. In einer Lautstärke, der halbe Waggon musste lauschen, ihre hochnotpeinlichen Verlautbarungen, die eine so: *Paris, voll die geile Stadt* ... Und ich denk noch, wie können die das bezahlen? So Hauptschüler, Paris ist nicht gerade billig, *Wir sitzen in Montparnasse in so nem Café und da ist dieser Typ, sieht aus wie 'n Chinese und dann geht der weg, vergisst sein Portemonnaie, alles war drin, ne? Geld sowieso, hundertfünfzig Euro, ej, aber auch alle Karten so, auch 'ne goldene, Kreditkarte, weisse. – Ja, ja, so Goldcard. – Ja, genau, ej. Weisse, wasse dafür alles kaufen kannss? Und wir noch überlegt, ›Sollnwer die behalten?‹ Hamwer dann nich gemacht, das Geld natürlich schon.* Natürlich!

Null Unrechtsbewusstsein, denken gar nicht drüber nach. Andere Werte? ... Liebe, alles um Liebe, vollkommen rührselig, gestrig ... Eine verkommene Generation, alles, was sie interessiert: unmittelbare emotionale Bindungen und Besitz. Wahrscheinlich sind sie in Sachen Liebe ebenso vom Besitzdenken beherrscht, eifersüchtig bewache ich meinen Freund, meine Freundin, meinen Hintern, anale Phase, wie stellen die sich vor, wie das weitergehen soll, das alles?

Welt am Draht, zusammengehalten durch nichts, am Tropf unserer Unterhaltungs- und Stoffwechselbedürfnisse, über Funk- und Datennetze freiwillig angeschlossen, und die Technik schreitet voran, *Replikator, bitte ein Beefsteak!* Und wir als fette, madenartige Monaden in Steuersesseln, von da aus regeln wir alles, ohne uns zu bewegen. Die Regierung implantiert jedem von uns einen Chip, damit sie weiß, was wir tun und denken, und damit wir immer tun, was die Regierung wünscht. Wer regiert die Regierung, wer steuert die Drohne, was steuert überhaupt noch irgendwas? Was geschieht mit den Drohnen, die ausfallen? Die vielleicht willig, aber nicht fähig sind, ihrer Pflicht als Konsumenten nachzukommen? Müssen die nicht liquidiert werden? Wir brauchen Maden, die Bestellknöpfe drücken. Aber wenn niemand mehr arbeitet, wie verdient man dann Geld? Und wie werden die Unterschiede hergestellt, die notwendige soziale Ungleichheit? Die Aufhebung entwürdigender Lohnarbeit hieße ja Kontrollverlust, welche Disziplinierungsmaßnahmen blieben dann noch, um die Abhängigkeit der Subjekte zu gewährleisten? Also, das geht nicht. Das werden sie zu verhindern wissen. Wir werden es nicht mehr erleben. Außer es gibt eine bahnbrechende Erfindung, 3-D-Drucker, das ist es schon fast, aus Metall oder Kunststoff Gegenstände selbst konstruieren und plotten, vielleicht gar nicht mehr weit. Hungerproblem gelöst.

»Merkst du eigentlich gar nichts mehr!«

Metas Gesicht war verzerrt, heiß und rot. Hart hatte sie Hannes zwischen den Schulterblättern getroffen, dass er ins Wanken geriet, wie eine Straßenbahn war sie angerauscht gekommen mit ihrer ganzen Wucht. Hannes blickte sich um, ratlos, perplex, wusste nicht, womit er das verdient hatte, die Situation war unverändert, die Musik plärrte, die Menge laberte, er verstand nicht, was sie meinte. Wurde wütend, was sollte das? Wieso hatte sie ihn so angegangen?

»Siehst du nicht, was der *macht*?«, fauchte Meta. Jetzt erst bemerkte Hannes, dass die Menschen raunten, manche gestikulierten, allgemeiner Unmut herrschte, irgendwas schien ihnen nicht zu gefallen. Sie stierten auf die Tanzfläche, wo ein Mann, offensichtlich betrunken, mitten unter den kleinen Mädchen sich drehte und zappelte, sein Gesicht rot gefleckt vom Alkohol, flammend über dem Schnauz, den er sich mit seiner Zunge beleckte, dabei produzierte er beseelt ungelenke, aber ausladende Figuren. Das selbstgenügsame Grinsen der Volltrunkenen, Kontakt mit einer anderen Welt, sicher hörte er Stimmen.

»Der tanzt mit den Kindern wie mit *Nutten*. Deine Tochter ist auch dabei! Der denkt, er ist in Thailand.«

»Hm.«, machte Hannes, Cora war zwar in der Nähe, fast ein Dutzend kleiner Mädchen hopste da auf der Tanzfläche rum. Und der Mann, das war der Alkohol, was sollte denn passieren, angesichts all der Leute, die dabeistanden? Dennoch kochte der Zorn hoch, nicht nur Meta, auch andere Frauen zogen die Brauen zusammen, starrten den Typen mit versteinerten Mienen an, Claudia Banger, Rita, die Versicherungssekretärin; und Rudolf Schnick, der Malermeister, schien drauf und dran, auf den Mann loszugehen.

»Was ist mit dem Sicherheitsdienst?«

»Die schreiten nicht ein!«, ereiferte sich Meta, »Das gibt's doch gar nicht!« Tatsächlich lehnten die zwei Männer in Uniform tatenlos an der Bühne, sie spürten wohl, dass etwas nicht stimmte und fixierten den Mann, waren aber unschlüssig, was zu tun sei. Der Trunkene selbst nahm nichts wahr von dem, was um ihn herum geschah, er war in seinem Element, seine Zunge stach hervor, wanderte über die Mundwinkel, seine Augäpfel rollten vor Wonne, lange Ausfallschritte, ausgreifende Arme, und erneut näherte er sich einem dieser geflügelten Wesen, er bückte sich vor, näher und näher.

»Also, das gibt's doch nicht!«, zischte Meta, »Hannes! Wie kannst du nur danebenstehen und zusehen?« Sie wartete die Antwort nicht ab, sondern hastete auf die Tanzfläche, packte Cora und riss sie zu sich heran. Dem Mann, der mit seinen Tentakeln wedelte, versetzte sie einen derben Stoß vor die Brust, dass er zurückstolperte, fast fiel, sie schimpfte: »Hau ab! Das reicht jetzt. Was glaubst du, was du hier machst?!« Sie barg Cora in ihren Kleidern, die motzte, weiter herumhüpfen wollte.

Andere Frauen nickten Meta beifällig zu, auch sie griffen nach ihren Kindern. Die Sicherheitsleute setzten sich endlich in Bewegung und schlurften hin zu dem berauschten Satyr, der längst wieder Eintritt gefunden hatte in seine Zauberwelt und sprang, mit Ziegenfuß und dürrem Bein. »Jung, hast du gehört? Die Frau hat Recht. Du hast genug. Lass die Kinder in Ruhe!«

Die Sache war ihnen unangenehm, der Kerl war hackedicht und harmlos, das sah jeder. Er nickte auch gleich und stellte sich brav an den Rand. Wer konnte ihm verbieten, sich hier aufzuhalten? Es gab genug andere, die sich ordentlich einen hinter die Binde gossen, war das nicht der Sinn der Sache?

»Du stehst da ... und tust nichts!«

Hannes rümpfte die Nase: »Was soll das? Ist doch überhaupt nichts passiert!«

»Der hat deine Tochter angemacht! Sie ist fünf Jahre alt. Hättest du es lieber gehabt, dass etwas geschehen wäre?«, Meta stampfte ab und schleifte Cora hinter sich her, die Musik spielte weiter, der Tanz ging weiter, das Fest nahm wieder Fahrt auf, aber die Familie Tannert hatte genug. Hannes trottete mit hängenden Schultern hinter Meta her: »Was? Gehen wir endlich nach Hause?«

»Ja, nach Hause!«, bellte Meta und raffte das Jäckchen um Cora, obwohl es nicht kalt war, noch immer nicht, wer hatte so einen Septemberabend erfunden, der Mond, eine perfekt gerundete Silberschale, schräg hinterm Kirchturm. »Jetzt wird mir einiges klar«, unkte Hannes, »Vollmond, das passt.« Meta lief mit Cora voran, Hannes ein paar Schritte hinterher, wie ein Hund im Schlepptau, er verstand Meta nicht, überlegte, ob er wütend werden sollte.

Meta winkte den Nachbarn lächelnd zu: »Das Kind muss ins Bett. Und überhaupt ... ihr habt ja gesehen ...«

Die anderen winkten ihrerseits, die Musik verstummte, es war einen Moment lang, als sei die große Uhr angehalten, alles auf Anfang, als würde das Programm wieder hochgefahren, Systemfehler, Neustart.

»Gehst du noch mit dem Hund raus?«

»Jetzt? Ich? Muss das sein?«

Verklärte Stille: dürre Büsche, kühl im Mondlicht – nur das Hecheln der Hündin, das ferne Rauschen der Autobahn, einzelne Stimmen aus dem Off, ein kehliges Lachen, erstickte Rede. Singa winselte, während sie über die Anlage wimmelte, wieselflink, schnuppernd, stöbernd, übererregt, hier und da, als habe sie drei Köpfe, kein Wunder, denn sie hatte fast den ganzen Tag alleine im Haus verbracht. Jetzt verharrte sie, prüfte etwas intensiv mit ihrer kundigen Nase, schien dann zu fressen.

»Singa? ... Singa!«, rief Hannes, »Das lässt du besser! Bitte ... lass ... das ... liegen.«

Die Hündin ließ sich nicht beirren, sie schlang, so schnell sie konnte, und erst als Hannes hinzutrat und sie wegreißen wollte, schlich Singa sich, schuldbewusst den Schwanz zwischen die Hinterbeine geklemmt. Im Dunkeln konnte Hannes nicht erkennen, was sie da gefunden hatte, wahrscheinlich nichts Gutes, Kot oder Aas, eine tote Ratte womöglich, verendet an Racumin. Das wäre auch für Singa nicht gerade gesund.

»Du weißt genau, dass du nichts von draußen essen sollst. Du kriegst bei uns genug, du kannst gar nicht hungrig sein.«

Hunde sind komische Menschen, dachte Hannes. Erneut wehte der Wind dumpfe Klänge heran, anscheinend hatte wieder eine Schützenkapelle das Unterhaltungsprogramm übernommen.

Erste Silberfünkchen auf schwarzem Damast, Mikrolämpchen, nur sehr wenige, was war das? Ein unglaublich schnelles Flugzeug zog da oben entlang. Ein Düsenjäger? Selbst dafür war es zu schnell, der Jetstrahl war so gelb wie von Feuer, und jetzt eine weiße Explosion, als sei die nächste Stufe gezündet – eine Rakete? Aber wie konnte das eine Rakete sein? Träger-Shuttle für einen Satelliten? Hannes hatte keine Ahnung, was da oben inzwischen so alles herumflog, womöglich ein Komet.

Die Musik verebbte, je weiter er lief, nur Stille blieb, nur Stille und das Klirren der Fahnen im Wind, Hölderlin, Hälfte des Lebens, damals vierunddreißig, kam ziemlich genau hin, gestorben 1843 … Also sechsunddreißigeinhalb wäre die Hälfte genau, fast mein Alter, auch das könnte, das muss nicht, heutzutage muss das nicht die Hälfte sein, aber eher als ein Drittel. Es ist der Konzentrationspunkt. Jetzt muss es sich weisen. Ob noch was kommt.

Auch so ein Fall, das Gedicht zeigt ja den Bruch, den Übergang von der ästhetischen Ordnung zum Wirrwarr der Seele, *Woher nehme ich, wenn / Es Winter ist, die Blumen und wo / Den Sonnenschein,* Ende aller Harmonie, es regiert – die Nacht, der Ausnahmezustand. Bei ihm sowieso, Unordnung, Entropie, Durcheinander der Sinne, wann war das, warte, 1804, klar, 1804 erstveröffentlicht, dann drehte er ab, hinein in den Turm, ins unregierbare Chaos. Bleibt mir hoffentlich erspart. Obwohl. Wenn das so weitergeht, die ganze Zeit dieser Zorn, als hätten sich Millionen Wutbazillen an die Blutkörperchen geheftet, das reißt überall, und wie ein Krampf im Magen. Kann mir das nicht mehr anhören, sind das ihre Wechseljahre? Jetzt schon? Mit fünfunddreißig? Kaum, wie soll das dann erst werden? Bei meiner Mutter, ein Horror, von der Schule nach Hause, hatte so richtig die Wut in sich aufgestaut, um sie dann auf einmal rauszulassen, Gerölllawine, wie eine Gerölllawine prasselte das auf uns ein, nicht zu stoppen, *Hast du dein Zimmer noch immer nicht aufgeräumt? Ist ja ein Saustall hier. Das kommt alles auf den Müll!* Xanthippe. Als benötigte jeder große Mann ein Weib, das hinter ihm her keift … Was hätte ich denn tun sollen, ihrer Meinung nach, den Typ niederstrecken? Hätte mir wahrscheinlich die Pfote gebrochen. Hier hört man gar nichts mehr. Gnädige Ruhe. Einfach nur mal Ruhe, ein kostbares Gut, heute nicht mehr vorgesehen, überall klingelt und piept es, ich wäre dazwischengegangen, wenn sich wirklich etwas angebahnt hätte, doch der war so breit, der wusste gar nicht, was er tat.

Immer nur das Schlechteste, ihr Bild von mir, ganz üble Karikatur, und wenn sie das lange genug macht, glaubt sie auch daran und hat allen Grund, sich davonzumachen. Wenn ich nicht vorher gehe. Nach Berlin. Oder. Wohin auch immer. Ich geh mal noch ein bisschen.

»Singa, komm!«

Was ist denn da los? ... Aufruhr. Unten vorm Haus.

»Mamaaa ...?«

Was ist, schläft sie nicht?

»Cora, ich komme später noch mal. Du musst jetzt schlafen.«

»Ja, Mama ... Wann kommst du?«

»In zehn Minuten.«

»Nein, Mama, nicht in zehn. Früher.«

»Na gut, in fünf.«

»Fünf ist auch zu lang.«

»In drei.«

»Drei ist okay.«

»Schlaf jetzt, Schatz.«

Verdammt, das schließt gar nicht mehr richtig, ein Spalt, nicht dass wir vorm Winter das Fenster noch machen müssen, das würde wieder ... Was ist das denn? Da liegt er. Und die Meute um ihn rum. Wollen die ihm was? Ich krieg auch einen Hals, wenn ich so was sehe, da könnte ich. Aber nicht übertreiben. Geh besser mal runter, nicht dass die ausflippen. Herbert und Hilde sind dabei, zum Glück ... Handy mitnehmen. Hoffentlich schläft Cora direkt, müsste aber, der lange Tag, die ist ja hundemüde.

Der trunkene Mann. Ein Dramolett.

Wolfgang und Herbert – *Mitte fünfzig*
Hilde – *Mitte vierzig, Wolfgangs Frau*
Meta – *fünfunddreißig*
Hannes – *siebenunddreißig, Metas Mann*
Ralf – *Mitte zwanzig*
Roswitha – *Mitte zwanzig, Ralles Freundin*
Rudi – *Mitte fünfzig*
Dazu fünf, sechs weitere Anwohner
Der trunkene Mann – *Mitte vierzig*

Der trunkene Mann liegt entseelt am Boden, halb auf dem Trottoir, halb auf der Straße. Um ihn herum hat sich ein Ring von Schaulustigen gebildet, darunter Hilde, Wolfgang und Herbert. Sie versuchen erfolglos, den Mann aufzuwecken. Meta tritt hinzu.

Meta: Was ist hier geschehen?
Hilde: Schau doch. Er ist betrunken, er rührt sich nicht.
Herbert: Wie eine Haubitze. Der rührt sich nicht.
Meta: Und jetzt? Was ist zu tun ...?
Hilde: Liegen lassen können wir ihn nicht.
Herbert: Wieso sich belasten mit einem wie dem? Die Nacht ist lau.
Hilde: Mitten auf der Straße liegt er, das geht nicht.
Herbert: Er ist nicht wach zu kriegen.
Hilde: Einen Eimer Wasser. Das hat noch jeden überzeugt.
Meta: He, Sie! Wachen Sie auf! Sie können hier nicht liegen bleiben!
Ralf: Bringt dem Schwein ein Kopfkissen! Dann schläft sich's noch gemütlicher.
Roswitha: Habt ihr gesehen, was er tat? Auf dem Kirmesplatz? Habt ihr's gesehen?
Meta: Wir hätten besser gleich die Polizei gerufen.

Roswitha: Dass so einer frei ist, gibt es keine Gesetze?
Meta: Wie ist das passiert?
Herbert: Nichts ist passiert.
Meta: Dass er hier liegt. Hat einer von euch Hand an ihn gelegt?
Hilde: Umgefallen ist er. Der ist einfach umgefallen.
Ralf: Ich hätte dem gerne gezeigt, wo es langgeht.
Roswitha: Was hätte das genützt? Nachher nehmen sie dich mit.
Herbert: Der ist umgefallen. Wie ein Baby schnarcht er. Seinen Rausch schläft er aus und ...
Hilde: Was ist, wenn der Rudi kommt?
Herbert: Der kommt schon nicht.
Hilde: Ich hoffe nur, dass es keine Probleme mit Rudi gibt.
Meta: Er kann nicht hier liegen bleiben. Er muss weg, das ist das Mindeste.
Hilde: Rudi ist verrückt geworden. Seine Frau meint, er habe so seine Erfahrungen ...
Meta: Sollen wir wirklich einen Eimer Wasser über seinen Kopf schütten?
Roswitha: Das wäre sicher das Beste.
Hilde: Das Beste wäre es.
Herbert: Ganz zweifelsohne es das Beste ist.
Meta: Nicht dass er gewalttätig wird.
Ralf: Dagegen würd' ich schon was tun.
Hilde: Rudi ist rasend. Er ist nach Hause gerannt, er will ein Messer holen.
Meta: Wasser. Ich weiß nicht. Besser holen wir die Polizei. Wenn Rudi kommt ... Ich kann das gar nicht glauben!
Hilde: Er hat gesagt, ein Messer holt er und schlachtet ihn wie eine Sau.
Meta: Ist Rudi auch besoffen? Oder hat der Wahnsinn ihn ergriffen?

Die Gruppe, immer noch über den Trunkenen gebeugt, der keinen Laut von sich gibt. Sie versuchen weiter, ihn zu wecken. Hannes tritt hinzu mit dem Hund Singa.

Meta: Singa?! Da bist du ja ... Oh, Hannes, wie gut, dass du kommst, der Mann hier ... er wacht nicht mehr auf. Rudi ist los, zu holen ein Messer. Wir müssen ihn fortschaffen. Fort. Hilfst du uns einfach tragen. Hilf uns, bitte.
Hannes (*schweigt*).
Meta: Was ist?
Hannes (*betont gleichgültig*): Was geht es uns an, das Ganze?
Meta: Hannes! Kirchweiler ist nicht Texas, bei uns wird nicht gelyncht!
Herbert: Rudi. Er naht.

Hannes entfernt sich unbemerkt von der Gruppe, schleicht hinüber auf die andere Straßenseite. Der Hund Singa folgt ihm.

Hilde: Oh weh! Er hat ein Messer.
Meta: Rudi, ich sage, bleib, wo du bist!
Hilde: Rudi, ich bitte, komm näher nicht!

Rudi stürmt heran, mit einem großen Dolch bewaffnet. Er will in den Kreis eindringen. Herbert, Hilde und Meta stellen sich ihm entgegen.

Rudi: Lasst mich durch, ich will, ich muss ...
Meta: Rudi, geh. Geh bitte! Die Polizei ist nah!
Rudi: Oh, die Polizei schaut immer weg. Nun darf sie wegschaun!
Meta: Nein! Aufgabe der Polizei ist, sich zu kümmern, um uns, um ihn.
Rudi: Sagt, worum es geht, dann drehn sie eine Runde um den Block. Lasst los jetzt! Lasst!

Herbert, Hilde und Meta hindern Rudi mühsam, sich auf den trunkenen Mann zu stürzen. Ralf und Roswitha stehen dabei, helfen ihnen nicht.

Ralf: So lasst ihn doch. Soll er die Sache regeln. Vom Staat haben wir

nichts zu erwarten. Die Polizei, sie gibt ihm einen Klaps. Dann darf es weitermachen wie bisher, das Schwein.
Meta: Nein! Rudi, wirklich! Nein! Hannes! Hannes, verdammt! Was machst du dort? Hilf uns!
Hannes (*unbeteiligt von der anderen Straßenseite*): Das ist nicht unsere Angelegenheit. Komm du lieber hierher.
Meta: Hannes! Wie kannst du? Wieder stehst du nur beiseite!
Herbert: Nein, Rudi! Es ist gut, lass es, und bleib friedlich.
Hilde: Ich hole Wolfgang.
Meta: Ich rufe die Polizei!

Hilde ab.

Rudi: Meta, wieso verteidigst du ihn? Ich tu ihm nichts, ich will ihm nur sagen ...
Meta: Nein. Ich ruf die Polizei. Hier: eins - eins - null.
Rudi: Ich will, dass er verschwindet. So oder so.

Hilde kehrt mit Wolfgang zurück.

Wolfgang: Rudi! Mein lieber Junge! Komm her zu mir! Das hat doch keinen Zweck. Komm zu Papa. Einen trinken wir zusammen. Wirst sehn, wie's hilft.
Meta (*ins Telefon*): Ist da die Polizei? Tannert, Meta Tannert. Ich rufe aus Kirchweiler an, Marienstraße, Nummer sechzehn. Wir haben ein Problem.
Wolfgang: Rudi, ein Bier. Ich hab es hier. So lass den Unsinn sein.
Rudi: Wolfgang, weil du es bist. Aber verschwinden muss er. Ich will ihn nie mehr sehen. Sonst garantiere ich für nichts.
Wolfgang: Der wird verschwinden. Die Polizei, sie holt ihn ab.
Meta (*am Telefon*): Es ist ein Streit. Ja, mit Gewalt. Kirchweiler, ja, Marienstraße. Haus Nummer Sechzehn, ein Messer ist im Spiel. So kommen Sie, kommen Sie schnell!

Hilde: Gut, Meta, es ist Sache der Polizei. Die müssen sich hier kümmern.
Meta: Ja. Und … Und … Vielleicht behalten sie ihn gleich da.

Grüne Minna mit Lichtorgel, quietschende Bremsen direkt neben der Szenerie: Fast ein Gemälde, die Frauen schützend um den entseelten Mann stehend, Meta, Hilde, Roswitha, ein paar Schaulustige, Männer, Teenager im konzentrischen Halbkreis, der Trunkene wie ein Plattfisch, regungslos. Wenn er nicht ab und zu ein Schnaufen von sich gegeben hätte, man würde ihn für tot gehalten haben. Die Beamten stiegen aus und tippten gegen ihre Mützen: »Schönen guten Abend. Haben Sie uns angerufen? Was ist los?«

Hannes beobachtete sie kopfschüttelnd, er hörte das Kind rufen oder täuschte er sich? Es dauerte. Aber irgendwann waren die Damen mit ihrer Besprechung endlich fertig und Meta kehrte zu Hannes zurück, eiskalt wie das Strafgericht, *und blutrot ist mein Henkerbeil,* sie würdigte ihn keines Blicks und zwängte sich wortlos an ihm vorbei. Als er die Tür zuzog, drehte sie sich um – die Nase blass, die Augen Wutsterne: »Was bist du für ein Mann? Lässt mich allein … Ich habe gerufen …«, sie brach ab, konnte nicht weiter und schluchzte los: »Ich hätte was abkriegen können und du siehst zu …«

Hannes entgegnete kühl: »Eben. Das war sehr unvernünftig von dir. Was mischst du dich in Dinge ein, die dich nichts angehen? Denkst du gar nicht an Cora? Wie gut, dass wenigstens ich einen klaren Kopf behalten habe.«

Meta schnappte nach Atem, dann entließ sie einen eigentümlichen Laut, erst leise pfeifend, als presse man Luft durch ein verstopftes Ventil, dann ging er über in lautes Winseln. Sie geriet ins Trudeln, der Kopf, fast wie in Vorbereitung eines Anfalls. Ihre Arme wedelten arhythmisch, als wolle sie Rauch oder übelriechende Dämpfe vertreiben, immer ausladender, wie ein Schaufelradbagger, Hannes wich nur zögernd zurück und so prasselten ihre Handflächen auf ihn ein. Hannes schirmte den

Kopf mit seinen Armen und tauchte ab, wehrte sich nicht. Meta hörte erst auf, als Hannes vor der Haustür zusammensank und ihre Schläge teilnahmslos über sich ergehen ließ.

Nun barg sie das Gesicht in beiden Händen und heulte. Sie sackte auf die Treppe, wo sie sitzen blieb, das Geländer umklammernd.

Hannes kam vorsichtig hoch, stumm, wollte nur raus, er knallte die Haustür hinter sich zu und verschwand in der Nacht. Meta merkte das kaum mehr, sie sah nichts mehr, wollte nichts sehen, weinte leise weiter, hieb ein paar Mal mit aller Gewalt auf das Geländer, das änderte nichts. Es raschelte auf dem Treppenabsatz, Meta fuhr hoch und da war Cora, sie zwinkerte im Licht der Flurbeleuchtung, ganz verschlafen, sie flüsterte: »Mama, was ist? Warum weinst du?«

Rasch wischte Meta sich das Gesicht und wisperte: »Nichts, mein Schatz, gar nichts. Mama hat sich nur gestoßen.«

»Tut das weh, Mama?«

»Ja, Cora, das tut sehr weh.«

... Sturmglocken, letztes Aufbegehren des Gottes, dann sinkt die Stille hinab, großes Innehalten der Welt, wo sind die neuen Liegenschaften, die Kanten der Häuser kästeln das Bild ein, alles Geometrie, Plan, Wahrnehmungskerker, wo sind die Fluchtlinien? Wie eingesperrt wir vor uns hin wursteln, wie eingesperrt ...

Passt nicht, passt alles nicht, werd' wirklich noch verrückt, wenn das so weitergehen soll. Wie die Raubtiere im Käfig. Irgendwann fallen wir übereinander her ... Der Säbelzahntiger ... Grausam und unaufhaltsam. Dabei so mild, verklärte Nacht, versehrte Nacht, die da sind noch immer zu Gange ... *Oléeeee, olée, olée, oléeeee ...* Weg hier, Land gewinnen. Land, wo gibt es das denn? Wieder so eine Situation. Ich tu da nichts, greife nicht ein, die Nichtigkeit dieser Gesten, Nichtigkeit all dessen, was sie da anstellen, jemals anstellen könnten, nicht meins, nicht für mich. Was ging sie das überhaupt an? Sollen die sich gegenseitig massakrieren, aber das war nur ein Anlass, da bricht alles hervor, bei mir nicht anders, ich schlucke und schlucke und schlucke. Letzte Woche dieser Familienvater aus Münster, der hat dem Druck nicht standgehalten, immer mehr solche Fälle, acht haben sie gesagt, schon acht allein dieses Jahr. *Er war immer so freundlich. – Ich hätte nie gedacht, dass der so was macht.* Wozu wäre ich fähig? Cora, diese kleine, zarte. Trotzdem, seit sie da ist ... Dieser Wind, wie Föhn, man könnte, es könnte. Noch eine Stimme, sind die besoffen? Besser hier lang. Bei den Nachbarn auch noch Party. *Da steht ein Pferd aufm Flur, jaja, ein Pferd aufm Flur.*

Den Gartenweg, da sind das Dunkel und die Stille, die ich suche. Zum Fluss, ich gehe zum Fluss, da ist jetzt niemand, nur der Mond, schartige Silbermünze, so römische Geldstücke, Geld, Geld, immer ging es um Geld, *Much Ado About Nothing.* Ist schon wahr: Das Medium Sprache hat die Vorherrschaft an das Geld verloren. Ob es ohne Geld besser wäre, einfacher? Aber hält nicht Geld den Status Quo aufrecht? Da war das auch der Grund, wo sie meinte, *Ha, die Schule hat überwiesen, zweitausend Euro auf dem Konto, nach all den Monaten des Darbens*, und ich: *Oh, echt? Warum bezahl ich denn dann die Steuerberaterin, mein Konto ist fast um tausend überzogen?* Wie sie dann total abfuhr, und später sogar: *Da ist für mich eine Welt zusammengebrochen.* Eine Welt? Oh Mann. *Ich habe mich so gefreut für uns. Und du – denkst nur an dich! Wie immer.* An mich. Das ist eine ganz pragmatische Frage: Sie ist zweitausend im Plus, ich habe tausend Miese, da ist es nur ... Etwa nicht? Nein, findet sie nicht. Wird sich daran gewöhnen müssen, wenn. Ich meine, wenn sie ausfällt, ist das schlecht, organisatorisch. Bei mir ... sind wir aufgeschmissen, nicht länger überlebensfähig. *Was ich einbringe, wird nicht gewürdigt. Alle sagen: Mein Gott, wie schaffst du das nur alles?* Was ist mit mir? Wer fragt nach mir? Der Job, zähes Ringen, die Habil, die Unsicherheit, dieses Schwankende, wie kommst du damit klar, dass die ganze Familie von dir abhängt, Cora, gleichzeitig dieser Frust, dass man es nicht fertigkriegt, dass es nicht reicht, trotz allem, Coras Zukunft, ich will, aber es sieht schlecht aus. Alles richtigmachen, aber wie? Wenn ich ihn nur einmal sehen würde und zur Rede stellen könnte, vielleicht kann ich ihn umstimmen? Oder ist das nur Illusion? Ganz aberwitzige Illusion, ein Strohhalm, der schwimmt die Erft hinunter, die Ausschreibung ist raus, Kommission zusammengestellt, aber verstehen. Warum verlängern sie mich nicht, wandeln es um, *Tenure*, das ginge, habe ich irgendwem auf den Schlips getreten? Aber nichts erfährst du, die Fakten überrollen einen, dann liegst du da, niedergeschmettert. Drei Monate. In drei Monaten ist es so weit. Natürlich kann ich mich darauf bewerben. Werde ich auch, werde sie zwingen, es öffentlich einzugestehen. Nur kostet die das nichts, ein kaltes Lächeln. Wenn sie mich wollten, hätten sie sich die Kosten gespart. Überhaupt. Das Berufungsverfahren dauert zwei Jahre oder mehr, bis dahin sind wir längst ruiniert ... Sie ahnt nicht mal was davon, wenn sie es wüsste, vielleicht. Aber ich. Konnte noch nicht. Es war ja auch nicht sicher, selbst jetzt nicht hundert Prozent, nur annähernd hundert Prozent, neunundneunzig Komma neun Periode ... Windesel aufm Flur, beiläufig: *Muss Ihnen leider sagen, dass aus der Umwandlung der Juniorprofessur wohl nichts wird. Die Professur wird voraussichtlich öffentlich ausgeschrieben. – Aber Sie hatten doch ... - Kann man nichts machen, leider. So, ich muss zum Flieger, bin auf dem Sprung in die* USA. Zerstört in einem Moment und jemand marschiert da einfach drüber weg, zum Flieger, *Ach, ich steige jede Woche in ein Flugzeug,* Weltmensch, globale Persönlichkeit, von VIP-Lounge zu VIP-Lounge. Das Lispeln der Blätter, sie haben tausend Zungen, mehr Sterne jetzt auch, Lichterketten auf schwarzem Kammgarngrund, aufpassen, könnte Hundescheiße sein. Köttelweg 4, entbehrt nicht des Witzes, manchmal meint man, das Volk besitze keinerlei Geist, aber so ganz stimmt das nicht, hier und da blitzt was auf. Schockierend, dass sie wirklich zuschlägt, mit ihren Nerven steht's nicht zum Besten, vielleicht hätte ich da wirklich rüber sollen, wirklich, und sie wegziehen. Wo der Typ mit dem Messer. Entschuldigen wird sie sich nicht. *Das ist doch deine Schuld!* Wenn sie ausrastet, klar, muss ich den Anlass geliefert haben. So schlimm war's nicht, nicht richtig zugeschlagen, mehr so symbolisch, symbolische Gewalt, alles nichts Handfestes, trotzdem. Das Rauschen eines Zuges, fährt noch, so spät ist es also gar nicht ... Als rolle sich ein Drahtseil ab. In meinem Nebel, Ausnahmezustand, apokalyptische Infragestellung aller Ordnungen, nichts ist mehr vorhersehbar, angesichts solcher Vorkommnisse, dass sie sich so gehen lässt. Ein Sonderfall, der den Kern der Dinge enthüllt. Dreht sich gar nicht so sehr um sie und mich, das ist mehr – das Rätsel und die Zumutung der menschlichen Existenz in einer deformierten Welt. Und sie deformiert sich mehr und mehr, unsere Räume werden enger, das Normale gibt es gar nicht, es ist verschwunden, hat sich verflüchtigt. Immer muss man umgehen mit dem Einbruch des Neuen, Planen nützt nichts, jeden Moment ... Die Straße, die Straße überqueren, Ungeheuer mit Feueraugen, man könnte sich davorwerfen, sie denken, es ist ein Reh, Lenkrad festhalten und drauf, wenn sie überhaupt denken, und dann ist es vorbei mit dem Dreck. Rote Lichter der Windräder, ob das die Vögel abhält? Kaum. Vielleicht mögen sie rotes Licht. Stürzen sich hinein wie Motten in die Flamme, sind wir nicht auch so? Immer rein in den Orkus. Kurz studieren, da gleich in Duisburg, was Sinnvolles, anschließend eine solide Stellung aufbauen, Lehrer wie meine Eltern. Stattdessen hochfliegende Pläne, die dann. Ikarus-Syndrom. Das kleine Eifeldorf, die Kirche, daneben das Pfarrheim, wo ich so dachte, ein Pfarrer, was für ein Leben, tagsüber ein bisschen Seelsorge, danach das freie Studium, Predigtvorbereitungen und so weiter. Nur wenige Meter zu Fuß zum Arbeitsplatz, wie angenehm, *slow motion*, fernab der Hast. Rührende Vorstellung ... Hätte ich, man kann es nicht ändern, keine Wiederholungstaste, das ist das ganze Drama. Geworfen ins Sein, jeder Schritt, den man macht ... Und Rückwege gibt es nicht. Roulette. So ist das. Glücksspieler bin ich eigentlich nicht. Man kann doch nicht aus seiner Haut.

Geraschel im Gehölz, wer wohnt da? Waldtiere. Die haben's besser als wir. Obacht, dass nichts ihre Kreise stört, Hunde an die Leine, *Verlassen der Waldwege verboten! Vorsicht, Krötenwanderung!* Wer soll das verstehen? Die Menschen auf der Kippe, so viele unmittelbar vorm Absturz. Das geringste bisschen kann einen aus der Kurve schleudern. *Akademikerarbeitslosigkeit in Deutschland, jahresbereinigte Zahlen für 2015,* wieso glaubt diese Gesellschaft, sie könne auf uns verzichten? Was das gekostet hat, die Ausbildung. Jeder ist seines eigenen Glückes Schmied, seines eigenen Glückes Schmied, aber heute bleibt die Esse kalt, wir gehen in den Buchenwald, graues Heer der Aussortierten, Aussätzigen, *Nicht berühren, Ansteckungsgefahr! Sie tragen das Loser-Virus.* Dass sie mir nicht beisteht, sondern solche Szenen ... Na gut. Sie weiß ja nichts. Aber wenn sie selber einen vernünftigen Job gemacht hätte, das Kind mit einem Jahr zur Tagesmutter, eine normale Stelle suchen, wenigstens halbtags, welche Erleichterung wäre das, wie sage ich es ihr nur, muss ich überhaupt noch was sagen? Nach dem heutigen Abend. Einfach abhauen, neue Horizonte, in die Hauptstadt oder ins Ausland, alles hinter mir lassen. Das wäre konsequent. Handgreiflichkeiten, das akzeptiert jeder Richter, und Alimente? Wo nichts ist, kann man nichts holen. Warum nicht? Kurz nach Hause, sie schläft, Tasche packen, und dann verschwinden in der Nacht. Das wäre mannhaft. Neuanfang, man lebt nur einmal.

Milchsuppe überm Feld, das sind fette Äcker, wo solche Schwaden drüber schwelen, ein Vogelschrei, Käuzchen ... Totenvogel, Leichhuhn, Sterbekauz ... eigentlich eher wie ein Bussard, aber der ist wohl kaum nachtaktiv. Kann ich denn überhaupt nach Hause zurück, will ich das? Einfach mal drüber schlafen? Kann ihr nicht mehr in die Augen gucken. Dabei, morgen ... Ganz vergessen, da müssen wir hin, Pflichttermin, wenn alle Stricke reißen, vielleicht ist über die Stadtverwaltung was drin ... Ich bei der Verwaltung, das ist auch wieder ... Strohhalme, was immer man zu fassen kriegt, egal, ob sie das mitmacht? Sonst geh ich allein ... Ist sie halt krank. Kaum, immer so, keine Kompromisse, lässt alles fahren, statt sich mal am Riemen zu reißen, mein Vater, *Reiß dich mal am Riemen!* Altfränkisch, hatte dennoch Recht. Hat mir nicht geschadet, das Jahr in Amerika, vor Heimweh fast vergangen, so fremd, hätte ich mir nicht vorgestellt, aber klar. War eben nicht die Columbia, sondern Madison, Wisconsin. Wenn man sich damit aufhält ... Aber das Beste draus gemacht, Saunders' »Censorship«-Projekt, profitiere da heute noch von, die Verbindungen, die USA wären, so gesehen, eine echte Option, schwieriger als damals, aber immerhin schon mal gearbeitet in dem System, müsste die Kontakte reaktivieren, die Drähte glühen lassen, vielleicht zur MLA Convention, mich durch die *auditions* quälen ... In Deutschland fehlt einfach die Dynamik, *innerhalb* der Strukturen geht es halbwegs, doch außerhalb ... Die Arbeitswelt liegt hinter einer semipermeablen Membran, kaum durchlässig für Berufsanfänger, erst recht für Arbeitslose. Wenigstens ohne elterlichen Support, meine Eltern, welche Beziehungen hatten die, wen kannten die? Andere Lehrer. Wem nützt das? Politiker, Verwaltungs-, Unimenschen muss man kennen, das ist, was nötig ist ...

Semipermeabel ... in der anderen Richtung nämlich ist die Membran umso durchlässiger, raus ist man schneller, als man gucken kann. Tausende und Abertausende. Ausgespuckt. Werksschließung, Sparprogramm, Verlagerung der Produktion ... Wegfall von 500, 2000, 5000 Arbeitsplätzen ... Fragt keiner nach ... Die Krise ist nicht die Ausnahme, sondern der Normalfall.

Wie widersinnig: Brauche unbedingt die Habil, um reinzukommen ... Unter den jetzigen Bedingungen ... ein Teufelskreis ... Eh schon schwierig genug, Sechser im Lotto, bei manchen, da geht das so glatt, da möchte ich mal wissen, woran das liegt. Wenn man dagegen an die Hollitzscher denkt, das zeigt ... arrogante Kuh eigentlich und unnahbar wie 'ne Baroness, vor zehn Jahren sah das anders aus ... *in fünfundfünfzig Berufungsverfahren und jetzt hat es doch noch geklappt! Ich habe schon nicht mehr daran geglaubt!* Zitat Windesel, der saß ja damals in der Kommission. Die Bio, die Qualifikation habe ich, Veröffentlichungen ohne Ende, nur die Habil, kann nicht fassen, dass ich das. War auch das Kind. Meta hätte mir den Rücken freihalten müssen, wenigstens für zwei, drei Jahre. Doch sie macht angeblich alles. Sie alles, ich nichts, sie alles, ich nichts. Monotoner Rhythmus das.

Aus der Arbeitslosigkeit heraus sich bewerben? Gleich verdächtig: Der Arbeitskraftunternehmer hat es an kühnem Weitblick fehlen lassen, er hätte frühzeitig abspringen müssen, Flexibilität, Geschwindigkeit, wie macht man das mit einer Familie? Umziehen von A nach B und dann nach C, die Kinder kommen damit klar, gewöhnen sich schnell um, finden neue Freunde, oder der Papa pendelt eben. Und die Geburtenrate sinkt und sinkt ... Außer bei Empfängern von Transferleistungen. Die Wohlhabenden können sich keine Kinder leisten, Angst um ihre Jobs, Verfügbarkeit ist alles, Kinder sind Wettbewerbsnachteil, vierundzwanzig Stunden einsatzbereit, an Wochenenden und Feiertagen. Dazu die Befristungen ... Für die Armen ist es dagegen eine Überlebensstrategie, vier Kinder, fünf Kinder, die Sozialhilfesätze und das Kindergeld, dauerhafte Verschiebung in der Gesellschaft, die einen arbeiten, die anderen sorgen für den Fortbestand der Art. Leider sind es die falschen Kinder, die jegliche Förderung seitens des Elternhauses entbehren, Coras Freund, dieser ... Kevin, *Kevin Chancenlos,* kann mit fünf noch nicht richtig sprechen, sehr aggressiv, da heißt es bereits: aus, vorbei. Irgendwann machen sie es wie in der Science Fiction, Schaufelbagger gegen die Elendsaufstände an den Essensausgaben, kehren die weg wie Ameisen, das wird nicht ausbleiben, denn die Transferleistungen werden drastisch sinken, in Kürze. Die Flüchtlinge, 60 Millionen sollen unterwegs sein, dann die Elendskonkurrenz, begrenzte Gelder. Die Biopolitik wird rigider ausfallen, will man das Überleben der Mehrheit sichern, *ihr nacktes Leben.* Darüber die Dreißig-Prozent-Gesellschaft, in ihrem Raumschiff. Allein.

Der Fluss. Schwarz in schwarz, spiegelte sich nicht der Mond darin. Mal auf die Bank setzen, es ist so lau, weiß wallendes Laken, hinein hat sich ein Nöck gehüllt, *Geh nicht in Tanz mit dem Wassermann,* die Pappeln stehen wie aufgespießte Reisigbesen, daneben die Goldhaarperücke der Trauerweide, wirr und aufgelöst hängen ihre Strähnen in den Fluss. Es könnte friedlich sein, eine Idylle, *Idylle mit ertrinkendem Hund,* der ist nicht zu sehen, aber künstlich ist es doch, nur ein virtuelles Bild, Probleme mit der Grafikkarte und nun wird es löchrig und löst sich britzelnd auf, bis es mühsam von Neuem entsteht.

Wenn es hart auf hart kommt, gehe ich einfach ganz. *Es ist nie unrecht, freiwillig zu sterben, aber oft unanständig, länger zu bleiben.* Wieso Anstand? Sich selbst oder den anderen gegenüber? *Ist das Leben nicht ein langer Selbstmord?* Ins Wasser gehen, zu den Najaden, tröstlich ist das schon, es funktioniert alles nur, so lang es sich ertragen lässt, fragt sich, wie man an Zyankali-Kapseln kommt.

War das? Tatsächlich eine Eule? Ganz nah vorbei, den Hauch ihrer Schwingen gespürt, aber stumm, Eule auf der Jagd, wie sind eigentlich die Enten und Schwäne untergebracht, schlafen sie? Aber wo? Habt ihr kein Zuhause? So wie ich. Kein Zuhause, *Kein Ort, nirgends.* Unter den Nachtgestirnen ohne Mitleid und Gesicht, transzendental obdachlos, das undurchdringliche Dunkel mit seinen Fallen und Gruben, wo gehe ich hin? Von Ferne die Trommeln, sie rufen ins Gefecht, neue soziale Frontlinien und ich taumele zwischen den Parteien, keiner Seite zugehörig, wo sich anschließen, welcher Gruppe? Wer profitiert bei wessen Sieg, bin ich nicht einer, der gleichwie verliert? Keine Lobby, schwindende Teilhabe, wer braucht unsereins, zum Kotzen, nicht auszuhalten, zurück, wieder zurück ...

Die Straße ein grau schimmerndes Reptil unterm Mond, der hoch und klein am eingetrübten Himmel, ein trauriger Spot, der fast nichts erhellt. Erstarrte Nacht. Da liegt der Ort. Wie ein Hinterhalt, noch herrscht Stille, sie lauern in ihren Verstecken, um hervorzubrechen, sobald ich den Fuß gesetzt habe in ihren Bereich. Wer sind sie? Menschenfresser, Sklavenhändler, das Schicksal selbst? Ein unerhörtes Ereignis, ein negatives, ein blaues Wunder, wankt mich an, Verbrechen, junge Migranten, Russen, Araber, Flüchtlinge, ausgehungert, oder deutsche Asis, sie schlagen mich zusammen, ich zeig sie an und hab die ganze Rotte auf dem Hals, *Zieh die Anzeige zurück, sonst ... dein Haus, deine Tochter, deine Frau ...* die Polizei kann nichts machen, *Auf den bloßen Verdacht hin können wir nicht tätig werden,* und dann die reflexartigen Erklärungsmodelle ... *Chancenlosigkeit ... keine Bildung, keine Zukunft ... Gefängnisaufenthalt verschlechtert die Prognose ...* Das mag sein, aber was hilft das den Opfern? An ihrer Lage ändert sich nichts, der demokratische Staat, *dieses Weichei,* sagen sie, selber Gewalt gewohnt, zu Hause wird nicht lamentiert, sondern zugelangt, wer nicht gehorcht, kriegt ein paar hinter die Löffel, zack, wie sollen sie anders als diesen Staat verachten? Genauso wie Behinderte, Juden, Schwule, Frauen, Schwache aller Art, *Welcome to Germany, welcome to democracy,* Erklärungsmodelle, reflexartig, *Das sind Einzeltäter, darf man nicht verallgemeinern ... Was soll der Staat denn machen? Der Staat kann nicht, der Staat muss nicht ...* Da sehen wir's: *Nicht der Staat bestimmt über den Ausnahmezustand, sondern der Outlaw.* Der Staat macht sich in die Hose aus Angst vor der Omnipräsenz nackter Gewalt und ihrer Popularität. Und wir, was tun wir? Am besten nicht einmischen, nie am falschen Ort sein. Nie. Besser, man ist um acht Uhr zu Hause, ein anständiger Bürger rennt um elf nicht mehr auf der Straße herum, die Konsequenzen trägst du selbst.

Den Gartenweg, dann rechts an den Hochhäusern vorbei. Wäre die rechte Gelegenheit, richtiger Ort, richtige Zeit, *Wer, wenn ich schriee, hörte mich?* So erst mal keiner, und wenn, verstünde er meine Sprache nicht, Deutsch ist hier keine Landessprache, in den Häusern wohnen ausnahmslos ausländische Mitbürger. Aber ich hab's nicht mehr weit, die restlichen paar hundert Meter könnte ich noch robben. Und was krabbelt da wieder? Richtiger Schreck, angesichts der dunklen Gedanken, doch nur ein Igel. Diese Stille. Wie still das ist. Ob sie noch wach ist? Soll das etwa weitergehen, nein, wie ich sie kenne, schläft sie längst, erstaunlich genug, nach so einem Streit, ich könnte das nicht, aber drauf wetten würde ich, das ganze Haus dunkel, nichts, nur ihr Schnarchen. Und was mach ich dann? Nicht die Spur einer Idee. Was wäre das? Herausschlüpfen? Ein Harun al-Raschid der Identität, aus dem eigenen Leib in eine andere Seinsform, Mikrobe, Gas oder Sternenstaub. Ich wäre so gerne Sternenstaub. Näher, immer näher dem Haus, wenn sie doch nicht schläft, ich werde nicht mit ihr reden, so oder so, ich kann ... Wenn sie schlägt, hat sie sich disqualifiziert, sie wird wieder sagen, *Da war gar nichts* – wieder meine Schuld. Aber wirklich, wie damit umgehen?

Das tönerne Hallen der Schritte, mit jedem Fuß vor den anderen ... Die Kirchenglocke, eins ... zwei ... muss schon zwölf sein jetzt. Diese hohle Gasse, doch ich bin kaum der mit der Armbrust. Immer noch die

Party von vorhin, reichte die auf dem Kirchplatz nicht aus? Mit gleichbleibendem Musikprogramm, ziemlich stramm, dieses Johlen, diese ganze Gesellschaft will nur noch johlen, grölen, absolut stumpfsinnige, hirnentleerte Vergnügungslaute, beim nichtigsten Anlass, wenn die Frühlingssonne sich zum ersten Mal zeigt, ein Feiertag lockt, ein Ligaspiel bevorsteht – die Herde feiert sich selbst, atavistische Rituale, damals, als wir noch mit Fellen bedeckt durch die Gegend sprangen, galt es keinem Casting-Kandidaten, sondern einem erlegten Mammut. Was man verstehen kann: Genug Essen für den halben Winter, das kann einen schon mal freuen. Aber ... Ej?! Ej, was rufen die denn da? Ist das? Ist es wirklich ...

Sieg Heil Sieg Heil, Sieg Heil, Heil, Heil!

Ist das? Ja. Wie so 'n Trinkspruch. Und darauf einen Schnaps. Zehn, fünfzehn Leute mindestens, meine Güte. Das kann doch nicht ... Was ist das? Direkt bei uns um die Ecke. Oder doch verhört, kann eigentlich gar nicht, kein Wunder, bei meiner angespannten, das wird nichts gewesen sein, nicht das, obwohl ... doch.

A-dolf Hit-ler un-ser Füh-rer! Heil Heil Heil!

Eindeutig, so laut, kein Irrtum möglich, richtig eingeübt hört sich das an, das machen die nicht zum ersten Mal, das sind ... Nazis. Hier bei uns in Kirchweiler. Wer wohnt denn da überhaupt? Hm, der Typ ... ganz unscheinbar, wie heißt der? Schweinelaut bis auf die Straße. Die haben keine Scheu. Als stünde man bei ihnen im Wohnzimmer ... Ich *stehe* direkt daneben. Da denkt man, hier hat man seine Ruhe ... Ein Dutzend Glatzen, die sich heiß machen. Eigentlich müsste man die Polizei rufen. Schon wieder Polizei. Aber was dann. Dasselbe wie eben. Die kommen, hören nichts, sehen nichts, dampfen wieder ab.

Deutschland den Deutschen, Ausländer raus!

Die bemühen sich nicht mal mehr um Heimlichkeit, sind wir schon wieder soweit? Wenn die mich nun entdecken ... Scheint sonst niemanden zu stören, womöglich hängt der gesamte Ort mit drin. Soll ich vielleicht doch? Handy hab ich mit? Ja.

Nein. Das ist Unsinn. Was werden die schon machen, was soll denn geschehen. Das geht seinen üblichen Gang ... Werden zwar vernommen, aber da müssten sie sich schon selbst anzeigen, *Ich gebe es zu, ich bin Gesinnungstäter!* Sonst passiert nichts. Einstellung des Verfahrens, *Wir konnten leider niemandem konkret nachweisen.* Letzte Woche in Stuttgart, eine Laube angezündet mit Ausländern drin, vor der Tür ein Mob von vierzig Nazis, standen alle drum herum, freuten sich über die Schreie der Eingeschlossenen, aber wer das Feuer gelegt hat, ist nicht zu ermitteln, also Freispruch für alle, was denn sonst ...

Und wenn ich jetzt ... dann erfahren die, von wem die Anzeige stammt und wir haben den Salat, große Feindschaft, wir sind unseres Lebens nicht mehr sicher, so ist das mit dem Rechtsstaat. Nein, nein. Weitergehen. Ich lass das. Sollen sie halt grölen. Die Verirrten. Ausnahmezustand. Alles gleichzeitig: dumpfe Ressentiments, lauter neue Mitbürger, enthirnte Unterhaltungsseligkeit, marktradikale Rosskuren – postpolitische Zeiten. Interessiert keinen mehr, mich auch nicht, wenn's nur individuell halbwegs gut weiterläuft. Zieht man halt in eine Stadt, in ein Viertel, wo man nichts mehr davon mitbekommt. Wäre mir genug. Gerade damit ist nicht zu rechnen, erster Knick in der Laufbahn, die paar Meter zurück, dann ist es unvermeidlich, es sei denn, ich will die Nacht im Freien verbringen ... Lieber nicht, so warm ist es jetzt auch nicht mehr. Ob das wirklich Nazis sind? Die Leute aus der Hanweiler Straße, von denen kennen wir doch ein paar, weiß nicht, aber das müssten sie doch mitkriegen! Nein, eindeutig. Also aufschließen und rein. Tatsächlich. Ganz duster, kein Laut. Alles schläft, nicht einmal Singa schlägt an, na, auf die könnte man sich verlassen, wenn die Rechten vor der Tür stünden ... Oder hat sie das Kind eingepackt und ab zu ihrer Mutter? Auch eine Möglichkeit. Hm? Nein, die Jacke von vorhin hängt überm Stuhl. Langsam hoch, leise ins Bett, einfach erst mal drüber schlafen. Mal sehen. Morgen. Wie's weitergeht.

V

Der Mensch fühlt, dass es ihm gegeben ist, seine Armut zu ertragen, weil er durch die Liebe eines Gottes reichlich entschädigt ist; er kann seine Armut tragen, wenn er nur frei ist von Sünden; wenn sein Herz rein ist und seine Augen sich frei erheben dürfen. Der Mensch kann sich in seiner Niedrigkeit glücklich schätzen, wenn er auch keinen Teil hat an den Ehren und dem Glanze der Welt, er kann es anderen überlassen, sich mit erborgten Lorbeeren zu schmücken.

Gerards, Predigten

Es ward Licht, das erste, bleich pirschte es sich an, hockte hinter der Scheibe. Die Häuser auf der anderen Straßenseite, die Kirche, alles starrte im Dunst, Bodennebel waren aus den Feldern gekrochen und schlichen nun durch den Ort. Hahnenschreie, fauchende Kater, ein Hund bellte, noch schlief die Bevölkerung Kirchweilers, schlief kollektiv ihren Rausch aus nach der gestrigen Sause.

Hannes stöhnte, fluchte, fuhr die Hand aus und tastete nach dem Wecker, den er versehentlich in der Nacht nicht ausgeschaltet hatte, viel zu früh, weiterschlafen, endlich verstummte die Morgenmusik, er drehte sich auf die Seite, sah, dass Meta ebenfalls wach war, sie sagte aber nichts, ihr glasiger Blick glitt durch ihn durch, er murmelte trotzdem »Hi!«, was sie ignorierte. Hannes warf sich auf die andere Seite, wandte ihr den Rücken zu, an Weiterschlafen war nicht zu denken.

Wach lagen sie nebeneinander und stumm. Hannes räusperte sich, überlegte, ob er einen Versuch wagen sollte, und ließ es doch, schloss wieder die Augen, Meta rührte sich, aber tat keinen Mucks. Stattdessen schwang sie sich auf die Bettkante, Hannes lugte über seine Schulter, sah nicht mehr als ihre Hinterseite, das wallende Haar, massig saß sie, steinschwer, eine Statue, Hannes ächzte und wälzte sich auf den Bauch, sie dagegen kam langsam hoch und schlurfte nach nebenan. Auf die Toilette. Hannes horchte. Ja, da würde sie eine Weile bleiben.

Er schaltete das Radio an, lauschte der Morgenklassik. Das Gefühl von etwas Unangenehmem, nicht einzuordnen zunächst, er schob es auf die gestrigen Ereignisse, aber das war es nicht. Es war ein Traum, der ihm langsam dämmerte, Schemen, Handlung hinter Milchglas, ein Traum, dessen Protagonist er war, ein Traum, den dauernde Düsternis durchlastete. Ein drückendes Gefühl, eine dunkle Schuld, dann wusste er es wieder, er hatte einen Mord begangen, versuchte aber, das zu verheimlichen und mit der Schuld zu leben, dieser wiederkehrende Traum, alle zwei Wochen fast, der Gewissensbiss grub sich ein und wirkte nach dem Erwachen fort, so greifbar, dass er dachte: »Ist es vielleicht wahr? Ich, ein Mörder? Vielleicht in einem früheren Leben?«

Er hörte die Spülung, wartete, ob Meta den Weg zurück ins Schlafzimmer fände, aber nein, sie lief die Treppe hinunter, die unter ihren Schritten knarrte. So bald würde sie nicht wiederkommen. Frühstück und so weiter. Hannes langte rüber zum Vorhang, zerrte ihn ein gutes Stück weiter auf, fluchte, weil er dabei die Kleider vom Reckchen riss und blinzelte in der Helligkeit, die sich nun breitmachte. Der Nebel hatte sich ein wenig aufgelöst und die Sonne hieb mit Laserschwertern dazwischen. Rauchballerinas in orangem Taft tänzelten über dem Schornstein der Nachbarn, heizten die etwa schon, bei diesem Wetter? Der Kirchturm dahinter war aus Schlangenleder, die Steine pulsten rot, grün, grau, es war nicht viel los auf der Straße. Wolfgang. Schon wieder Wolfgang, kam gerade mit einer Zeitung und einer Brötchentüte unter dem Arm vom Bäcker, er blickte auf, als habe er Hannes' Blick gespürt, und salutierte grinsend. Hannes winkte zurück, dann zog er die Vorhänge wieder zu und schlüpfte zurück unter die Decke.

Schwarze, braune, bronzene Haut, flirrende Blitze und die geschmeidigen Bewegungen, *Samba, Samba, tanze Samba die ganze Nacht,* die großen Wagen, Paillettenfummel, sie davor, noch keine fünfzehn, Geschmeide über den Brüsten, goldene Schlingpflanzen mit funkelnden Steinen veredelt, in der Mitte die rosa Warze, halt, bei bronzener Haut müsste sie auch eher brauntönig sein, oder nicht? »Es ist jetzt acht Uhr und dreizehn Minuten, dreizehn nach acht. Das Stadttheater Wuppertal machte in letzter Zeit vor allem durch seine ...« Das ... stört, ganz unmöglich mit dem Radio, mit Musik ja, doch das Gerede, ausmachen, okay. Natürlich tanzt sie, alle tanzen, das sieht jetzt aus wie ein vorchristliches Ritual, blutbesprengte Taurobolien, Dunstgemisch aus Blut, Schweiß, Sperma, *sexueller Kitzel von Frauen, die der Anblick eines soeben ausgerissenen Gliedes erregt,* Artaud fand das wohl lustig, dafür endete er schließlich auch in der Klapse ... Nicht gerade anregend, so was Entrücktes, nee ... die Trommeln, die Hüften, sie wiegen sich, alle wiegen sich, Wellen von Menschenkörpern, wie ein riesiger, wilder Ozean, Tumult und ungeordnete Bewegung, Schreie wie die Zungenlaute der Araberfrauen, ausgerissene Glieder, das geht bedenklich übers Normale hinaus, zur Splatter-Fantasie der ganzen Wahnsinnigen da draußen passt das natürlich, *die* sollten lieber Heliogabal lesen, als solche Filme zu schauen, wo sie, wo sie so. Nee, Karneval, da sind sich alle sehr zugetan. Wie komme ich eigentlich dahin, nach Rio, wo ich wohl nicht mehr ... Wer sollte das bezahlen, drei Flüge, und dann wäre Meta dabei, ohne sie, das ist illusorisch, *Ich fahr' dann mal alleine nach Rio zum Karneval,* da tanzt sie und dreht sich, oben nichts als das Gold, unten nur ein Hauch von Chiffon, man kann ganz durchsehen, das zuckende, schwarze, diesen Schleier einfach weg, was ist dahinter? Vielleicht trägt sie sowieso einen Schleier, Arabien, Scheherazade erzählt eine Story. Nein, irgendwas fehlt, ein Gesicht, zum Beispiel das von Friedrike in ihrem Outfit letztens, Friederike Seger in den blauen Nylons, hm? Ist das etwa Cora? Nein, niemand, keiner auf dem Flur, uff. Oder doch die Tür zumachen, dann jedoch wird Meta fragen, warum hast du, nein, Cora nicht und Meta hantiert in der Küche, wenn Cora mich so, das darf nicht, niemals, steht grinsend im Türrahmen, unausgesprochen bleibt das, erst viel später, wenn sie vierzehn ist oder so: *Papa, damals, ich habe gesehen, was du gemacht hast …*

Friederike und ich, wir sind übriggeblieben, nach der Verabschiedung von Frau Feltgen, vierzig Jahre Uni-Sekretärin, hilfsbereit und freundlich, immer, aber mit der Situation kommt sie nicht klar, im Mittelpunkt stehen ist nicht ihr Ding, möchte auch nichts sagen, ganz peinliche Sache, nachdem Wenz das eigentlich gut gemacht hat, er kannte sie schließlich gar nicht lange, anderthalb Jahre höchstens, oder? Ja, den Lehrstuhl hat er vorletzten Oktober angetreten, Mistkerl, ich glaube, dem habe ich das zu verdanken. Reine Konkurrenz. Wollte mich wegbeißen für alle Fälle. Die Feltgen hat er kaum mitgekriegt, trotzdem eine schöne Rede, das kann man nicht leugnen, Frau Feltgen gerührt und von einer Verlegenheit in die nächste, schätzte sie schon, wie damals, als ich unbedingt stante pede die fünfhundert Kopien brauchte: *Gehen Sie schon mal rein, Herr Professor, lehren Sie, unterrichten Sie, ich kümmere mich,* und dann stehen die alle da, keiner weiß, wie weiter, wenn Friederike nicht die rettenden Worte gesprochen hätte *Das Büffet ist eröffnet.* Am Ende ist die ganze Horde weg, auch Frau Feltgen, Friedrike räumt auf, packt die kümmerlichen Reste des Büffets zusammen, die feinen Härchen hinter ihrem Ohr kräuseln sich, nur so ein Flaum, ich puste ganz sachte dagegen, sie erschauert und guckt komisch, sie ist sehr zierlich, fast knabenhaft, mit ihrem Pagenschnitt, und dann geschieht es einfach … Vielleicht haben wir auch was getrunken, beginnen uns zu küssen, ihre Brüste, fest sind sie und sehr schön, doch in der Uni können wir nicht bleiben, zu ihr nach Hause, ja, und wenn wir richtig zu Gange sind, platzt Hans-Werner da rein, was würde er wohl tun? *Na, dann viel Spaß,* und Friedrike hinterher, *Hans-Werner, warte, warte bitte, das ist nicht so, wie du denkst,* was selbstverständlich eine dreiste Lüge wäre. Oder es gibt einen Riesenkrach, er jagt mich in Unterhosen ums Bett, will mich massakrieren, man weiß es nicht, wie die Leute so reagieren, in solchen Situationen … Dann muss er eben gerade auf Dienstreise sein, hm, fährt er überhaupt auf Dienstreisen bei seinem Job? Bei der Post. Das ist wohl kaum nötig. Die sitzen am Schalter und stempeln Briefe, aber macht nichts, dann ist er auf einer Fortbildung, die braucht man auch fürs Stempeln, wäre ja möglich: *Hans-Werner ist nicht da, wir können zu mir.* In der Wohnung hält sie mich auf und packt mich, würde man ihr gar nicht zutrauen, tut sie aber, diese blauen Strumpfhosen, ihre schlanken Beine, reiben sich an meinen, der Stoff ist elektrisch geladen, elektrisierend geradezu, oben herum ist sie schon nackt, spitze Kleinmädchenbrüste, schneeweiße Haut, diese besondere Haut der Rothaarigen, überempfindlich und besprenkelt mit Sommersprossen. Hat sie überhaupt Sommersprossen? Die Rothaarige mit den blauen Strümpfen, es ist keine Strumpfhose, sondern Strümpfe mit Strapsen, und wie weich sie ist, ich habe auch nichts mehr an, jetzt muss, gleich kommt Meta, vielleicht doch die Tür schließen? Friederike auf der Chaiselongue, und ah. Na ja, okay.

Weg damit. Ich. Hoffentlich riecht man das nicht. In die Jeans rein, in die Tasche, da dürfte nichts, wenn sie gleich auftaucht, *wenn.* Vielleicht packt sie jetzt unten die Sachen, gestern Abend zu müde, zu zerschlagen, und nun, in aller Frühe, werden die Beschlüsse umgesetzt. Würde ihr ja gerne von den Nazis erzählen.

Packen und gehen. Ja. Keinen Tag länger. Keinen Tag länger. Dem Kind. Kann man das nicht zumuten. Dem Kind. Das kriegt alles mit. Alles. Wie er schon wieder geguckt hat. Dieser herausfordernde, abschätzige Blick, die Augenbrauen so ein klein wenig hochgezogen, das reicht. Da könnte ich gleich, da könnte ich. Aber warum soll ich gehen? Soll er doch! Ich bin glücklich hier, er hat die Schwierigkeiten. Mit sich, mit diesem Ort. Ich nicht. Das ist meine Geborgenheit. Die lass ich mir nicht kaputt machen. Von ihm nicht und auch sonst keinem. Für Cora, wo könnte sie besser aufwachsen? So weit weg von der Stadt sind wir nicht und doch nahe an der Natur. Der Wald ... Die Kinder kennen heute gar nichts mehr, dabei ... wenn man sie nur lässt, der eine Waldgeburtstag, die fanden das super ... Blätter, Bäume, Naturschauspiele, Biologie wäre auch was für mich gewesen, leider dagegen entschieden. Im

Grunde ja reiner Zufall. Wenn ich nicht an der Schule in Gladbach angenommen worden wäre … Aber so habe ich's dann gemacht. Schöne Zeit, viel ausprobiert, gelernt, hat Spaß gemacht, ganz andere Einstellung zur Nahrung und auch zur Natur. Nur die Jobs sind knapp. Was für ein Widersinn, wer lange studiert und sich qualifiziert, hat größte Schwierigkeiten, Arbeit zu finden. Gleichzeitig werden Facharbeiter händeringend gesucht. Obwohl. Dass die Firmenchefs durch die Gegend rennen und die Hände ringen … habe noch keinen gesehen.

Jetzt mach ich ihm wieder Frühstück. Muss bescheuert sein, wirklich. Nach der Nummer gestern, Frühstück und die Marmelade, die ich in stundenlanger Arbeit eingekocht habe. Mehr Marmelade, als wir in drei Jahren verbrauchen können. Habe ich dafür studiert? Erdbeermarmelade, hoher Magnesiumgehalt, was den Zucker nicht aufwiegt. Ernährungsphysiologisch betrachtet wenig empfehlenswert. Dafür fast umsonst, was man da spart. Alles selbst gepflückt, eimerweise, das sind Leistungen, die *ich* erbringe für die Familie, kniet er sich vielleicht ins Erdbeerfeld, steht er in der Küche und hantiert mit dem Riesentopf? Ich leiste nichts, bringe nichts ein, und was leistet er? Guckt zu. Immer kommt er mir so vor, das war symptomatisch, das gestern, bestenfalls ein Beobachter, er steht dabei und tut nichts, glotzt. Wenn er sich nur ein Mal aus seiner Reserve locken ließe. Sogar in einer Situation wie gestern, wann, wenn nicht da? Was würde er tun, wenn Coras und mein Leben auf dem Spiel stünden? Sich in die Flammen stürzen, das Kind zu retten? Würde nicht überlegen, das ist … Instinkt, aber er … Dieses ewige Zaudern, Planen, *Man muss dies und das längerfristig erwägen, voreilige Entschlüsse bringen nichts.* Wenn es nach ihm gegangen wäre, wohnten wir jetzt noch in den schimmeligen Bädern der Vorbesitzer. Brr. Wenn ich nur daran denke. Immer jeden Pfennig zweimal umdrehen, haben uns die Bäder umgebracht? Nein, wir lieben unsere kleinen Wellnessoasen.

Ob Mama immer noch weint? Nein. So schlimm kann sie sich nicht gestoßen haben. Wenn man sich stößt, dann tut das eine Weile weh, dann nicht mehr. Nicht mehr am nächsten Tag. Da lässt der Schmerz nach. Vielleicht ein bisschen, dass es ein bisschen wehtut an der Stelle, aber nicht mehr so richtig. Schade, dass wir gestern so früh gegangen sind, ich war noch gar nicht müde, ich habe so schön getanzt. Es war wegen dem Mann, hat Mama gesagt, der Mann, der auch getanzt hat. Aufpassen soll ich. Aber das mache ich, ich bin ein großes Mädchen. Wo ist Papa eigentlich noch gewesen? Ist er denn wiedergekommen? Ich habe wohl geschlafen, als Papa kam. Vielleicht war er noch in der Kneipe. Papa geht nicht in die Kneipe. Nicht so wie Sabrinas Papa, der geht immer in die Kneipe, trinkt Alkohol und kommt lustig zurück. Sagt Sabrina. Er wankt und macht Witze.

Ich kann ja mal gucken, wo er ist, im Bett ist mir sowieso langweilig. Mama ist schon wach, das hört man ja. So, runterklettern, nein, es ist nicht kalt, ich ziehe keine Strümpfe an, auch wenn Mama schimpft, es ist ja warm. Die Sonne scheint so hell wie gestern. Hallo Papa! Er merkt gar nicht, dass ich hier bin. Ich sehe seinen Rücken und im Rücken hat er keine Augen. Hören tut er mich auch nicht. Hallo Papa. Merkst du gar nicht, dass ich dich anschaue? Vielleicht muss ich ein bisschen an der Tür kratzen, damit er sich umdreht …

»Ah, ähem, hallo Cora, guten Morgen …«

»Guten Morgen, Papa.«

»Und? Gut geschlafen?«

»Ja, Papa. Obwohl ich … ich … obwohl ich später … noch mal wach geworden bin, Mama hatte sich gestoßen und ganz doll geweint.«

»Mama hatte sich gestoßen?«

»Ja.«

»Davon bist du wach geworden?«

»Ja.«

»Wo hat sie sich denn gestoßen?«

»Hm. Ich weiß nicht. Am Geländer, glaube ich. Da musste ich sie trösten.«

»Aha. Und wie hast du das gemacht?«

»Na, so«, Papas Kopf mit den kurzen Haaren lässt sich viel besser streicheln als Mamas. Sie hat so viel Haar, vielleicht merkt sie gar nicht, wenn man sie da anfasst.

»Ich fand es doof, dass wir gestern so schnell nach Hause gegangen sind.«

»So schnell? Cora, es war stockdunkel, es war Nacht. Normalerweise bist du um diese Zeit schon zwei Stunden im Bett.«

»Trotzdem. Ich habe so schön getanzt. Und müde war ich überhaupt nicht.«

»Das kannst du heute wieder tun. Tanzen ... Ich meine, wenn's unbedingt sein muss. Wegen mir können wir gerne zu Hause bleiben.«

»Doch, Papa. Auf jeden Fall müssen wir da hin. Ich will tanzen, Papa, und du kommst mit!«

»Hach. Na ja. Also ... Nur wenn's sich nicht vermeiden lässt ...«

»Papa ...!«

»Ja.«

»Du musst mitkommen und du musst mit mir tanzen.«

»Das sehen wir dann mal.«

Dafür haue ich ihn. Er muss mitkommen, das geht nicht. Ich haue ihn ganz doll auf den Arm.

»Au! Was soll das!«

»Du musst mit mir dahin! Sonst hau ich dich noch mal ... Papa ...?«

»Ja.«

»Wo warst du eigentlich gestern noch so spät?«

»Das möchtest du gerne wissen.«

»Ja.«

»Ich bin spazieren gegangen. Die Nacht war ganz lau. Ich war an der Erft.«

»Was heißt lau?«

»Das heißt mild. Warm. Oder zumindest nicht kalt, angenehm heißt das.«

»Papa ...«

»Ja?«

»Normalerweise gehst du nicht spazieren.«

»Wieso?«

»Wenn Mama und ich mit Singa rausgehen, bleibst du immer zu Hause.«

»Nur, weil ich arbeiten muss. Ich habe nichts gegen Spazierengehen. Da kommt man auf gute Gedanken.«

Meta kam hinzu, sie balancierte ein Holztablett, auf dem zwei Teller und drei Tassen standen, Kaffee und Fencheltee gaben Rauchzeichen, *Was wollen die Brüder vom Stamme der Sioux uns sagen?* Die Brote auf den Tellern sahen aus wie aus der Werbung, dick bestrichen mit leuchtend roter Erdbeermarmelade auf Quark. Meta verzog keine Miene und vermied jeden Blickkontakt mit Hannes, dafür umarmte und küsste sie Cora, als sie das Tablett abgestellt hatte:

»Hallo, mein Schatz, alles gut?«

»Ja, Mama, alles gut.«

Sie frühstückten schweigend, nur das Kind plapperte unverdrossen vor sich hin, bis Hannes fallen ließ: »Und? Hast du dich eingekriegt?«

Es hätte nicht viel gefehlt, da wäre Meta gleich wieder der Kragen geplatzt, aber das Kind, sie schluckte den Zorn hinunter und raunzte zurück: »Ich? Was ist mit dir?«

Hannes ersparte sich die Antwort, nippte am Kaffee und erwähnte, ihren Einwurf komplett ignorierend: »Wir müssen heute zur NATO ...«

Meta schnappte wie aus der Pistole geschossen: »Du vielleicht. Ich weiß was Besseres.«

»Aha, und das wäre?«

»Das Haus putzen, zum Beispiel. Wäsche waschen, das ist der reinste Saustall hier, und ich bin offensichtlich allein dafür zuständig.«

»Hm, wer sich im Kinderförderprogramm der Stadt einklinken will, sollte vielleicht ...«

»Wie kommst du darauf, dass ich mit dir überhaupt irgendwo hingehen wollte?«

Cora räusperte sich vernehmlich: »Mama, Papa! Streitet euch nicht!«

Das beruhigte die beiden, doch bedeutete das nur, dass sie verstummten und schweigend die Zähne in ihre süßen Brote hieben.

Es ist schon ganz hell, das ist hell draußen, wie lange habe ich geschlafen? Der Wecker ist nicht angegangen, Mist, habe ich jetzt etwa? Ich komme zu spät, Mama hat den Wecker nicht gestellt und jetzt komme ich zu spät, verdammt, zu spät, was mach ich, der Bus ist weg. Der ist bestimmt schon weg, der Bus. Ach so, ach ja ... Gestern war gar keine Schule, und heute? Heute auch nicht. Heute ist frei, heute ist noch Schützenfest, heute muss der Wecker nicht angehen, ich muss gar nicht zur Schule, ein Glück. Sonst stellt Mama den Wecker immer und dann muss ich schnell aufstehen und mich beeilen. Nein, heute nicht, heute keine Schule, gestern schon nicht, ein Glück, deshalb hat Mama den Wecker ausgemacht, heute Abend muss sie ihn wieder stellen, hoffentlich vergisst sie das nicht. Meistens denkt sie daran. Manchmal hat sie es vergessen, gerade nach dem Wochenende. Dann komme ich nicht zur Schule und der Direktor schreibt einen Brief. Dabei ist es nicht meine Schuld, ich möchte ja zur Schule, auch wenn es manchmal schwer ist. Viel zu schwer, wenn ich müde werde, einschlafen ... richtig einschlafen könnte ich dann. Mit den Zahlen. Oder die anderen Fächer da, mit den Sprachen.

Weiß selber, wie das geht. So schwer ist das nicht. Muss man nur den Knopf da drücken, dann geht der Wecker an, das Radio, da geht das Radio an und da weiß ich, dass ich aufstehen muss. Weiß schon, wie das geht, kann das machen. So.

Ob Mama und Papa schon auf sind? Ja. Kann man hören, das sind Schritte in der Küche, Mama wenigstens ist auf. Oder ist das Papa? Nee, das ist ihre Stimme. Sie schreit rum wegen irgendwas. Kann mal hingehen und ihr sagen, dass ich den Wecker ganz alleine eingeschaltet habe. Aber erst mal die Hose anziehen, das ist schwer, diese ... die ist doof, immer bleibe ich da so hängen, immer, verdammt, die Füße, verdammt, warum geht das nicht? Verdammt, verdammte Scheiße, verdammte Scheiß-Piss-Kack-Hose, das geht nicht, ich, ich, Scheiß-Pipi-Kack-Sau, noch mal ganz ausziehen, Scheiße, geht das nicht, muss die jetzt, Scheiße, extra noch mal ausziehen. So. So geht das jetzt. Die Hose, jetzt ist sie an, beinahe hätte ich sie zerrissen, scheißbehinderte Hose. So. Noch die Knöpfe zu. Das ist auch nicht einfach, den unten schaffe ich nicht, das kann Mama machen. Was wollte ich sie fragen? Wollte Mama etwas sagen, aber was? Wollte ich überhaupt? Ja, etwas wollte ich Mama, etwas, das war, das war das mit dem Wecker. Ein Glück, dass es mir wieder eingefallen ist. Der Wecker.

»Guten Morgen, Mama.«

»Morgen, Bob. Wie siehst du denn aus? Mensch, noch nicht mal gekämmt.«

Ich weiß nicht, Mama sieht auch nicht aus, als hätte sie sich gekämmt. Sie steht nur in der Küche und raucht und guckt aus dem Fenster.

»Hier, Mama ...«

»Was 'n?«

»Kannst du mal die Hose zumachen? Der Knopf unten, den kann iss niss.«

»Bob, wie alt bisse eigentlich? In deinem Alter musse doch dein' Hosenstall zukriegen.«

»Mama ...«

»Ja?«

»Iss hab was gemacht.«

»Was 'n? Schon wieder wat kaputt?«

»Nein, Mama. Nein, niss kaputt, Mama. Iss hab den Wecker allein gestellt, für morgen.«

»Du? Au Mann, dann hast du bestimmt alles umgestellt. So wat Blödes! Und ich muss dat wieder richtich machen. Dabei ist dat schwer.«

»Aber iss ... Iss hab doch nur. Iss hab nur das Knöpfchen gedrückt.«

Ich weiß nicht, ob Mama mir glaubt. Sie guckt so. Dabei muss sie mir glauben, ich hab bestimmt nix kaputt gemacht, ich hab nur auf den

Knopf gedrückt. Das braucht sie sich nur anzugucken, dann merkt sie das. Aber sie guckt gar nicht. Dabei kann ich auch was richtig machen.

»Hast du Hunger?«

»Ja, Mama.«

»Dann mach dir wat. Biss alt genuch. Junge in deim Alter muss sich selber Frühstück machen. Bin nich' deine Sklavin, ej. Schmier dir halt 'n Brot.«

»Mach iss, Mama ... Mama?«

»Ja.«

»Wo is 'n Papa?«

»Im Wohnzimmer.«

Ich schmier mir ein Brot. Hoffentlich ist eins abgeschnitten, sonst muss ich Mama doch fragen und das wird sie nicht gernhaben. Das Brot ist immer geschnitten. Aber einmal war das ein ganzes Brot, einmal, das ist nicht lange her, hoffentlich haben wir ... Ja, das ist geschnitten. Aber ziemlich alt, ganz trocken. Also brauche ich erst. Erst brauche ich die Margarine, die ist ... kalt. Und ein Messer, dann schmiere ich das Brot. Die Margarine. Die ist fast alle. Eigentlich schon alle, das muss ich Mama sagen, damit sie: »Mama, die Margarine is' alle, du muss' neue kaufen!«

»Ich muss gar nix, weisse?! Heute is' Sonntag, da kannsse sowieso nix kaufen. Da haben die Geschäfte zu. Da musse dein Brot eben ohne Margarine essen. Ich renn sowieso die ganze Zeit nur zum Supermarkt. Wenn mal einer von euch wat einkaufen würde, aber nee, ich bin die Einzige, die immer schleppen muss!«

Warum schreit Mama denn, ich höre sie doch.

»Mensch! Is' bald joot? Muss du so erumbrülle, Mann, ej, dämlische ...«

»Dämliche, wat? Hä? Dämliche, wat?«

»Hach. Leck misch inne Täsch, ej.«

»Geh du nur wieder ins Wohnzimmer. Leg dich auwet Sofa. Dat is soundso dat Einzije, wattu kannss.«

Papa hat nur sein Unterhemd an, ihm ist wohl warm. Im Sommer hat er das oft. Ein Bier trinkt er. Wieso darf er immer Bier trinken und ich nie? Das verbieten Mama und Papa, das ist ungerecht. Andere in meinem Alter dürfen das, wenigstens manchmal, wenn Schützenfest ist zum Beispiel. Papa legt sich wirklich aufs Sofa, hat er dort geschlafen, will er weiterschlafen? Nein, der Fernseher läuft. Dann liegt er deswegen da. So, nur noch das Nutella drauf.

»Bob! Schmier bloß nicht rum! Pass auf, verdammt! Immer muss ich deine Scheiße wegwischen.«

»Kann iss' selber machen.«

»Da träumst du von. Nee, lass mal. Bei dir isses nachher dreckijer als vorher ... Hach, nee, Scheiße.«

Warum hat sie den Lappen weggeschmissen? Jetzt ist sie auch ins Wohnzimmer. Hat die Tür zugeknallt, irgendwann geht die kaputt, wenn man die so zuknallt, ganz doll. Mir sagt sie immer, ich soll aufpassen mit der Tür, aber sie selber. Ich kann ihren grünen Bademantel sehen dahinter, er bewegt sich. Da ist nur so ein grüner Fleck, das Glas ist nicht richtig durchsichtig, vielleicht ist es gar kein Glas, aber dann hätte es nicht so geklappert, Mama kann man da nicht sehen. Jetzt ist sie sowieso weg, der grüne Fleck. Wahrscheinlich sitzt sie auch auf dem Sofa.

Soll ich mein Brot in der Küche essen? Überall liegen Krümel. Dann wische ich die mal ein bisschen weg, ich kann nämlich wohl saubermachen. Draußen scheint die Sonne. Fahrrad fahren. Oder ins Wohnzimmer, gucken, was Mama und Papa machen. Weiß schon, was sie machen. Warum darf ich nicht fernsehen?

»Mama, Papa?«

»Wat willss du denn hier?«

»Was guckt ihr?«

»Irntso 'n Scheiß.«

»Guck ma, schönes Wetter, Bob. Geh raus, spielen. Kinder müssen bei so Wetter draußen sein.«

»Möchte gar niss.«

Sie schweigen, sitzen nur auf der Couch, was ist das? Ein riesiges Monster. Das ist ... ganz aus Blech oder so. Läuft da rum und zerdötscht die ganzen Autos, das ist ein Lärm. Besonders weil Papa so laut gestellt hat. Das hört sich an, als würde das bei uns durchs Wohnzimmer laufen. Und jetzt die Hubschrauber, die schießen, Laserstrahlen.

»Hast du nicht gehört?«

»Mösste das auch sehen.«

»Bob, mein Kleiner, mach disch nützlisch. Hol dem Papa nor'enne Bier.«

»Nee, will iss nisst.«

»Hä? Was 'n jetz' los? Hä? Bob? Komm, ej, tu mir die Liebe, hol dinge ahlen Papp nor'ennere Bier.«

Die NATO

Die NATO, wie sie im Kirchweiler Volksmund in verkürzender Weise hieß, war eine ehemalige Militärbasis des Nordatlantischen Verteidigungspakts, und den ursprünglichen Verwendungszweck merkte man dieser Barackensiedlung noch an, karge Betonflächen, tiefer gelegte bunkerähnliche Gebäude, halb im Erdreich verborgen, und sogar Raketensilos gab es noch. Das Gelände war schon in den 1990er Jahren von einem reichen Mäzen erworben worden, einem Mann, der nicht lange fackelte, wenn er sich etwas in den Kopf gesetzt hatte. Er fragte nicht, was es ihn kostete, welche Mühen und welches Geld. Zuvor hatte dieser Mann bereits ein größeres Auengebiet ganz in der Nähe erworben und in ein künstlerisches Versuchslaboratorium verwandelt. Es war eine Landschaft mit Geschichte, 1820 hatte eine Wuppertaler Industriellenfamilie hier einen Park angelegt, idyllisch an der Erft gelegen, mit Blutbuchen und Sumpfzypressen, die inzwischen auf eine enorme Größe angewachsen waren.

Durch die Grabung eines Erftumlaufes war das Gelände um 1900 zu einer Insel geworden, wenige Zeit später bezog hier ein Sonderling Quartier, der bis nach dem Zweiten Weltkrieg dort hauste. Er hängte

Kronleuchter in die Bäume, was bei der Landbevölkerung seinen Ruf als Exzentriker deutlich förderte. Mitte der 1980er Jahre übernahm der Mäzen dieses Gelände und in den folgenden Jahren wurde auf Basis intensiver Bodenuntersuchungen eine ideale Landschaftsarchitektur umgesetzt. Es entstand eine renaturierte Aue mit Wasserarmen und Weihern, die sich dem Originalzustand dieses Flussgebiets annäherte. Dieser traumhafte Landstrich wurde zu einem Gartenmuseum ausgebaut, das Jahr für Jahr viele Tausend Besucher anzog. Neben Pavillons, in denen Kunst verschiedenster Epochen ausgestellt wurde, siedelte der Mäzen einige Künstler an, denen er lebenslang freies Domizil gewährte.

Als nun Mitte der 1990er Jahre die nahe Militärbasis aufgegeben wurde, kaum einen Kilometer entfernt von dem Gartenmuseum, erstand er auch dieses Gelände und begann damit, es zu entwickeln. Die ehemalige Raketenstation bot weiteren Künstlern Residenz und Lebensmittelpunkt, befreundete Architekten entwarfen kubische Neubauten aus ortsüblichen Backsteinen, die mit den Original-Militärgebäuden, den Baracken, Hangars, Wachtürmen und Abschussrampen, eine einzigartige Verbindung eingingen. Auf freiem Feld lag dieses Terrain, seltene Pflanzen gediehen dort und wucherten so ungehindert, als existiere gar keine ordnende Hand. Wie das Ursprungsgelände am Fluss geriet auch die Ex-Militärbasis zu einem wahren Kleinod der Landschaftsarchitektur.

Die Künstler, die in den Genuss dieser Unterstützung kamen, wählte der Mäzen selbst aus – ganz nach persönlichem Gutdünken. Nie entschied er sich für das Naheliegende, das Populäre oder das, was ihm hätte schmeicheln können, sondern er bevorzugte gerade das Sperrige, das, was unter Avantgardeverdacht stand. So haftete der NATO eine Aura des Elitären, des Raren und Besonderen an, was sie den Kirchweilern suspekt machte, zumal dort eine ganze Reihe von Gebäuden existierte, bei denen niemand die geringste Ahnung hatte, was darin eigentlich vor sich ging. Man munkelte etwas von Forschung, Nanotechnologie, Atomphysik, anscheinend wurden ganze Kongresse dort abgehalten, doch das alles geschah im Geheimen.

Den Kirchweilern waren die Künstler der NATO suspekt, der Ort selbst diente ihnen nur als Ziel für Hundespaziergänge, in Sommer und Herbst beliebt auch wegen zahlreicher Obstbäume. Quitten, Mirabellen und Walnüsse ernteten die Leute aus der Umgebung, ohne zu fragen, ob das den Anwohnern schmeckte oder nicht. Viel frequentiert wurde die NATO dagegen von Kunstbeflissenen aus den Metropolen an Rhein und Ruhr sowie aus dem angrenzenden Ausland. Diese gut betuchten Bildungsbürger, die nach einem Besuch im Gartenmuseum oft auch der NATO ihre Aufwartung machten, stachen schon durch ihre Kluft unter den lehmstiefligen Jägern, Wanderern und Hundeläufern hervor. Bei den ansässigen Kulturschaffenden war das kunstinteressierte Publikum nicht immer gern gesehen, denn viele der Besucher unterschieden nicht zwischen öffentlich und privat, nur zu oft steckten die Kulturtouristen ihre Köpfe in ein Atelier oder gar eine Wohnung, weil sie auch hier Exponate und Ausstellungsräume wähnten.

Getragen wurden NATO und Gartenmuseum von einem Förderverein, dem zahlreiche wohlhabende Bürger angehörten, die Mitgliedsbeiträge waren nicht eben niedrig und konnten nach oben hin offen gestaltet werden. Für das Engagement wurde man eingeladen zu Konzerten, Ausstellungen und Lesungen, die schon deshalb beliebt waren, weil dabei stets ein reichhaltiges Buffet präsentiert wurde, getreu der löblichen Überzeugung des inzwischen verstorbenen Mäzens, dass Körper und Geist, ästhetischer und kulinarischer Genuss zusammengehörten.

Geboten wurde nicht immer leichte Kost. Neben ernster Klassik des gehobenen Repertoires konnte man hier kompromisslose musikalische Avantgarde oder sprachversessene Lyriker goutieren, nur Eingeweihten ein Begriff; das Ganze wurde in einer weihevollen Atmosphäre dargeboten und zumeist mit freundlichem bis frenetischem Applaus bedacht.

Kurzum: NATO und Gartenmuseum waren Leuchtturmprojekte des Bundeslandes Nordrhein-Westfalen. Daher wurde diese Trägerstiftung jährlich mit durchaus großzügigen Zuschüssen der Landesregierung und ihr nahestehender Stiftungen bedacht, und der/die jeweilige Kultusminister/in fungierte qua Amt automatisch als Vorsitzende/r des Stiftungsbeirats. Alles, was in Kultursachen Rang und Namen hatte, pflegte seine Kontakte hierhin.

Strahlenbündel überm Feld, auch die Straße ein einziges Gleißen, ihr leichter Anstieg mitten ins Licht – wie die Startrampe ins Paradies. Das kleine Auto peste da hoch, zu beiden Seiten erstreckten sich weit die Felder, flach und frisch rasiert. Hier und dort lag Stroh, rundgerollt und zellophanverpackt wie weiße Riesendrops. Cora plärrte, aber da Fünfjährige nun mal nicht alleine bleiben konnten, hatte sie mitgemusst, vermutlich war das Programm nichts für sie, wenngleich ihr Live-Musik, ungeachtet Genre und Charakter, für gewöhnlich gefiel.

»Ach, Cora, hör auf. Wir bleiben nicht lange. Sowieso nicht ...«, Meta steuerte den Wagen mit zügigem Schwung auf den Parkplatz. Alle krabbelten sie aus dem anthrazitfarbenen Golf, und Meta öffnete die Heckklappe für Singa. Die Hündin verharrte einen Augenblick, und erst als Meta das Kommando gab, sprang sie ins Freie: »Brav, Singa, das hast du schön gelernt. Immer erst, wenn ich es sage.«

Cora zwinkerte halb missmutig im hellen Morgenlicht, ein milder, aber stetiger Wind fächelte, fast wähnte man sich am Meer, und vielleicht war es tatsächlich eine Meeresbrise – so weit weg war die Nordsee nicht, dazwischen kein Berg, kein Hügel, nicht die geringste Erhebung, erst Holland, dann die niederrheinische Ebene, eine fast abstrakte Fläche, plan und verloren wie ein surrealistisches Gemälde, was sprach dagegen? Jedenfalls war es hier stets angenehm frisch, Inselwetter, dazu passte eine geradezu versunkene Abgeschiedenheit und Zivilisationsferne, die der Ort ausstrahlte, wiewohl man, schaute man Richtung Rhein, unten in der Senke die Landeshauptstadt auszumachen vermochte. Im Dunst lag sie, und, wie eine Kompassnadel zitternd im Glast, ragte der Fernsehturm. Die strategische Bedeutung, aufgrund derer die Militärbasis hier einst errichtet worden war, lag auf der Hand.

Meta stöckelte unwirsch über den Schotterweg, bin ich eigentlich bescheuert? Er sagt, wir gehen hierhin, es ist wichtig, und ich hab nichts Besseres zu tun, als mich in aller Eile in Schale zu schmeißen und ihm hinterher zu dackeln. Das nach diesem aberwitzigen Streit, das ist unwirklich und grotesk, wie lange mache ich das noch mit? Ich war doch schon kurz davor ... Das Kleid müsste eigentlich, das geht im Grunde nicht ... nur, was soll ich machen, einfach nichts anzuziehen, gut, dass wenigstens der Blazer frisch aus der Reinigung ist. Die Schminke ist natürlich die reinste Katastrophe, sind eh schon zu spät, einfach nur etwas Farbe ins Gesicht, so sieht das dann aus. Trotz allem: Recht hat er, ausnahmsweise, wegen ihm mach ich das bestimmt nicht ... schon besser, sich dort mal blicken zu lassen. Bestimmt ist Frau Heinrich da, die hau ich direkt noch mal wegen des Konzepts an, seit der Einrichtung des Offenen Ganztags suchen die überall, händeringend suchen die nach Leuten, nur haben sie kein Geld, sonst hätte ich schon längst, vier Stunden die Woche ist nichts, und so schlecht bezahlt ...

Wenn ich in das Kreativprogramm des Landes rein käme, mit Unterstützung des Kulturamts ... erheblich höhere Stundenzahlen, erheblicher Faktor für unsere Finanzplanung ... endlich mal mehr als bloß Münzgeld in der Tasche, um die nötigsten Dinge zu kaufen für das Kind. Schon komisch, wenn man die Asi-Familien sieht, die allerneuesten Kinderwagen, die teuersten Schultornister, klar, die haben nix, also muss der Staat bezahlen für die Kinder, dennoch. So einen Kinderwagen hätten wir uns nie leisten können, wir kaufen den gebraucht, damals in der Weseler, das war's ja, der Hammer, was die Aijan da erzählte, die Typen über uns. Illegale Hundepension, florierender Vertrieb von Schmuggelzigaretten, möglicherweise auch Drogen, parallel dazu Hartz IV, wahrscheinlich mehr Geld als wir, und die Hunde, unerträglich. Ihren eigenen Hund haben sie immer vor die Gemüsestände von Aijans Eltern pissen lassen, absichtlich, der kleine Sohn hatte auch immer so rassistische Sprüche drauf, ganz prima, echt. Und als sie dann endlich auszogen – wohin sind die eigentlich, nach Tiefenthal? Ich glaube schon, hoffentlich nicht mal hierhin, das wär's noch, *Guck mal, die neuen Nachbarn, gerade eingezogen ins Haus gegenüber,* das wär schon 'ne Art Horrorshow, Endlosschleife, *guck mal, wir sind wieder da …* Und dann wandert die gesamte Einrichtung geschlossen auf den Sperrmüll, und die Aijan *Ja, wieso das denn,* fragt die eine Tochter von denen, *sind doch noch gut, die Sachen? – Nee,* sagt die, *wir kriegen alles neu vom Amt.* Muss man sich mal vorstellen, wir haben Möbel vom Sperrmüll, die kriegen alles neu vom Amt. Ob das überhaupt stimmte? Vielleicht wollte die auch nur angeben, vielleicht dass sie's nur auf diese Weise kompensieren wollte, das alles da, das Elend. So, da wären wir, auf in den Kampf …

Sie trafen pünktlich zur Pause ein, gerade strömten die Leute aus der Halle. Das Gerede vieler Münder schwirrte über den Köpfen, eine fluide Klanginstallation, was an diesem Ort durchaus nicht verwundert hätte. Offensichtlich froh, wenigstens zeitweise aus der sonntäglichen Kunstandacht entlassen zu sein, versammelte man sich in der morgenfrischen Luft, die schon erstaunlich warm war. Und so war auch die Kleidung der Konzertbesucher, helle Töne, leichte Stoffe, teure Marken mit einem Hang zum Understatement. Meta sah das, wusste das, Hannes nicht. Einzig die Markenaufdrucke – klein, unaufdringlich, kaum zu erkennen, anders als bei den Proll-Trendmarken – verrieten gehobene Qualitäten und Preise.

Die Leute passten dazu, sie waren gelassen, Probleme schien es nicht zu geben, Probleme waren zu vernachlässigen oder man ließ sie sich nicht anmerken, die derzeitige Krise des Traditionsunternehmens wurde unter der Decke gehalten, ebenso dass die Anwaltskanzlei wegen diverser Zahlungsausfälle von Insolvenz bedroht war oder wie sehr die Zahnarztpraxis unter den Zinszahlungen für die teure Einrichtung ächzte. Die Fassade musste aufrechterhalten werden, denn ein Zweifeln, ein Riss gar in der Attrappe konnte den Todesstoß bedeuten. Zumindest dem Schein nach musste alles in bester Ordnung sein, irgendwann würden die Geschäfte schon wieder laufen, so war es, so war es immer gewesen, so würde es immer sein. Es entsprach der Natur dieses Wirtschaftens, das aufbaute auf Pump und Illusion.

Doch für die meisten gab es kaum einen Grund zur Sorge, nichts schützt so sehr vor Depression wie ein beruhigendes finanzielles Polster, ein fester, großzügig dotierter Job und die Absicherung aller erdenklichen Risiken. Wenn man sich zusätzlich an hoher Kultur laben konnte, kam zur Souveränität übers eigene Leben noch ein angenehmer Hauch von Sinngebung hinzu, das Gefühl, Teil zu haben, Teil zu sein von etwas Großem, der Entstehung des ästhetischen Kanons von morgen.

Wer also war heute da? Meta entdeckte den Kulturdezernenten, ein, zwei städtische Politiker, und war da nicht der Landtagsabgeordnete Jürgens, ehemaliger Innenminister, sie kannte ihn aus dem Fernsehen. Diese Dame im violetten Taft, etwas overdressed, erschien ihr vertraut – die war ihr mal vorgestellt worden, sie arbeitete bei einer Stiftung. Viele Künstler waren zugegen, von denen Meta einige bereits vom Sehen kannte. Sie wurden, ob sie wollten oder nicht, Teil eines Schaulaufens, bei dem ihre jeweilige Bedeutung über ein kompliziertes, nirgendwo explizit ausformuliertes Messsystem ermittelt wurde, wer kannte hier wen und wer wen nicht. Jene, die von den Mächtigen des Landes in Kultur oder Politik, den Museumsdirektoren, Kulturredakteuren, Kommissions- und Jurymitgliedern, Ministern und Staatssekretären, den Sammlern, Förderern oder Stiftern, freundlich gegrüßt, mitunter hofiert wurden, belegten die oberen Plätze dieser geheimen Skala der Aufmerksamkeitsökonomie. Es würde sich auszahlen – in Ankäufen, öffentlichen Aufträgen, Stipendien, Professuren der Preise, das war klar, so lief das Geschäft.

Meta war froh, dass sie erst jetzt hinzustießen, zur Pause, die Hälfte bereits geschafft, es standen ziemlich schwierige zeitgenössische Werke auf dem Programm, unter anderem eine Uraufführung. Da konnte es von Vorteil sein, nicht allzu lange in dieser Veranstaltung festzusitzen, bei Cora waren Schwierigkeiten vorprogrammiert; so spät, wie sie gestern ins Bett gekommen war, würde ihre Geduld auf eine große Probe gestellt werden.

Die Musik war auch nicht der Grund, wieso sie hier waren: Meta erspähte Johanna Heinrich, die Kulturamtsleiterin der Kreisstadt, und steuerte direkt auf sie zu. Allzu sehr passte ihr das nicht in den Kram, sich so anzudienen, aber es lag nun einmal in ihrem eigenen Interesse. Sie begrüßte Frau Heinrich freundlich, die in leichte Dreiviertel-Leinenhosen und ein Karohemd gewandet war, Meta quittierte das mit einem ironischen: »Sie sehen ja richtig nach Sommerfrische aus!«. Johanna Heinrich, die ein unkomplizierter Mensch war, lächelte: »Ja, Sie haben Recht, mein Mann und ich, wir machen hier nur Zwischenstation auf unserer Radtour. Gleich geht's weiter den Rhein runter, Richtung Süden.«

»Hm. Ich beneide Sie. Wirklich. Bei dem Wetter. Wenn unser Kind erst ...«

»Ach ja, das Töchterchen ... Na, wie geht es dir denn? Gefällt dir die Musik?«

Cora schmiegte sich an Meta, schlich um sie herum und ließ scheu die Zunge zwischen ihren Mundwinkeln hin- und herwandern. Doch Frau Heinrich startete einen weiteren Versuch, ging in die Hocke und fragte: »Wie heißt du denn?«

Wieder schien es, als drücke sich Cora um die Antwort, bis sie sehr leise, fast flüsternd, ihren Namen bekannt gab. Jetzt trat Hannes hinzu, der noch bei einem Bekannten hängen geblieben war, er fuhr die Hand aus und rief grinsend: »Frau Doktor Heinrich, schön, Sie zu sehen! Das ist ja ein wunderbares Wetter für diese Veranstaltung. Ich hoffe, es geht gut – bei Ihnen im Amt und zu Hause.«

»Äh, ja. Alles bestens.«

Hannes merkte, dass ihm nichts mehr zu sagen einfiel, Small Talk war nicht seine Stärke, da wandte sich Frau Heinrich an Meta: »Übrigens, wegen Ihres Konzepts, ich hatte Sie schon anrufen wollen ... Ich hab mir das angesehen, ich finde das ganz prima und denke, wir können da auf jeden Fall unterstützend tätig werden. Wissen Sie, es gibt da dieses Landesprogramm für kulturelle Bildung in Schulen, wir reichen die Anträge dafür ein. Normalerweise werden sie bewilligt. Und selbst wenn nicht … dann könnten wir immer noch überlegen, ob wir das nicht selber fördern. Ich halte das wirklich für eine gute Sache.«

»Das wäre ja wunderbar!«, strahlte Meta, »Hatte ich gar nicht mit gerechnet. Also wenn Sie das …«

»Kein Thema, das machen wir gern. Wir beschäftigen uns sehr mit interkulturellen Fragestellungen und Ihre Idee … Kochkulturen, dass die Kinder spielerisch die Essgewohnheiten ihrer migrantischen Schulkameraden kennenlernen, das finde ich super, das passt genau da rein.«

So, dachte Meta, dann hätte ich meine Pflicht schon getan und könnte eigentlich wieder fahren.

»Und wie geht es dann weiter?«

»Wir sollten uns mal treffen. Da der Abgabetermin … ich glaube, der ist schon Anfang Oktober …«, Frau Heinrich fischte ihr Smartphone aus der Tasche und tippte darauf herum, »Warten Sie … wie wär's … gleich am Dienstagnachmittag, da habe ich etwas Luft, so ab … sechzehn Uhr, geht das?«

»Hm, ja, ich müsste eine Freundin bitten, das Kind zu nehmen … Ich gebe Ihnen morgen Bescheid.«

»Ach, was, die Kleine kommt einfach mit! So eine Süße … die stört uns doch nicht …«, und wieder beugte sich Frau Heinrich zu Cora hin, strich ihr über den Kopf.

»Na, klasse. Dann machen wir das.«

»Bringen Sie mir Ihr Konzept noch mal fertig mit, dann wir reichen das ein.« »Und was steht bei Ihnen so auf dem Programm?«, fragte Hannes. Heinrich scharrte etwas herum: »Nun, als Nächstes stehen die Theatertage an, ist jetzt bereits die neunzehnte Ausgabe. Dann ist das Jahr auch schon rum, ein paar Ausstellungen machen wir. Und im Kulturforum ist die Woche der interkulturellen Begegnung – ich sagte ja, das ist für uns ein ganz wichtiger Aspekt.« Für Hannes klang das, als sei sie nicht völlig überzeugt von diesen Projekten, die ein ums andere Jahr stattfanden.

Dennoch heuchelte er Interesse: »Ach ja? Woche der interkulturellen Begegnung?«

»Na, das richtet sich ... vorrangig an Jugendliche mit Migrationshintergrund. Hiphop ... Graffiti ...«

»Was ja eigentlich Sachbeschädigung ist«, fiel Hannes ihr schelmisch ins Wort.

»Nicht wenn es auf genehmigten Flächen stattfindet. Was wollen Sie? Man muss den Jugendlichen Angebote machen, die mit ihrer Lebenswirklichkeit zu tun haben.«

»Ja, sicher. War nur ein Scherz.«

»Außerdem haben wir da eine ganz tolle Breakdance-Gruppe, ein paar afrikanischstämmige Jungs, die machen unglaubliche Sachen.«

»Klingt interessant«, entgegnete Hannes, »Da kommen wir mal vorbei. Auch zu den Theatertagen.«

Jetzt drehte die Kulturamtleiterin sich weg, da ein Bekannter nahte, sie umarmten einander herzlich, Meta und Hannes ließen sich fortschwemmen, trieben im Bad der Menge. Dann wurde es ernst, wie auf eine geheime Verabredung hin setzte die Menge sich in Bewegung, das Konzert wurde fortgesetzt.

Hm. Tja. Kann da nicht viel mit anfangen. Schon nicht schlecht, aber Melodien? Fehlanzeige. Die Cellistin, wirklich unglaublicher Busen, ob ihr der nicht im Weg ist? Echt oder Plastik? Wenn sie da so mit dem Bogen ... Das weiß man heute nie ... wenn ich nur an den Skandal mit den minderwertigen Silikonpolstern denke ... Wie man überhaupt nur auf die Idee kommen kann, sich da so was reinzustopfen ... aber im Entertainmentbereich ... die sind alle operiert, muss ja ... Nicht-Operierte lassen die gar nicht zu, in Film und Fernsehen ... Aber Cellistinnen ... wohl nicht. Dahinten ist ja der Kulturbeauftragte, zu dem könnte ich auch mal ... na ja, weiß gar nicht, was ich von ihm wollen könnte. Kinderkochkurse sind sicher unter seiner Würde ... Hannes vorhin, *Da werden wir bestimmt,* also wirklich, wann waren wir denn mal im Theater? Mein Ding ist es sowieso nicht ... sitzt man da immer so eingezwängt, was will der Autor uns damit sagen? Lieber Biergarten. Ja, genau, gleich, später, super. Der Rest vom Schützenfest. Dem Kulturdezernenten scheint es nicht so sehr zu gefallen, sieht aus, als nicke er gleich ein. Ob ich den mal …? Ach, nee, da habe ich erst recht nichts zu suchen, ist ganz egal, wenn nur die Heinrich das … Nicht mein Platz, bei den hohen Herren, haha, als würde ich das wollen. Was interessiert mich, was einer darstellt. Hannes schon. Was er da gerade … mein Gott, das war ja krass. Kann mir das gar nicht vorstellen. Ist mir auch nie aufgefallen, keine Schmierereien, nichts. Aber dass er überhaupt nicht reagiert hat, wenn er so sicher war, dass die das brüllen, also ich hätte. Ist schon wieder dasselbe, dieses … Zumindest sofort die Polizei rufen, was denn sonst? Sofort, und wenn's anonym gewesen wäre, besser als nichts, das kann man doch nicht einfach so … Doch. Er schon. Er kann. Kann so einiges ignorieren. Jetzt ist es zu spät, wenn nicht, würde ich, aber jetzt, so nach dem Motto: *Gestern haben da Nazis rumgepöbelt, kommen Sie her, verhören Sie die Leute,* das bringt ja nichts, wer soll das noch beweisen … der Dreesen, mal ein Auge drauf haben …

Die ist aber hübsch, meine Güte, makellos, ein makelloses Gesicht. Ob Cora später auch mal so aussieht, eine echte Prinzessin. Wie mit dem Morgentau vom Himmel gefallen, die lächelnden Augen und die Grübchen, bildschön. Das Kleid hat sie wohl von der Mutter geerbt oder von der Oma, ganz altmodisch, Chiffon oder so was, bestimmt nicht vom Flohmarkt. Andächtig … Andächtig lauscht sie der Musik, ob sie das kapiert? Mir ist es eindeutig zu hoch, die spielt aber sicher selbst ein Instrument, ich hab ja nie, Mama und Papa hat das nicht interessiert. Geige würde passen. Nie, tatsächlich nie hat irgendein Harm ihre zarte Stirn gefurcht … Ihre Eltern, klug, dezent, ätherisch, auch sie ganz versunken in die Darbietung, wie ungleich die Chancen verteilt sind … Au Mann. Hannes fallen gleich die Augen aus dem Kopf, wie ein Ochse glotzt der, peinlich, nicht zu ertragen, *Siehst du nicht, wie alt die ist,* hoffe, dass die Eltern das nicht merken … Dreht sich um, zum Glück, manchmal denke ich wirklich, er …

Hach. Hm, ja. Sehr … aufschlussreich. Oder so. Langsam könnten sie zum Schluss kommen, zwei Konzertteile hätte ich nicht ausgehalten. Ist das die Erstaufführung? Hm? Cora, was ist? Nur Schmusen? Ihr wird's langsam zu viel, kein Wunder, hat mal wieder unheimlich tapfer durchgehalten, unser kleines Mädchen.

»Und? Wie gefällt's dir?«

»Schön.« Na ja, schön und lang ... würde ich eher sagen ... Und Hannes tut immer so, wie er da auf die Bühne stiert, *Oh ja, ich analysiere die Klänge, alles sehr bedeutsam,* als würde er sich so was zu Hause freiwillig anhören, normale Klassik ja, aber das, total debil eigentlich, Fassade, wenn er nur endlich mal ehrlich wäre. So. Jetzt aber. Lang hat sich's hingezogen, und so plötzlich ist es vorbei. Hallo, alle wieder aufwachen. Von wegen ... rauschender Beifall, ein voller Erfolg, *der Komponist nach vorne,* schön verbeugen, na ja, wenn es ihnen gefällt ... Und jetzt? Er will bestimmt noch bleiben. Kann er ja. Hab genug, besonders von ihm. Fahr mit Cora vor, muss er eben zu Fuß zurück, kann er den Hund mitnehmen, kommt der wenigstens ein bisschen zum Laufen, sitzt die ganze Zeit draußen rum an der Leine und bewacht den Eingang, manche Töle hätte ein Geheul angestimmt ... Das wäre lustig geworden, diese Musik, dazu von draußen das Winseln unseres Hundes. Hätten sie dumm aus der Wäsche geguckt. Nee, lass mal ... Hätte ich dann rausrennen müssen, *Aha, das ist deren Köter mit dem Gejaule, unmöglich, so was ...*

Und wieder angedockt, klar, beim Kulturdezernenten, und wer ist der andere? Könnte der Geschäftsführer von dem Verein hier sein, Graewert oder so, ja, ich glaube. Mich stellt er ums Verrecken nicht vor, bin eben nicht wichtig, nicht satisfaktionsfähig auf dem blanken Parkett der Hochkultur, hat er mich eigentlich jemals akzeptiert? Der merkt das gar nicht. Das ist es, er nimmt mich gar nicht wahr. Immer nur er. Und wie er sich wieder ranschmeißt.

»Sie sind doch Professor in Düsseldorf, wenn ich recht informiert bin.«

»Also, äh, nicht ganz. Ordentlicher Professor bin ich ... noch nicht. Ich habe momentan eine Juniorprofessur inne.« Ja, das wäre was, das würde ihm so passen, da könnte er sich spreizen, der überaus bedeutende

Lehrstuhlinhaber Prof. Dr. Tannert, wie ein Pfau, die beiden wiegen wissend die Köpfe.

»Aha. Hm. Was genau war das noch mal?«

»Bleiben Sie denn noch zum Büffet?«

»Äh, ja. Warum nicht?!«

»Na, dann bis gleich. Äh, Herr Dobelius, wir wollten ja noch mal …«

»Genau, Sie hatten …«

Und schon lassen sie ihn stehen, haben was zu besprechen. Da steht er dumm da, möchte so gerne rein und merkt gar nicht, dass es niemals passieren wird. Versteh gar nicht, warum er das will, wozu? Ich möchte gar nicht. Ich möchte nicht. Alles gut, wie es ist. Fühle mich da gar nicht wohl. Dass es weiter oben anders wäre, ist Illusion, du bleibst immer, was du bist. Dafür reichhaltige Kontakte, normale, herzliche Menschen, ist das vielleicht nichts?

»Ach … Herr Riemenschneider … Sie hatten ja letztlich … ich hatte Ihre Einladung bekommen, für die ich mich auch sehr bedanken möchte, aber ich war *leider* verhindert. Ein Abendseminar an der Uni.«

»Ja, ja, kein Problem, Herr …«

»Tannert, Professor Tannert. Ich wohne hier in der Nähe, in Kirchweiler.«

»Ach ja?«

Und wer war das noch gleich? Ratsmitglied, meine ich, und welche Partei? SPD wahrscheinlich, so wie der aussieht, SPD. Da warte ich jetzt nicht drauf.

»Cora, komm. Wir fahren schon mal vor …«

»Und Papa?«

VI

Der dreieinige Gott war von den Menschen nicht mehr gekannt, nicht mehr verstanden, eine andere Dreifaltigkeit hatte sich unter den Menschen Geltung verschafft, nämlich diese drei Götzen, Augendienst, Fleischeslust und Hoffart des Lebens.

Gerards, Predigten

Gar nicht so schlecht, bisschen Baggern muss sein. Parteien, Verwaltung, wer weiß, wozu es gut ist. Vielleicht wird dort mal 'ne Stelle frei, muss ja nicht unbedingt Uni sein ... hatte nicht einer erzählt, wer war das, komm nicht mehr drauf, der Strotjohann geht weg? In ähnlicher Funktion nach München? Kann ihm keiner verdenken, München ist natürlich besser, eine Weltstadt, und das hier, machen wir uns nichts vor ...

Kulturbeauftragter wäre keine schlechte Option, was man da wohl kriegt? TvöD vierzehn, mindestens, vielleicht sogar fünfzehn, mehr als jetzt mit Sicherheit. Dann wäre es mit der Wissenschaft eben Essig ... was tun die da? Frau Schreijwers, ist sie eigentlich Holländerin?

»Hallo Frau Schreijwers, äh, was ... fegen Sie die Skulptur?«

»Ja, so sieht das aus. Nein, das waren die Jugendlichen, die haben hier 'n Feuerchen gemacht, auf der Skulptur, stellen Sie sich das mal vor, keine Achtung vor der Kunst.«

»Sieht ganz so aus, na ja. Schönen Tag noch.«

»Ihnen auch, Herr Doktor.«

Doktor. Soll ich sie jetzt verbessern? Egal. Vorsicht, kommt einer angefetzt, na, was ist das denn? Fällt gleich auseinander. Rappliger Transporter aus Bulgarien, aha, darin sitzen sie, *unsere natürlichen Feinde*, in der Schmittschen Terminologie ... Wirtschaftsfeinde wenigstens,

Tagelöhner, die hiesigen Klempner, Maurer, Schreiner gehen vor die Hunde, darf man nur denken, nicht sagen. An der Uni etwa – wär gleich alles aus, aber stimmt's denn nicht? Mit Hass hat das nichts zu tun, meine die nicht als Menschen, als Menschen sind die mir gleich, mehr strukturell, geht um Konkurrenz, konkret existenzielle Gegensätzlichkeit, Gruppe von Menschen, die, um ihr Überleben kämpfend, uns unmittelbar gegenübersteht, da hat er Recht, das kann man so sehen ... *Der Feind unsere eigene Frage als Gestalt* ... gilt ebenso für Schmitt selbst. Der ist auch so eine Frage. Beständig brennende Frage.

Der Hund, der: »Singa, runter von der Straße, sofort!« Blöd, der Weg jetzt, wo sie alle vom Konzert zurückfahren, wäre besser gleich übers Feld, obwohl. Genau, da hinten kann ich links rein, bis dahin nehme ich sie mal an die Leine: »Warum gehorchst du mir nicht, Singa? Hm, warum?« Patsch, das hat gesessen, richtig gequiekt hat sie, anhaltend, und der vorwurfsvolle Blick, das ist sie nicht gewöhnt, anscheinend das metallene Ende, wollte ich nicht, trotzdem, verdient hat sie es. Wieso hört sie nur auf Meta, ich bin genauso der Boss, das soll sie ruhig mal mitkriegen, ein Hund hat das gefälligst zu begreifen. Weiß gar nicht. Warum muss ich andauernd mit ihr, wollte ich vielleicht einen Hund? *Das ist gut für Cora, wo sie schon keine Geschwister hat.* Noch ein Klotz mehr am Bein.

So. Ja. Augenblick noch, das Auto erst vorbei. Ja. Darfst wieder los. Na, lauf. Auf dem Weg. Dem Weg. Nach Nirgendwo. Rehe. Nicht dass sie denen nachsetzt, nein, bemerkt sie gar nicht, der Wind steht wohl nicht günstig.

Ja, Schmitt, gefährlich, aber ... man muss es zu lesen wissen, seine Staatstheorie die Beschreibung eines autoritären Staates, bloße Faktizität von Macht, Faktizität oder Nicht-Faktizität, wer die Fakten schafft, hat die Macht, hat Recht. Führt auf geradem Wege zu Hitler, aber auch: mögliche Kritik der bestehenden Herrschaftsverhältnisse, in den neoliberalen Laber-Gesellschaften existiert er ja immer noch, der Souverän. Irgendwo im Verborgenen vielleicht. Man soll nur mal sehen, wenn Proteste gegen das marode Wirtschaftssystem ausarten, wer dann die Macht über die Verhängung des Ausnahmezustands hat: Die Kanzlerin würde sich nicht lange bitten lassen, sie würde alles einsetzen, Polizei, Grenzschutz, Heer, und die würden mitspielen, egal ob vom Grundgesetz gedeckt oder nicht.

Was trällert da so? Hier mitten aufm Feld, gibt's gar keinen Baum ... *der* ist das, klitzeklein, in der Luft wie angeheftet, erzhektisch mit den Flügeln, damit er nicht runterfällt, zu klein geratener Falke oder was? ... Nee, das ist ein Singvogel, und wie der singt, als ginge es um sein Leben. Lerche, Feldlerche, so was gibt's doch, die wohnen wohl aufm Feld, wie der Name schon ... hm, kommt der hinter uns her? Vogel, verfolgst du uns?

Das sind so Versammlungen. Vor wem man da Kotau macht, der SPD-Typ hat seinen Doktortitel bestimmt aus der Zeitung ausgeschnitten. Oder ihn sich gekauft. Macht man ja heute so. Fünftausend Euro, mehr brauchst du nicht. Totaler Werteverlust, nichts gilt mehr ... reihenweise, erschlichen und gefälscht, die Volksseele kocht. Neben der Häme über strauchelnde Politiker die tradierte Erzählung vom Stolpern der Mächtigen, *the higher they fly*, Ikarus ... Gleichzeitig reflexhafter Akademikerhass, *Erbsenzähler, Korinthenkacker, Gedankenpolizei, Doktoren, alles Humbug, alles Lüge, die sind auch nicht besser als alle anderen ... Standesdünkel, überkommener, wieso kriegen Krankenschwestern keinen Doktor, die tun wenigstens was für die Gemeinschaft* ... Alles gleich, alles beliebig, die überlieferten Werte sind verloren, übrig nur ein einziger Maßstab, der Film, der dreihundert Millionen einspielt, die Massenauflage des Buches, der Höchstpreis, den ein Kunstwerk erzielt, nichts sonst zählt mehr. Spürt diese Gesellschaft ihre Leere nicht?

Das sind die Fakten. Nicht zu ändern. Kann man beklagen, Untergang des Abendlandes, Untergang der Kultur, was nützt das? Man muss sich arrangieren. Wenn er mir hilft, der SPD-Mann, kann's mir gleichgültig sein, woher sein Titel stammt. Die natürliche Überlegenheit des echten Intellektuellen, so was wie Tugendadel, hat man nicht von allein, sondern muss es erwerben, das ist der Unterschied, das kann man nicht faken, man spricht miteinander und erkennt sich, wahre

Intellektuelle, Geistesaristokraten ... Da kommt so einer nie hin. Und das muss man natürlich einsetzen, um solche Typen zu instrumentalisieren. Die dürfen mitspielen, wenn sie mich mitspielen lassen. Viel früher. Hätte viel früher damit anfangen müssen. Aber nein, musste mich unbedingt gegen den Status Quo auflehnen. Windmühlenkämpfe, Ausnahmezustand, der elende Widerstreit zwischen Wollen und Sein, der einen in solche unlösbaren Situationen bugsiert, wo die Gesetze und Gesetzmäßigkeiten hinfällig werden. Sowieso Büchner, das alles, *still, alles still, als wär die Welt tot.*

Kleist, Chili, Marquise von O., Kohlhaas, das kann man nicht auslassen, aber kürzer als geplant, weil es diesen neuen Sammelband gibt. Oder doch? Geht das? Mit Verweis darauf, und gleich Hölderlin und Büchner? ... Und dann das zwanzigste Jahrhundert, nur was ist da die Brücke? Kann ja nicht direkt springen von Woyzeck zum Expressionismus ... da ist dann Ausnahmezustand pur: van Hoddis, alles ist umgestülpt, umgestürzt, der Krieg mit seinem Gesetz des Schreckens, Trakls Grodek, Stramm, äußerster Grenzbereich des Menschseins und aller normativen Systeme, Schlachthaus Nummer eins, Amputationsmaschine, darüber der Vogel Dada – ist es eine Lerche? Sie kann in verschiedenen Farben scheißen und Rehe aus versteinerten Tüten locken ... Apropos Lerche, die ist immer noch da. Ganzes Stück gelaufen, aber das ist doch dieselbe, oder nicht? Zwitschert, was das Zeug hält, was ist das, Seelenwanderung? Ist es mein Vater, willst du mir etwas sagen? ... Weiter: Dada, muss mich zwingen, es *muss* weitergehen, Rehe, Wolkenpumpen, surreale Tektonik des Daseins, Kotkugel, die um einen Feuerball kreist, die Zumutung der Existenz, sie *ist* die Ausnahme, dann Berlin, *Stadt des angezogenen Leibriemens,* des rollenden Hungers und der Fememorde, Jung, Literatur als Sonderfall, Zwischenspiel im revolutionären Kampf, also unmittelbares Resultat des Ausnahmezustands, methodisch interessant, sozusagen als Prozess kontextuell in die Ausnahmesituation eingepasst, nur wie bringt man Kleist und Dada zusammen? Und doch ist da was, Auflösung der Ordnung, bei Kleist als Fiktion, bei Dada als sozialer Befund, und geht international genauso weiter.

Ulysses, Manhattan Transfer, die muss ich nicht, höchstens mit Seitenblick, aber Döblin, Alexanderplatz, mehr noch 1918, das handelt genau davon, Tumult, Auflösung, Revolution, und danach? Endlich ein Cut? Was ist das für ein Plan – von Kleist bis Dada, nimmt man mich da ernst? Wenn ich schlau wäre, ließe ich das zwanzigste Jahrhundert weg ... Oder nur das? Ich werd noch verrückt hier ...

»Darf iss diss mal was fragen?«

Hm? Wer? Kenn ich den? Ach ja. Doch. Vom Sehen. Das ist dieser behinderte Junge. Kein Gefühl für Distanz, oder? Das geht ihm irgendwie ab. Im Grunde allen diesen jungen ...

»Was willst du?«

»Wie weit ist das nach Holland?«

»Nach Holland? ... Pffff. Dreißig Kilometer vielleicht.«

»Und wie muss man da fahren?«

»Was meinst du?«

»Ja, welsse Straßen?«

»Wie du fahren musst, um nach Holland zu kommen?«

»Ja.«

»Wie willst du denn dahin? Doch nicht mit dem Fahrrad?«

»Doch. Das schaff iss schon. Also weißt du, wo das langgeht?«

»Hm. Ja. Nein, weiß ich nicht. Du kannst doch nicht dreißig Kilometer mit dem Fahrrad fahren. Nach Holland fährt man mit dem Auto.«

»Das geht schon. Iss schaffe das. Also wo lang?«

»Besser, du fragst deine Eltern. Wir fahren da immer über die Autobahn. Und auf der Autobahn sind Fahrräder verboten.«

»Ach so. In welsser Richtung ist das?«

»In welcher Richtung ... Also echt. Na, gut ... Also Holland, das ist da lang! Immer nach Westen ... Viel Glück.«

»Danke.«

Will der ausbüchsen? Fürchte, der schafft es nicht mal ins nächste Dorf. Noch ein Schlenker? Nein, genug gelatscht, jetzt noch das Stück am Fluss lang und zurück. Reicht auch. Eine Krähe. Schreit wie ein

Gefolterter, dann lieber die Lerche, wo ... jetzt ist sie weg. Durch die Au, die Auenlandschaft. Darauf glotzt das Heckrind, braunzottig ... Die sind noch träger als die normale deutsche Kuh, stehen nur rum, Kauen und Wiederkauen, die ganze schöne Wiese für fünf Rinder. Früher wohl frei zugänglich, vor unserer Zeit, dann kam der Zaun. Sollen den immer wieder abgerissen haben, die Leute, *Wir mögen hier keine Zäune.* Zumindest mal mögen sie keine Veränderung, ein Zaun ist auch Veränderung, also weniger Anarchie als Beharrungsvermögen.

Fauna und Flora (Wasserwirtschaft)

Die Erft ist ein kiesgeprägter Tieflandfluss mit 106,6 Kilometern Lauflänge. Wie die meisten Flüsse im Nahbereich von Wirtschaft und Industrie hat sie zahlreiche menschliche Ein- und Übergriffe erlebt. Das natürliche Fließregime des Flusses war bereits durch die mittelalterliche Landwirtschaft verändert worden, Hochwasser und flächenhafte Versumpfungen führten im neunzehnten Jahrhundert zu umfangreichen Hilfsmaßnahmen. Der vordringende Braunkohlebergbau im zwanzigsten Jahrhundert erforderte die mehrmalige Verlegung der Erft, zugleich wurde sie zur Versorgung des Tagebaus und der Landwirtschaft im Bereich der Erftauen herangezogen, dazu wurde der Fluss in den 1960er Jahren auf einer Strecke von fünfzig Kilometern begradigt und kanalisiert, das Mittelwasserbett wurde ausgebaut. Die Erft, früher ein eher kleines Gewässer – 1955 führte sie nur fünf Kubikmeter Wasser in der Minute ab – wurde nun die Aufgabe zuteil, große Mengen Sümpfungswasser aus dem Braunkohlebergbau abzuleiten. Durch diese Zuleitungen führte der Fluss zwischen 1965 und 1975 im Durchschnitt schon ganze sechsundzwanzig Kubikmeter pro Sekunde ab, allein drei Viertel dieses Wassers stammten aus den Einleitungen. Stoffkonzentrationen und Wassertemperatur des Flusses sind davon maßgeblich beeinflusst worden, die Wasserqualität hat stark gelitten. So schwankt die Gewässergüteklasse der Erft in Mittel- und Unterlauf zwischen II (mäßig) und II–III (kritisch belastet).

Die anstehende Verlagerung des Braunkohlebergbaus indes und die damit verbundene drastische Reduzierung der Einleitungen (kompletter Wegfall des Sümpfungswassers bis 2045) wird bereits in naher Zukunft bewirken, dass die Erft wieder auf ihre Ursprungsgröße schrumpft, nicht mehr als drei Kubikmeter Wasser wird der Fluss dann transportieren, ein Flüsschen nur, ein besserer Bach. Die gesamte Landschaft werde ihr Aussehen erheblich verändern, heißt es, zumal die Erft sich durch den Abbau der Uferbefestigungen ein neues Bett suchen müsse. Erneut werden umfangreiche Maßnahmen erforderlich werden, damit der Fluss nicht zu einem schlammigen Rinnsal verkommt und die angrenzenden Feuchtbiotope nicht austrocknen.

Noch aber zieht der Fluss in langgezogenen Mäandern durch die Felder und kleinen Gehölze.

Abgerissene Blätter, losgelöste Seerosen und anderes Grünzeug treiben darauf, nicht enden wollender Strom, eine Flüchtlingskarawane, Myriaden von grünen Schiffen und Nachen in der Reihe, eine ganze Kolonie, Atlantis, übersiedelt, weg von ihrem untergehenden Kontinent ... Dazwischen flitzen Wasserläufer, schwirren Libellen mit blauen Schmetterlingsflügeln. An den Flussufern sprießen reichlich Brennnesseln, Herkulesstauden und Indisches Springkraut, das hier seit neuerer Zeit auf dem Vormarsch ist, jedoch nicht so stark wie in anderen Gegenden der rheinisch-bergischen Region.

Aufgrund des warmen Wassers, das selbst im Winter zehn Grad Celsius nicht unterschreitet, haben zahlreiche auswärtige Pflanzen hier Einzug gehalten, unter anderen der Große Algenfarn aus Amerika, die Rossschweifalge aus Indien, die Dichtblättrige Wasserpest aus Südamerika, der tropische Wassersalat und das Brasilianische Tausendblatt.

Auch schwimmt und krabbelt im Wasser so einiges, was nicht dahin gehört: die asiatische Körbchenmuschel, der Große Höcker-Flohkrebs, der Getigerte Strudelwurm, der ostrussische Blaubandbärbling, die chinesische Wollhandkrabbe, die Istrische Assel, Sonnenbarsch und

Kamberkrebs, beide aus Nordamerika stammend. Die Anrainer munkeln, es gebe einen kalifornischen Wels, zweieinhalb Meter lang, der angeblich den einen oder anderen Dackel in die Tiefen der Erft gerissen habe. Piranhas hat es nachweislich gegeben, so mancher Angler staunte nicht schlecht, was da an seinem Haken zappelte, doch Populationen bilden die südamerikanischen Raubfische nicht.

In der linken Ecke: Singa. Eine dreijährige, quirligquicke Pulihündin, eben noch schwimmen gewesen, also bester Dinge, wälzt sie sich zufrieden im Gras, um sich zu trocknen, trippelt behände am Flussufer entlang, die Nase bald in diesen, bald in jenen Blätterhaufen tunkend.

In der rechten Ecke: Benny. Ein zweijähriger Staffordshire Terrier, der Singa bereits von Ferne wittert. Sie dagegen bemerkt Benny nicht, weil sie den Wind im Rücken hat.

Die Halter der beiden haben noch nicht erkannt, was sich hier anbahnt. Benny hat die Ohren gespitzt und der Stummelschwanz ragt steif und senkrecht in die Höhe, Benny knurrt und zieht die Lefzen hoch, Singa ist seiner immer noch nicht gewärtig, nun stürmt Benny los, in gestrecktem Galopp, lautlos, Singa hat soeben zu graben begonnen, ist sich keiner Gefahr bewusst, schnüffelt erregt, buddelt, wähnt sich unmittelbar auf den Fersen des Mäuschens, als Benny mit der ganzen Wucht seines Anlaufs gegen sie prallt, sich sofort in Singas zotteligen Dreadlocks verbeißt – die dichte Behaarung verhindert, dass Singa direkt gravierende Verletzungen erleidet. Zudem hat sie großes Glück, denn Benny hatte die Kehle im Visier, eine Bewegung Singas, genau in dem Moment, als Benny sie erreichte, hat dazu geführt, dass er sie an der Seite erwischt hat, wo ihr Fell ganz verfilzt ist. Trotzdem beginnt Singa herzergreifend zu quieken, sie ist tatsächlich in höchster Not, da sie den Sinn des Kampfes verkennt – das ist kein böses Spiel, es geht ums nackte Überleben. Sie müsste sich wehren, wenngleich sie dem weit überlegenen Staffordshire kaum etwas entgegenzusetzen hätte.

Die Halter gerieren sich folgendermaßen: Halter A (Benny) schaut zunächst, Maul offen, zu, was passiert, donnert dann: »Benny! Aus!«, was den Rüden allerdings nicht kümmert. Benny will töten.

Halter B (Singa) hat zuerst überhaupt nichts mitgekriegt, sondern Wildgänsen zugesehen, die in gestreckter Formation nach Süden streben, nun schaut er, Maul offen, zu, was passiert, und schweigt.

Benny versucht derweil, sein Gebiss aus dem Gezotte zu befreien, um einen besseren Angriffspunkt zu finden, Singa windet und krümmt sich, um irgendwie zu entweichen, vergeblich.

Halter A trabt nun auf die ringenden Hunde zu und schwenkt etwas linkisch die Leine, er erwägt, Benny daran anzuklinken, traut sich allerdings nicht, und das wohl zu Recht, mit der Hand zwischen die beiden ineinander verbissenen Hunde zu greifen.

Benny scheint allmählich seinen Hebel gefunden zu haben, mit der rechten Vordertatze drückt er Singa unaufhaltsam zu Boden und beabsichtigt, ihr dann den finalen Biss zu verabreichen.

In diesem Augenblick tritt ein weiterer Akteur auf den Plan, genauer: eine Akteurin. Es ist die siebenundfünfzigjährige Edda S. auf ihrem Sonntagsspaziergang, offensichtlich ein eher pessimistischer Charakter, denn trotz des Traumwetters hat sie einen Regenschirm dabei. Hinzustoßend erfasst Edda S. sofort den Ernst der Lage, erkennt, dass nur vehementes Intervenieren Benny davon abhalten kann, Singa zu verhackstücken. Kurz entschlossen versetzt Edda S. Benny einen fulminanten Hieb mit ihrem Regenschirm, es ist ein Stockschirm der Traditionsmarke Knirps mit Stahlgestell, Benny lässt dieser Schlag nur kurz stutzen. Noch macht er keinerlei Anstalten, von seinem Opfer abzulassen, daher bleibt Edda S. nichts anderes übrig, als wieder und wieder auf Benny einzuprügeln.

»Was machen Sie da mit meinem Hund?«, kreischt Halter A. Edda S. aber lässt sich nicht beirren: »Du Untier, du Ungeheuer, hör sofort auf damit, der arme Hund!«

Jetzt öffnet sich Eddas Schirm von allein, spannt sich zu ganzer Weite, was Benny im Verein mit den erhaltenen Schlägen so sehr beeindruckt, dass er nun seinerseits zu jaulen anhebt, Singa jedoch vermag zu entfleuchen, schlotternd und winselnd schmiegt sie sich an Halter B, woraufhin Halter A die Gunst der Sekunde nutzt und den Kampfhund kurzerhand anleint: »Benny«, murmelt er, »was ist denn in dich gefahren? Der kleine Hund hat dir doch gar nichts getan. Sonst bist du immer so friedlich. Los, Benny, weg jetzt!«

Er macht auf den Hacken kehrt und geht ab. Edda S. ist empört: »Wie können Sie Ihren Köter ohne Maulkorb frei herumlaufen lassen? Was, wenn das ein kleines Kind gewesen wäre? Anzeigen müsste man Sie!«

Der Mann biegt kommentarlos um die Kurve und verschwindet.

»Da bin ich Ihnen wohl zu Dank verpflichtet.«, sagte Hannes, »Das hätte übel ausgehen können.«

Die Frau konnte sich gar nicht beruhigen: »So was! Gibt's doch gar nicht. Jetzt macht der sich einfach vom Acker. Was ist mit Ihrem Hund? Verletzt?«

»Hm, mal gucken.«, Hannes beugte sich zur völlig zerrütteten Singa hinunter, wühlte in ihrem Fell: »Nee ... die hat nichts. Das ist nur der Schreck.«

»Das arme Ding. Solche Hunde müssten verboten werden! Aber es sind nicht die Hunde, immer nur die Halter. Den sollten Sie wirklich anzeigen.«

»Ja«, sagte Hannes.

»Jetzt ist er weg und wir wissen nicht einmal, wie er heißt. Das kann man wohl vergessen. ... Ich gebe Ihnen trotzdem mal meine Adresse, ich kann das ja bezeugen, wenn es jetzt ein Kind gewesen wäre, ich darf gar nicht dran denken!« Sie zückte einen Stift, suchte in ihrem Portemonnaie einen Zettel und fand nur einen Supermarkt-Bon.

»Lassen Sie das mal, das hat ja keinen Zweck«, winkte Hannes ab, »macht nur Scherereien und kommt nichts bei raus. Ist ja nichts passiert.« Immer dieser Text, *Die Hunde können nichts dafür,* verbieten muss man diese Killermaschinen, die Halter, die sind nun mal so, stumpf, sie haben keine Ahnung und keine Verantwortung, es darf auch nicht jeder Maschinengewehre besitzen und Pump Guns, obwohl.

Und jetzt? Würde sofort wieder auf die Kirmes, klar, lustig. Kein Pfennig Geld, auch das Konto ratzeputzekahl. Kein Überziehungskredit, krieg ich ja nicht, Sauerei, jetzt steh ich da. Angewiesen auf Hannes, muss warten, bis er kommt, und ihn um Geld anhauen. Wie demütigend. Seh schon seine Fresse, wenn ich das frage: *Schon wieder willst du Geld von mir?* Demütigend. So geht's nicht weiter. So geht das nicht weiter. Aber wo ist der Ausweg? Soll ich mir eine feste Arbeit suchen, Vollzeit? Cora, bald kommt sie in die Schule, dann hat sie mittags Schluss, muss was essen, braucht jemanden, der ihr bei den Hausaufgaben hilft. Oder sie bleibt da. Offener Ganztag ... Muss ich erst mal was finden, keine Berufserfahrung in dem Job, und auch nicht mehr ganz jung, wenn ich jetzt mobil wäre ... Irgendwas gibt's immer, Teilzeit, das wäre am besten ... Dieser Staub hier andauernd. Kommt mir vor, als putzte ich jeden Tag. Minijobs, die findet man reichlich, Putzhilfe, kann ich ja, bin ich schon im eigenen Haus. Oder Verkäuferin in 'ner Bäckerei. Nicht leicht in Deutschland, als Mutter vernünftige Arbeit zu finden, die sich mit der Kindeserziehung unter einen Hut bringen lässt. Alle zwei Wochen in Radio und Fernsehen. ... *Angesichts des Fachkräftemangels können wir es uns nicht leisten, auf die Frauen als Potenzial zu verzichten ... Familie und Beruf im Einklang* ... In Wirklichkeit stellen die einen gar nicht erst ein, weil man schwanger werden könnte. Und falls man schon Kinder hat, stellt sich die Frage mit der Betreuung ... *Wenn Sie das nicht einrichten können* ... Mist, hocke ich hier rum, warte. Wo bleibt er überhaupt? Hat sich festgelabert. Vielleicht werden wir demnächst beim Kulturdezernenten zum Essen eingeladen. Ha, ganz bestimmt. Nee, der Schwamm ist durch, ganz fettig und schwarz. Sind da keine neuen mehr unter der Spüle?

Die Musik war komische Musik, aber nicht schlecht. Trotzdem gut, dass Mama mit mir nach Hause gefahren ist. Wenn sie nur reden, ist das langweilig. Der mit dem, der das mit dem Klavier. Das hat mir gefallen. Das hat sich so angehört wie Gläser, die kaputtgehen. Klirr. Überall so Scherben wie neulich, als die Schale runtergerutscht ist, die hinter den Gläsern stand und ganz viele Gläser auf den Boden gefallen sind. So hat sich das angehört. Die Geige war auch gut, Geige würde ich gern spielen, aber ich möchte das gerne sofort können. Der Musikunterricht hat mir nicht gefallen, ein bisschen singen und doofe Bilder malen und dann hat die Frau auch noch geschimpft und gesagt, dass meine Bilder nicht schön sind, und da wollte ich natürlich nicht mehr hin. Papa hat nichts gesagt. Er hätte lieber mitkommen sollen, da könnten wir jetzt was spielen, wir drei zusammen. Mensch ärger dich nicht. Oder Schiffe versenken. Papa spielt sowieso nicht gern.

»Singa, aus. Jetzt mach mal. Vorher können wir nicht zurück. Mach dein Häufchen, los!«

Hannes stand ungeduldig neben der Wiese, sie war mit Abfällen und Hundekot übersät, das einzige Rasenstück im Innern von Kirchweiler, das von den zahlreichen Hundebesitzern ringsum stark genutzt wurde. Manche der Anwohner hatten einen richtigen Hass auf die Köter, schon wegen der Köttelplage, *wenn du im Sommer mit den Kindern auf den Rasen willst … und wie das stinkt …* einige schwadronierten von einer Bürgerwehr. Irgendein besonders radikaler Hundehasser habe bereits mehrfach Mettbällchen, mit Heftzwecken vermischt, ausgelegt, warnten verängstigte Tierfreunde, die sich auf offizielle Verlautbarungen der Polizei beriefen.

Jetzt war es totenstill, kein Mensch zu sehen, Sonntagsruhe, Friedhofsruhe, wahrscheinlich waren alle schon auf der Kirmes, der Wind wehte Blasmusik heran, oder sie ruhten noch aus, um sich danach umso heftiger in die Feierlichkeiten zu stürzen. Hannes war nach dem langen Spaziergang und der Auseinandersetzung mit dem Kampfhund erhitzt, er wischte sich den Schweiß, wünschte sich Schatten, doch hier gab es keinen. Nur drüben am Bolzplatz, einem von Bäumen und Gittern umfriedeten Terrain, sonnengeschützt und blickdicht, wenn sich das mit Singa noch hinzieht, dachte Hannes, gehe ich lieber dorthin, da ist es wenigstens kühl und eine Bank gibt es auch.

Als er durch den Eingang trat, sah er sie: Jeanette und Mandy, sie drückten sich kaugummikauend an den Fußballtoren herum, wanden sich um die Torstangen wie gelangweilte Reptilien. Hannes hielt inne, dann steuerte er auf sie zu, Jeanette sah ihm aufreizend entgegen, Mandy versuchte das auch, doch ihr Blick flatterte, je mehr Hannes sich näherte.

Als er die Mädchen erreicht hatte, blieb er erst einmal vor ihnen stehen, Hände in den Hosentaschen, baumhoch größer als sie, schaute auf sie hinab, was Jeanette dennoch nicht einschüchterte.

Er zog einen Zehn-Euro-Schein hervor und hielt ihn in den Wind wie ein Fähnchen. Dann wandte er sich an Mandy: »Ich habe Durst. Willst du uns nicht was zu trinken besorgen, hinten im Supermarkt? Ein Wasser. Den Rest kannst du behalten.«

Mandy wiegte sich unschlüssig, sie suchte Jeanettes Blick, die sich beeilte: »Ich kann das machen, los, gib her!«

»Nein, nein«, sagte Hannes leise, aber bestimmt, »lass sie mal gehen. Für dich hab ich auch was.«

Wieder schaute Mandy ihre Freundin fragend an, die zuckte mit den Schultern, *Was soll's, geh halt,* also wandte Mandy sich um und lief los, nicht ohne ein paar Mal über ihre Schulter zu gucken, was die beiden denn nun täten. Doch Hannes und Jeanette standen bloß da, schauten ihr hinterher, die Sonne hockte auf dem Dach des Hochhauses und blendete Mandy, die nun abdrehte und sich in leichten Trab versetzte.

»Und jetzt?«, fragte Jeanette frech: »Was ist mit meinem Zehner?« Hannes fischte generös eine weiteren roten Schein aus seiner Börse, hielt ihn hoch, so hoch, dass sie ihn nicht erhaschen konnte: »Erst musst du was für mich tun.«

Einst ging ich am Strande der Donau entlang oho ohoo olalala
ein schlafendes Mädchen am Ufer ich fand oho ohoo olalala
ein schlafendes Mädchen am Ufer ich fand
ein schlafendes Mädchen am Ufer ich fand

Sie hatte die Beine weit von sich gestreckt
ihr schneeweißer Busen war halb nur bedeckt
ihr schneeweißer Busen war halb nur bedeckt
ihr schneeweißer Busen war halb nur bedeckt

Ich machte mich über die Schlafende her
da hört' sie das Rauschen der Donau nicht mehr
da hört' sie das Rauschen der Donau nicht mehr …

Der Text müsste eigentlich verboten werden, deutsches Liedgut, dachte Meta und hackte grimmig mit ihrer Handschaufel in die Erde, denn sie war in den Garten gegangen, erstmal, und sie stellte sich vor, dies seien die Weichteile der munteren Sänger, deren angefeuchtete Kehlen nebenan hinter der Gartenmauer schallerten. Wann Hannes nur endlich kommt, ich will auf die Kirmes und Cora auch, es ist mir egal, was er sagt, ganz egal, ganz egal, ganz egal. Und sie hackte im Takt. Cora saß derweil verträumt auf der Schaukel.

»Mama?!«

»Ja …«

»Mama, wann machen sie heute den Umzug?«

»Ich weiß nicht genau. Jetzt bald irgendwann. Du hörst ja schon die Musik.«

»Mama, das möchte ich mir aber ansehen. Da gehen wir dann raus, ja?«

»Versprochen, Cora, da gehen wir dann raus. Ich schau gleich mal, ob man schon was sieht. Muss nur … das Zeug hier noch unterhacken.«

»Ich kann allein gucken gehen.« Cora glitt vom Schaukelbrett, leicht und elegant, als sei es gebuttert, und huschte durch die Hoftür hinein ins Haus. Meta schaute auf, wischte sich den Schweiß und hackte weiter, hackte.

Schützengeschichte(n)

Schützenwesen und Schützenfest gehen auf weltliche und kirchliche Ursprünge gleichermaßen zurück. Schützengruppen entstanden im Zuge der unabhängigen Stadtgründungen, die eine wehrhafte Bürgerschaft erforderlich machten. Andernfalls hätte jeder Raubritter, jeder marodierende Kleinfürst, dem es nach Plündern gelüstete, sich leicht der prosperierenden Kaufmannsansiedlungen bemächtigen können. Die *burgære* der Städte, später *burger,* Burgbewohner, schützten sich durch dicke Mauern, Bürger und Bauer scheidet nichts als die Mauer, heißt es. Und jeder Mann war zur Bewaffnung verpflichtet, Harnisch und übliches Nahkampf-Equipment sowieso – zur Verteidigung bei Belagerungen waren aber Distanzwaffen sehr gefragt, Schützen, Bogen-, später Armbrustschützen waren also fester Bestandteil der militärischen Organisationsform mittelalterlicher Städte, so auch in N., doch erforderten diese Waffen ausreichende Übung. Schon früh fanden daher zu Frühlings- oder Kirchweihfesten städtische Schießwettbewerbe statt.

Zu besonderen Anlässen präsentierte sich die stolze Bürgerschaft gerne mit blanker Wehr und bildete Spalier, wenn hohe Persönlichkeiten der Stadt sich die Ehre gaben, so etwa 1415 beim Einzug des neuen Erzbischofs Dietrich von Moers, als dieser *vur die Oeverpoertz qwam, doe standen Scheffene ind Rait und heisschen in willekommen sin**. Just in diesem Jahr wurde hier die erste Schützenbruderschaft der Region gegründet; dass sie sich strikt religiös und moralisch ausrichtete,

* vor das Obertor kam, da standen Schöffen in der Reihe und hießen ihn willkommen

entsprach der Mentalität der mittelalterlichen Menschen, die in allem, was sie taten, einen innigen Bezug zu Kirche und Glauben unterhielten. Die Sebastianus-Schützenbruderschaft wurde denn auch initiiert und mitbegründet vom baccalaureus artium und clericus Christianus Hagedorn de Nussia, seines Zeichens Kanonikus und Pfarrer dortselbst, allein dadurch schon war der starke Bezug zur Kirche gegeben – die Satzung dieser Laienbruderschaft regelte über elf Paragraphen die religiösen wie weltlich-militärischen Verpflichtungen der Vereinigung.

Der Schutzheilige, den sie sich erwählten, St. Sebastian, war Märtyrer und Überlebenskünstler, nicht numidische Bogenschützen konnten ihn massakrieren, mit Keulen erst konnten sie ihm beikommen, Sebastianus, der Nackte mit dem Pfeil in der Brust, Schmerzensmann, der Pest und anderen Seuchen wehrt, *unss van gottz wegen zo beschirmen vor Droese, vur bladeren, vur dem gheen Doide, vur geschutze ind vur anderen Lijfsnoiden**, Patron der Sterbenden, Eisenhändler, Töpfer, Gärtner, Gerber, Bürstenbinder, Polizisten, Soldaten, Büchsenmacher, Eisen- und Zinngießer, Steinmetze, Jäger, Leichenträger, Waldarbeiter und Schwulen. Ihm waren Kerzen zu stiften und Messen *op dem Bobartzaltar van den heilgen Merteler,* dem Feuerschützenaltar. Jeder Bruder musste *eyn loiflich armburst, dat tomynsten eyns Rhijnischen gulden wert sij***, zur Wehr und zum Dienste der Stadt bereithalten. Aufgenommen wurden ansässige *Schutzegesellen* von gutem Rufe, ehrbar in ihrem Wandel und in ihren Hantierungen und sonst niemand. Bürgerliche Sitte und Anstand wurden großgeschrieben, andernfalls wurden Strafen fällig, einzuzahlen in die Gemeinschaftskasse, und dabei blieb es, über die Jahre, Jahrzehnte, Jahrhunderte, nun mit *kofferen Bussen* statt der Armbrust bewaffnet, mit *Schwamm-Rohr* bis hin zur *Moskette.* Doch die militärischen Zwecke traten mehr und mehr in den Hintergrund, die Geselligkeitsform dominierte, *junge Gesellen*, Bürger und Bürgersöhne, die sich vereinten zu *fröhlichem, männlichem Spiel*, sich

* uns von Gottes wegen zu beschirmen vor der Pest, vor Blattern, vor dem jähen Tode, vor Geschossen und anderen Leibesnöten

** eine gute Armbrust, die zumindest einen rheinischen Gulden wert sei

freiwillig dem großen Ganzen einreihten, selbstgewählten Führern gehorchend, bürgerliche Gemeinsamkeit ohne Unterschied und Rang, Tradition, heimatbewusste Kultur, Förderung bürgerschaftlicher Verbundenheit, nicht so sehr Pflege des Schießsports, sondern der Feier, dem Fest gebührte der Vorrang, *des Schützen Lebens-Mai bricht an / Der Freude Morgen röthet / Es steigt hinauf der Talisman / Der jeden Kummer tödtet.* Man zog in die Natur hinaus, erfreute sich am sprießenden Leben, *man setzte den Maien, lagerte sich im Holze, errichtete Zelte, schmauste, trank und tanzte, schoß nach dem Vogel und zog mit sinkender Sonne mit dem König zurück in die Stadt.*

Schützenfest gleich Kirchweih gleich Kirmes, ein Fest dem Ortspatron, feierlich mit Flurprozession, dem kirchlichen folgt das weltliche Fest auf dem Fuße, Schützenkirmes unter dem Patronat des Ortsheiligen, die Kirche ist immer dabei, Festgottesdienst, Prozession, auch zum Friedhof, der Toten zu gedenken, denn sie leben unter uns, sind Teil der Familie, der großen Vereinigung, Ausschmücken der Häuser und Straßen mit Tannen- und Blumengebinden, Vogelschießen, Musik, Volksbelustigung, nicht zu vergessen die reichhaltigen Speisen, so war es in Zeiten der Reichsfreiheit, unter französischer wie unter preußischer Herrschaft, die jungen Mädchen in Gruppen, Lasten von Laubwerk und Blumen, bunte Bänder, ausgeblasene Ostereier, Muscheln und Flittergold ... Kränze und Girlanden als Triumphbögen für die Prozession, Schmuck für Stationsaltäre, Häusergiebel und den Tanzboden, die Männer stecken derweil den Festplatz ab und planieren ihn, dann naht der Maibaum, jubelnde Masse, zwölf Pferde ziehen ihn heran, auch er bekommt seinen Schmuck, eine andere Gruppe bietet den Vogel feil, auf den morgen geschossen wird, bis Sonntag früh währen die Vorbereitungen, dann andächtig der Messe lauschen, bevor es losgeht, auf die Rolle, tagelang, Böllerschießen, Fackelzug, Festzüge und Paraden, Fahnenschwenken, Vogel-, Stern- und Scheibenschießen, Ringstechen, Pferdewettrennen, Krönungsball und Zapfenstreich.

Doch dieser Spaß ist organisiert, bürgerliche Vereinigungen mit fester Struktur stehen dahinter, den Machthabern immer wieder aufs Neue abgetrotzt, 1801 eine Sodalität der Junggesellen, 1802 jene der verheirateten Männer, 1804 durfte man Spalier stehen für Napoleon, nur die Preußen machten Schwierigkeiten, der Preuße sieht den Sinn nicht ein, dagegen begehrt man auf, bis die extern eingesetzte Verwaltung durch heimische Kräfte ersetzt wird, kaum sind diese im Amt, erfolgt die *Gehorsamste Vorstellung um Genehmigung zur Errichtung einer Vogelschützen-Gesellschaft,* 1823, im Gründungsjahr des Kölner Karnevals, beginnt auch in N. der Mummenschanz neu, eine Feier der guten Gesellschaft, der Einigkeit, Harmonie und Geselligkeit, Mitglied wirst du durch Ballotage, nur wer von gutem Rufe, ehrbar in Wandel und Hantierungen, *Eintracht mit Bürgersinn sei unsere Losung,* wer mehr weiße als schwarze Kugeln hat ... *Und wucherndes Gedeih'n dem Feste wünschend / Das damals jung, und kaum sich selbst vertrau'nd / Ein zartes Rohr sich aus der Erde hob / Und nun zum kräft'gen Stamm herangereift,* erst Rohr, dann Stamm, die Schützensache ist ein Steckenpferd der Männer, erst Stamm, dann Baum, neunundsechzig Regeln, kein Streit, Ehrenstellen werden versteigert, nur an gut situierte Mitglieder, keine militärische Kleidung außer für Ehrenstellen, Jäger in Bauernrock und grünem Hut, Grenadiere in Frack mit Zylinder ... nur Büchsenschäfter Jansen lädt die Gewehre und legt sie auf der Leiter an, beim ersten Verstoß zahlst du, beim zweiten fliegst du ... Offiziere gehen mit gutem Beispiel voran, niemand berauscht sich, wer sich berauscht, verwirkt die Teilnahme am Ball, der Ballanzug besteht aus einem Frackrock, einer weißen oder gelben Hose und Schuhen, nebst den Ehrenzeichen, welche beim Feste errungen werden, nur wer gut zu Pferde ist, darf eine Stelle zu Pferd ansteigern, beim Appell hat man anwesend zu sein, am Ende des Zuges aber still und anständig und sittlich, andernfalls Ausschluss vom Ball, *bei der Wahl des Mädgens mit der größten Vorsicht zu Werke gehen, indem derjenige, welcher ein Mädgen einführt, welches in einem übelen Rufe steht, soll und muß samt seinem Mädgen vom Balle ausgeschlossen werden und ist vom Schützenverein gänzlich ausgeschlossen,* neunundsechzig Regeln, auf dem Heimweg kein Lärmen und Singen, auf Strengste ist das verboten, wer auch nur eine Viertelstunde nach Verlauf mit dem Mädchen auf der Straße, verwirkt das Recht auf den Ball für jetzt und alle Zeit und vor allem darf niemand, kein einziger und nimmer sich berauschen.

Und wieder Rumssassa und Gebläse und Blumengebinde, Marsch durchs Dorf in fixer Formation. Cora hüpfte übers Pflaster im Takt und Meta wiegte sich, Hannes aber war drinnen mit Singa, die nun vollends abdrehte, nicht mehr ein, nicht mehr aus wusste, zuerst die traumatische Erfahrung mit Benny, jetzt dieser Lärm. Krach war das auch für Hannes, er hielt sich die Ohren zu, taumelte durch den Garten, von allen Seiten wehten die brachialen Klänge hinüber. Mal kam es von links, dann mehr von rechts, schließlich von hinten, es gab keinen Ausweg, jetzt nicht, hier nicht, nie. Und noch dazu Metas Exzesse finanzieren.

Die wühlte sich mit Cora an der Hand lachend durch die Menge: »Und jetzt eine Wurst! Du auch eine?«

»Ja«, krähte Cora.

»Ich schwör dir, Schatz, ich esse dieses Wochenende so viele Bratwürste wie reingehen.«

»Bis du platzt, Mama.«

Am Kirchplatz das gleiche Bild wie am Vortag, angeheiterte Männer, Meta hoffte, dass sie nicht wieder das Donaulied anstimmten, da sie nicht wusste, ob sie sich dann würde zurückhalten können. Die Bühne war leer, dort war natürlich Pause, so lange der Umzug dauerte. Fahnen, Tambourstäbe, Pferde, die Blätter raschelten um die Wette, als wollten auch sie etwas beitragen. Cora kletterte auf die kleine Mauerbrüstung vor der Kirche, um besser sehen zu können. Mit offenem Mund verfolgte sie den Zug vorbeidefilierender Männer, unklar, was sie dachte, unklar, was ihr daran so gefiel. Meta setzte sich neben sie, schloss die Augen und spürte die Wärme der Sonne auf der Haut.

»Hallo! Mal nicht einschlafen hier, ja?«

Meta öffnete die Augen: »I wo, wer schläft denn hier? Kleine Entspannungseinheit, hallo, Jörg! Und ...? Alles klar?«

»Aber immer!«

»Meta, auch bei der Kirmes?!«

»Ja, Marlene, wo denn sonst? Ich bin immer da, wo die Musi spielt.«

»Ja, genau. Mit lecker Würstchen.«

»Und lecker Bierchen.«

»Jenau.«

»Du, gestern …«

»Ja, gestern, das war …«

»Schrecklich.«

»Ja …«

»Die haben ihn gehen lassen. Einfach so.«

»Aha.«

»Ja, haben ’ne Hausdurchsuchung gemacht, sogar ’n Computer gefunden, wo auch wat drauf war, Filme … mit Kindern. Aber … die ham ihn gehen lassen.«

»Hm. Echt? Woher wisst ihr?«

»Herbert. Der hat … Verbindungen … sein Schwiegersohn ist bei dem Verein.«

»Wie kann so was sein?«

»Die konnten ihm nichts nachweisen. Er hat ja nichts jemacht.«

VII

Der Herr ist aber kein Heiland der Reichen, d. h. derjenigen, die keinen anderen Gott kennen als den dreifaltigen: Macht, Gold und Ruhm, sondern der Armen im Geiste, deren Herz nur so weit mit der Welt sich befasst, als ihre Menschheit Wurzeln darin hat, das, was aber einer höheren Verbindung wert ist, nicht an die Götzen verkaufen wollen. (...) Fürchtet euch nicht, er ist kein Gott der Furcht für euch.

Gerards, Predigten

Erst haben sie auf dem Spielplatz Zigaretten geraucht, die sie sich mit dem Geld von dem Mann gekauft hatten, natürlich waren sie nach ihrem Alter gefragt worden, doch Jeanette hatte glaubhaft gelogen, dass sie die Kippen für ihre Mutter holen solle. Dann haben sie in dem kleinen Holzhaus gesessen, sich gegenseitig mit Sand bestäubt, die ausgetretenen Kippen hin und her schiebend, und sich über die Jungs geärgert, die nebenan Fußball spielten, dabei den Ball immer wieder gegen den Maschendrahtzaun ballerten, was dann jedes Mal laut gescheppert hat. Jeanette ist dann rübergegangen und hat ihnen den Ball weggenommen, die Jungen, die allesamt erst acht gewesen sind, haben sich sehr aufgeregt, konnten allerdings nichts machen.

Als Jeanette genug davon hatte, hat sie den Ball über die Mauer in den Garten von Dengelmeiers geworfen, die Jungen hätten da nur klingeln müssen, haben sich aber nicht getraut. Jeanette und Mandy sind wieder zum Fest gegangen, wo sie sich erst Lose, dann Limo und Würste geholt haben, bis das Geld wieder alle und nichts mehr los gewesen ist.

Sie haben die Leute am Ticketverkauf um Bons angeschnorrt, die haben ihnen aber keine geben wollen, Jeanette hat sich also welche von Biertheken geklaubt, bevor die Tresenleute sie haben einsammeln können. Das hat dann erst mal für zwei weitere Colas gereicht, die sie auf der Bank am Schulplatz getrunken haben. Jeanette ist angesichts des gelungenen Coups bester Stimmung gewesen, und sie hat Mandy vorgeschlagen, auf das Dach des Supermarkts zu steigen, der am Sonntag natürlich zu gehabt hat. Gesagt, getan, Mülltonne hingeschoben, hochgeklettert, Jeanette hat gleich den Ausblick gelobt, man könne alles überblicken. So hoch über all den anderen haben sie sich ziemlich überlegen gefühlt, zuerst haben sie mit den Steinchen, die auf dem Dach lagen, nur so ein bisschen geworfen. Dann haben sie angefangen, die Jungen, die ihren Fußball noch immer nicht zurück hatten und unverrichteter Dinge nach Hause trotteten, damit zu bewerfen. Die haben ihrerseits begonnen, zurück zu schmeißen, also haben Mandy und Jeanette Frieden geschlossen und sie ziehen lassen, erst mal Pause gemacht, sich auf den Rücken gelegt, Kaugummi kauend in den Himmel geguckt, sich darüber ausgetauscht, an welche Tiere die Wolken erinnerten, *Die ist ein Hase, die ist ein Hirsch* und später wieder mit dem Steinchen-Werfen angefangen. Haben die vorbeifahrenden Autos damit beworfen, das ist nicht weiter schlimm gewesen, die kleinen Steinchen, das machte nichts, da hat nichts kaputt gehen können, trotzdem ist es lustig gewesen, wie manche Fahrer sich erschreckten, wenn einer gegen ihre Frontscheibe prallte, die haben ja nicht gewusst, woher das kommt und was der Grund ist und einer hat sogar eine Vollbremsung hingelegt, ist ums ganze Auto rumgerannt und hat alles untersucht, Jeanette und Mandy haben darüber so lachen müssen, dass Mandy Angst bekam, sich einpissen zu müssen, das hat sie gesagt, sie pisst sich ein, wenn Jeanette nicht sofort aufhört zu lachen. Dazu ist es aber nicht gekommen, weil wieder die dicke Frau Tannert angerannt kam und geschimpft hat, sie hat das alles gesehen, das mit den Steinen und mit den Autos, sie sollten jetzt auf der Stelle da runterkommen, sonst macht sie einen Riesenterz, die hat sich richtig aufgeregt, die Schnepfe, und Jeanette hat zu Mandy gesagt: »Die Fotze soll endlich mal ihre Fresse halten. Sonst braten wir der ihr Kind!«

Aber runtergesprungen sind sie dennoch, wer hat schon wissen können, was die sonst tun würde, und Jeanette ist voll wütend gewesen und hat gegen ein parkendes Auto getreten, und als sie über den alten Schulplatz gelaufen sind, hat sie angefangen, auch noch bei anderen Autos die Türen zu zerkratzen mit einem Stein und die Seitenspiegel abzubrechen, was allerdings nicht überall geklappt hat, bei einigen haben sie nicht genug Kraft gehabt. Mandy hat voll die Panik geschoben und gewinselt, *Irgendwer wird bestimmt gleich die Bullen holen,* aber Jeanette hat nur höhnisch gelacht und weitergemacht, bis sie von irgendwoher eine Sirene vernommen hat, da hat sie nur »Die Bullen!« geschrien und ist direkt getürmt, so dass Mandy ihr gar nicht hat folgen können. Auf dem Spielplatz hat Mandy sie erst eingeholt, wo Jeanette sich im Holzhaus verkrochen hat, wo sich Mandy nun ebenfalls noch hineinquetschte, ängstlich auf die Verfolger lauernd, dabei ist niemand gekommen, wegen ihnen nicht, vielleicht ist es nur ein Krankenwagen gewesen, jemand hat zu viel gesoffen.

Später sind Jeanette und Mandy wieder zur Kirmes gegangen und haben auf den Tischen nach herrenlosen Gläsern mit Getränkeresten geschaut, Cola, Fanta, Jeanette hat sich sogar den ein oder anderen Schluck Altbier gegönnt und danach betrunken gespielt, da es aber nur wenig gewesen ist, hat das eigentlich nicht sein können. Leider ist ihr Gläsermopsen einer Thekenkraft aufgefallen und der hat dann einen totalen Tanz gemacht, Jeanette hat nur mit den Achseln gezuckt und sich dumm gestellt, »Platzverbot, was heißt hier Platzverbot!«, worauf der Mann geschrien hat, dass sie sofort verschwinden sollen, auch an der Wurstbude und am Markenverkauf sind Jeanette und Mandy angepflaumt worden, sie sollten abhauen, Jeanette hat denen die Zunge rausgestreckt, aber gehen haben sie erst mal müssen.

»Komm, wir schauen uns die Traktoren an, möchtest du, Cora?«

»Ja. Warum nicht.«

Meta und Cora liefen Hand in Hand, das Mädchen schwang Metas Arm heftig und immer höher: »Los, Mama, eins, zwei, drei ...«

»Cora, wie soll das gehen? Alleine kann ich das nicht ... Dafür bist du zu schwer.«

»Doch, Mama, kannst du. Du bist stark, Mama.«

»Da hast du natürlich Recht. In Ordnung. Versuchen wir's, eins ... zwei ... drei ...«, auf das Kommando hin schleuderte Meta ihre Tochter an einem Arm durch die Luft, die aufkreischte und, als sie wieder auf den Füßen gelandet war, sofort rief: »Noch mal!« Meta seufzte, aber tat ihr den Gefallen, eins, zwei, drei ... eins, zwei, drei ... bewegten sie sich in Richtung Dorfwiese, wo die Traktorenschau stattfand.

»Guck mal, da ist Johannes!« Meta zeigte auf einen sehnigen Mann, etwa sechzig, der ganz vorne mit seinem Siebziger-Jahre-Trecker stand, Meta legte ihm einen Arm um die Schulter und sagte: »Und? Verhungert und verdurstet ihr hier auch nicht?«

»Nein, nein«, murmelte Johannes, »wir sind versorgt.«

»Dann bin ich ja beruhigt.«

Traktor reihte sich an Traktor, gut zwei Dutzend waren hier aufgestellt, wuchtige, neuere Gefährte, aber auch viele kleine, historische Zugmaschinen. Meta war beeindruckt: »Wusste ich gar nicht, dass ihr so viele seid, die sich dafür interessieren ...«

»Oh, doch.«, meinte Johannes, bescheiden, ruhig, während er sich eine Zigarette drehte.

»Ziemliche Schrauberei, oder?«

»Ja, dat musst du können. Sonst wird das nix. Macht aber Spass.«

Bauernleben

Der Boden rings um Kirchweiler ist gut. Bodenwert fünfundneunzig. Lösslehm. Deshalb musste der Wald weg, den Feldern weichen, die sich ziehen, so weit das Auge reicht. Überall rattern Traktoren über die Straßen, hinterlassen Lehmspuren, die aussehen, als habe jemand den Weg bewusst mit Dreck gedüngt. Die Bauern sitzen stolz auf ihren vibrierenden Thronen, schauen hinab auf die Sterblichen, die ihnen zu Fuß oder in kleinen Autos in die Quere kommen, die Bauern der Gegend sind gut situiert, wer Land besitzt, gehört zur besseren Gesellschaft.

Verglichen mit früheren Zeiten hat sich das Bauernleben erheblich verbessert, noch in den 1950er Jahren war es ärmlich und hart. Zahlreiche Landwirte teilten die Agrarflächen unter sich auf. Kirchweiler bestand damals aus gerade mal drei Straßen, Marien-, Hanweiler- und Kalgostraße, links und rechts davon Höfe, direkt dahinter Gärten und Felder, ein Flickenteppich kleiner und kleinster Flächen.

Traktoren gab es auch in den 1950er Jahren schon, aber ein Großteil der Arbeiten musste noch in Handarbeit erledigt werden. Die Sämaschinen der damaligen Zeit waren nicht so präzise wie heute, überall hin fielen die Samen, ungeregelt, die Pflanzen wuchsen, wie sie wollten. Kleingärtnern gleich mussten die Bauern auf dem Boden herumrobben und die Pflanzen »einzeln« – kleinere Pflanzen herausreißen, nur eine größere übrig lassen, Darwins Gesetz, viele müssen sterben, um das Wachstum der Starken zu garantieren. Das »Einzeln« der Rüben blieb oftmals den Kindern vorbehalten, sie rutschten mit ihren Häckchen zwischen den Beinen des Bauern und seiner Helfer, Nachbarn oder Schützenkollegen, und zogen die überzähligen Pflänzchen. Die Kinder der Bauersfamilie, die früh mit anpacken mussten, oder auch fremde, denn die großen Bauern ließen sich die Hilfe etwas kosten, kamen zur Rübeneinzel-Zeit in die Schulen und suchten Freiwillige, die nach dem Unterricht für einen kleinen Obolus diese Aufgabe erfüllten. Mit einer Handvoll Leuten dauerte so ein Feld zwei, drei Tage, bis es fertig war, eine Heidenarbeit, die Pflanzen wurden davon auch etwas mitgenommen, erholten sich aber schnell, am Ende blieb immer ein toller Bestand.

Angebaut wurden damals wie heute Weißkohl, Rotkohl, Zuckerrüben, Kartoffeln und Getreide, Weizen, Gerste, Roggen sowie Hafer und Mais als Viehfutter. Selbstversorger waren die Bauern damals noch, erzeugten für den Eigenbedarf, doch auch darüber hinaus. Verkauft wurde Weißkohl an die zwei Kappesfabriken im Ort, das Getreide ging zur Mühle, die dafür damals noch gute Preise zahlte. Der Ertrag, zum Beispiel beim Weizen, fiel allerdings ungleich geringer aus, er ist heute doppelt so hoch wie damals. Zum einen wegen der Chemie, die Schädlinge fernhält, zum anderen trägt das Korn durch gezielte Züchtung heute mehr und wird größer. Im Ergebnis fällt das Hektolitergewicht höher aus, und wohl auch die Qualität, wenn man absieht von etwaigen Beeinträchtigungen durch den Chemikalieneinsatz, die man nicht wiegen und dem Korn auch sonst nicht anmerken kann.

Neben dem Anbau hielt man natürlich auch Tiere, aber noch nicht in industrieller Mast, sieben Kühe, zwanzig, dreißig Schweine, hundert Hühner im Schnitt. Auch hier war Handarbeit gefragt, die Mutter war zuständig für das Melken der Kühe, auch noch mühsam per Hand, bis Ende der 1950er Jahre die elektrischen Melkanlagen aufkamen, Geschirr angelegt, Vakuum über Kompressor erzeugt, ruckzuck war die Kuh leer. Die Kinder mussten auch hier mit Hand anlegen, schon mit acht, zehn Jahren hieß es einmal wöchentlich, den Schweinestall auszumisten, wegen der geringen Deckenhöhe, zwecks besserer Reinigung war hier ein Gefälle eingezogen, da konnte kein Erwachsener bequem stehen.

Das Alltagsleben war hart, geheizt wurde im Winter nur die große Küche und dann am Wochenende die gute Stube, Eisblumen an den Fenstern, raus aus dem Bett, hoffentlich hat die Mutter schon den Herd angefacht, das Wasser eisekalt, fließend Kaltwasser, nur Katzenwäsche in der Woche, gebadet wurde am Samstag, gebadet wurde im »Alten Dinge«, dem alten Haus, das seit dem Umzug ins neue Haus genutzt wurde als Waschküche, halb auch als Stall, und um Schweinefutter herzurichten. Da stand das Pännchen, riesiger Wassererwärmer, hundert

Liter, hundertfünfzig Liter, darunter eine Feuerstelle, Holz, Briketts angezündet, so wurde das Wasser erhitzt, und dann alle Mann in die Zinkbadewanne. Erst in den sechziger Jahren kamen Durchlauferhitzer und die Nachtstromspeicherheizung gleich mit.

Wie für alle Deutschen brachten diese Jahre auch der Landbevölkerung durchgreifende Veränderungen, Supermärkte mit großem Warenangebot, Fernseher, Autos – vorher fuhr man noch mit dem Traktor zum Einkaufen oder zur Kirche – und nicht zuletzt ein eigenes Telefon. In Kirchweiler waren Telefone bis in die sechziger Jahre hinein Mangelware, nur einzelne Häuser, die mit Schildern an der Tür dafür warben, waren bereits damit versorgt, vor allem in Kneipen konnte man telefonieren, Telefone mit Einheitenzählern, man verabredete sich: *Morgen um fünf rufst du mich an.* Auch Toiletten mit Wasserspülung wurden erst zu dieser Zeit allgemein eingeführt. Bis dahin waren Plumpsklos in Gebrauch, die einmal im Jahr leer gefahren werden mussten. Mit dem Jötschklump, dem Urinlöffel, wurden die Exkremente herausgeschaufelt und in ein großes Fass gefüllt, Fass auf die Karre, dicken Sack drüber, damit nichts rausschwappt und natürlich stank das wie die Seuche. Und einer, der Onkel, den hat man oft gesehen mit der Karre die Hanweiler Straße hoch Richtung Laubenkolonie, *Da kommt der Ohme Seckschürj,* Jauchefahrer, er kippte den ganzen Klumpatsch einfach rein in den Garten, wie alle es taten. Zum Glück wurde das verboten und die Stadt kontrollierte, dass niemand seine Latrine weiter in Gebrauch hatte.

Das waren Zeiten, alte Zeiten, die neueren Zeiten wurden für manche schwierig, die Kleinbewirtschaftung nicht mehr rentabel, wer nicht verdrängt werden wollte, musste wachsen, wer dasselbe immer nur weiter tat, hatte bald keinen Verdienst mehr, also mehr Fläche, mehr Maschinen. Erntete vorher der Lohnunternehmer die Felder, und nachher gab's Bares auf die Hand, schafften sich die Bauern nun eigene Mähdrescher an, und seien es kleine, gebrauchte, nicht selbstfahrende, die hinter einem Schlepper von einer Zapfwelle angetrieben wurden, aber der Fortschritt verlangte, dass man investierte und größer wurde, *Stillstand ist Rückgang*, hieß es, hier wie überall in der Marktwirtschaft. Der Bauer, der bleiben wollte, musste nachlegen, und dazu musste er Universalist werden: ein Landwirt, der Boden und Anbaumethoden kannte, ein Techniker, der die Maschinen verstand und reparieren konnte, und nicht zuletzt Kaufmann, der seine Produkte gewinnbringend vermarkten konnte. Das waren nicht alle.

In den 1970er Jahren setzte das Bauernsterben in Kirchweiler ein. Von rund zwanzig Hofbetrieben blieben nurmehr fünf, die sich entsprechend weit ausbreiteten – wer vormals siebzig Morgen hatte, bewirtschaftete nun vielleicht zweihundertfünfzig oder mehr. Neben Zukäufen und Feldtausch sorgte auch eine behördlich angeordnete Landzusammenlegung in den siebziger Jahren dafür, dass die Flächen der Bauern vergrößert wurden, wodurch eine industrielle Landwirtschaft im heutigen Stil überhaupt erst ermöglicht wurde.

Spezialisierung wurde erforderlich: Der Bauer kann nicht einfach so Kartoffeln anbauen und die riesige Menge dann irgendwie zu verkaufen suchen, stattdessen schließt er im Vorfeld bereits Verträge mit Festpreis, zum Beispiel mit der Chipsfabrik, baut dazu einen anderen Typ Kartoffeln an und liefert die gesamte Ernte an den Vertragspartner. Oder die Milchkühe werden abgeschafft, dafür verlegt sich der Landwirt auf die Bullenmast, also reine Fleischerzeugung, weil Bullenfleisch hochpreisiger ist als das der Kühe. Schweinezucht, hundert Sauen, die ständig Ferkel gebären, um so ganze Würfe von zwanzig, dreißig Ferkeln auf Auktionen zu verscherbeln. Der Bauer muss systematischer vorgehen, muss kalkulieren, investieren, seine Nase im Wind haben, wenn ein Geschäftszweig Absatzschwierigkeiten aufwirft, heißt es, schleunigst umzudisponieren. Business, big Business.

Heute haben sie mich nicht gefragt, also mache ich auch nichts. Was soll ich da rumstehen? Nein. Christian hat nichts gesagt, nur *Hi, Bob!*, das war alles. Von alleine mache ich nix. Wenn sie was wollen, können sie es ja sagen. Ist doch doof, den ganzen Tag auf der Straße. Nur dastehen und aufpassen. Langweilig. Die Autofahrer sehen ja, dass gesperrt ist. Ich würde gerne mal ein Bier trinken, aber weiß nicht. Die lassen mich auch gar nicht. *Bob, da bist du nicht alt genug für. Und bei deiner Krankheit.* Ich habe gar keine Krankheit. Und immerhin bin ich schon vierzehn. Mit vierzehn darf man wohl mal ein Bier trinken.

»Na, Bob, du schon wieder?!«

»Ja, Werner, du auch schon wieder.«

»Wat denkst du denn? Is Kirmes, ej.«

Was soll das eigentlich bedeuten, was heißt, es ist Kirmes. Sie stehen da rum und trinken Bier, das tun sie sonst auch. Nur nicht draußen. Da stehen sie stattdessen in der Kneipe. Bei Regen ist das besser. Heute regnet es nicht. Die Sonne scheint. Seit ich aufgestanden bin, wie spät ist es?

»Bob, was soll das, dein Fahrrad – mitten im Weg!«

»Christian, das is' wohl ... iss hab ... das is' wohl genug Platz. Geh doch vorbei!«

»Wie bitte? Du willst wohl wat hinter die Löffel?«

»Christian. Du hast ein' fetten Arsch. Sei ruhig, du ...«

»Der will wirklich wat hinter die Ohren! Da ... Scheiß-Fahrrad. Sieh zu, dass du Land gewinnst!«

Ja, ich fahre, fahre lieber zur Seite. Stärker ist er schon. Ich würde sehr gerne. Scheiß-Christian, diese Scheiß-, dieser Scheiß-, muss der gegen mein Fahrrad treten, dieses Arschloch?

Und sie gingen und sie gingen und sie gingen. So in etwa. Trostlos. Was ist das, komme über die Einleitung nicht hinaus, nie so was erlebt, alles ist vorbereitet, Stapel von Texten exzerpiert, nur noch zusammenschmeißen das Ganze, noch nie so was, das lief immer wie am Schnürchen, das will raus, das bricht sich Bahn. *Im Werk Kleists herrscht der Ausnahmezustand, Krieg, Erdbeben, terroristische Scharmützel. Aufgehoben ist hier die Ordnung, und die Menschen leben ihr nacktes Leben unter einem Gesetz, das gilt, ohne zu bedeuten.* Und wie weiter. Keine

Spur. Es ist einfach diese Situation, komme nicht damit zurecht. Hier zu Hause sowieso schon nicht, Cora hier, Cora da, keine echte Ruhe, und wenn es ginge, in diesen schmalen Zeitfenstern, dann muss es eigentlich sofort und so klappt das bei mir nicht. Einpendeln, in Stimmung kommen, und dann. Dazu das mit der Stelle, Rücken zur Wand, Schreiben mit dem Rücken zur Wand, das ist vielleicht was für Lyriker, aber nicht für Wissenschaftler ... Von wegen Rücken, voll vor der Nase. Einfach so hochgezogen, von einem Tag auf den anderen, Betonmauer, und wie da jetzt durch, ganz ohne Gerät?

Wir müssen ernsthaft über Optionen nachdenken. Nachdenken. Ernsthaft. Über Optionen. Muss mit ihr reden, da wird sie schön gucken, dann versteht sie mal, wie's mir geht. Irgendwann muss ich es ihr sagen, vielleicht fällt ihr ... Unsinn, was soll ihr schon einfallen: Kennt sie sich aus mit dem akademischen Zirkus? Besser allein dran, besser allein dran, besser allein dran, auch so ein Refrain, vielleicht hat der Recht, von heute auf morgen irgendwohin, und jetzt, in dieser Situation kaum möglich ... Zahlen kann man nur, wenn man was hat. In Berlin, ohne Job, wer staatliche Transferleistungen erhält, kann nicht noch an die Familie abführen. Und was mach ich dort? Am Ende muss ich dahin, wo sich was ergibt, ganz egal, das ist heute so, und wenn's in Taiwan ist. Vor allen Dingen die Lehre aufrechterhalten: Lehraufträge annehmen, damit die Bio durchläuft, in Düsseldorf wäre das kein Problem, sehr demütigend allerdings. Zu demütigend. Nein. Die Juniorprofessur ausgelaufen, auf einen Lehrauftrag runtergestuft, womöglich unbezahlt ... Nein. Da muss ich mich drum kümmern, gleich als nächstes, Unis, in der Umgebung, Wuppertal, Duisburg, Köln, Bonn, ginge alles noch. Die ersten Schritte. Ja, und dann? Das Haus ... kannst du vergessen, das hängt wie ein Mühlstein am Hals. Stranguliert von den Hypothekenzahlungen.

Einfach leben, ich soll mich fallen lassen und auch mal glücklich sein. Wie soll das gehen? Manchmal gibt es eben keine Lösung, da geht's nur noch bergab, bergab.

Im Werk Kleists herrscht ... Soll ich das so stehen lassen? So gleichgültig, das alles. Kann auch wieder gehen, wohin? Raus aus dem Büro. Leere des Flurs, des Wohnzimmers, des Wahnzimmers, des Wahnsinns, und ein Moment der Stille, als hielte alles einen Augenblick den Atem an, die Welt, das keuche Tier, apropos, wo ist der Hund? Singa? Leckt ihre Wunden. Ist voll hinüber, bedient vom Tag, genau wie ich, zwei Angehörige einer Verlierergemeinschaft.

Aus der Geschichte 2: Unterm Hakenkreuz

In der Nazizeit spielte Kirchweiler keine nennenswert andere Rolle als vergleichbare Ortschaften, weder rühmlich noch allzu unrühmlich. Unter der NSDAP-Kreisleitung Neuss-Grevenbroich, der 1932 bis 1945 der kaufmännische Angestellte Erich Börger als Oberbereichsleiter vorstand, figurierte zunächst die Ortsgruppe Kirchweiler-Dorst, ab 1944 nur noch die OG Kirchweiler.

Der Bürgermeister trug einen Zweifinger-Schnauz nach Vorbild des GröFaZ. Auf eine Anfrage des Kreisamtsleiters die Gemeindeselbstverwaltung betreffend (1. Worin liegt der staatspolitische Sinn der heutigen kommunalen Selbstverwaltung? 2. Gibt es noch einen politischen Sinn?) konnte er am 8. Februar 1943 antworten: »In den ländlichen Gemeinden besteht unzweifelhaft eine so enge Verbindung zwischen der Gemeindeverwaltung und den Volksgenossen, dass der staatspolitische Sinn der heutigen kommunalen Selbstverwaltung noch bejaht werden kann. Auf dem Lande ist die Bevölkerung mit der Gemeindeverwaltung, wie mit keiner anderen Verwaltung verwachsen und ist auch an den örtlichen Aufgaben der Gemeinde interessiert.«

Das gleichgeschaltete Gemeinwesen Kirchweilers war also selbst in der Endphase des Krieges, 1943, noch intakt. Leise Widerstandsbekundungen verraten allein Gestapo-Vermerke, die eine mangelhafte Beflaggung der Kirche monierten, religiös motivierte Fahnen seien bei festlichen

Anlässen auffälliger positioniert worden als die Reichsflagge. War auch hier der Katholizismus stärker als der Glaube an das neue Regime?

Viel verraten die Akten nicht über die nationalsozialistischen Aktivitäten des Ortes Kirchweiler, was auch daran liegt, dass weite Teile der Überlieferung als Kriegsverlust zu gelten haben. Fahndungslisten, also bloße Rundschreiben der Gestapo Düsseldorf, finden sich darin, Hinweise auf Einreise- oder Redeverbote, auch für viele katholische Pfarrer.

Gegen Ende des Krieges häuften sich Fälle von Mundraub, mehrfach wurden – insbesondere bei Bauern, die umfangreiche Nahrungsmittelbestände zu horten schienen – Einbruchsdiebstähle verübt, bei denen große Mengen Fleisches geraubt wurden. Am 3. März 1945 wurde ein Schuhgeschäft von Ostarbeitern, Polen und Kirchweiler Bürgern geplündert, in der Nacht vom 1. auf den 2. Oktober 1945 verübten ganze 125 Personen einen Überfall auf einen Bauernhof, bei dem sämtliche Wertgegenstände, Fahrräder und ein Schwein geraubt wurden. Täter waren Polen, vermutlich »Lagerinsassen aus dem Ausländerlager in H.«, am Tag darauf »sind nochmals vier Ausländer auf dem Gutshofe erschienen und haben dem Besitzer mit Erschießen und Zerstörung des Guts bedroht, wenn er über diesen Vorfall eine Meldung einreichen würde.« Angesichts der Lebensmittelknappheit in der Endphase des Krieges schon bei der einheimischen Bevölkerung lässt sich wohl ermessen, wie es um die Ernährung dieser Zwangsarbeiter bestellt gewesen sein mag.

Wohl gerade aufgrund der vielen ausländischen Arbeiter, derer sich die hiesige Landwirtschaft bediente, richteten die nationalsozialistischen Überwachungsorgane ihr besonderes Augenmerk auf Fälle sogenannter »Rassenschande« oder des verbotenen (sexuellen) Umgangs mit dem Feind, 1943 wurde auf dem Speicher eines Kirchweiler Bürgers ein sogenannter »P«-Träger, so die Bezeichnung für polnische Fremdarbeiter, festgenommen, der mit der Tochter des Hauses Geschlechtsverkehr hatte, was bei Todesstrafe verboten war. Die Frau, Katharina P., wurde ebenfalls verhaftet, an anderer Stelle (wenn es sich tatsächlich um dieselbe Person handelt) erfährt man mehr über ihr Schicksal. Denn 1945 tauchte eine Käthe P. auf (identischer polnischer Name), die zwischenzeitlich KZ-Häftling gewesen war und nach eigener Aussage die Bombardierung Dresdens erlebt habe, sie wird in den Akten als »obdachlos« bezeichnet, mit dem Vermerk, sie sei nun zu ihren Eltern in Kirchweiler zurückgekehrt – Hinrichtung bzw. KZ-Haft für Sex, wahrhaft verbotene Liebe …

»Super Stimmung, super Atmosphäre, da bisse zum Grinsen ins Büro gegangen. Da wäre ich gern geblieben.«

»Und? Was …«

»Das Übliche. Die Filiale wurde verkleinert, die Leute umjesetzt und isch bin dann nach Dorst, wo isch jetz' no' bin.«

»Das ist aber nicht so …«

»Doch. Is' okay, aber nicht so.«

»Sagt mal, was ganz anderes … Mein Mann hat mir erzählt, heute Nacht, als er mit dem Hund raus war, bei Dreeßens soll'n sie Nazilieder gesungen haben?! Habt ihr auch was davon gehört?«

»Was? Nee. Wir haben alle Fenster zu gehabt. Nix gehört. Echt jetzt?«

»Ja, Hannes war sich ganz sicher. Adolf Hitler, unser Führer, und so 'n Scheiß!«

»Ach, dat musse nich' so ernstnehmen. So manche Züje, da sinn' no' die Alten dabei, die singen da ma' so. Aber dat heißt nix.«

»Das finde ich aber schon! Das geht nicht, das ist Volksverhetzung!«

»Da hat dat Meta Rescht. Isch kann dat auch nit ab. Wenn da wirklisch wat war, da könn' die froh sein, dat isch dat nit jehört hab.«

»Ja, was machste denn? Polizei rufen?«

»Von wejen, da ruf isch keine Polizei. Da hätt' isch jeklingelt und da hätt' isch demm Dreeßen schon jezeicht, wat isch davon halt, von der Driss!«

»Na ja, das soll uns jetzt nicht abhalten.«

»Aber auf gar keinen Fall!«

»Also, Wolfjang, Hilde … noch 'ne Runde?«

Jeanette und Mandy trauten sich nicht so ganz heran, sondern strichen in der Nähe des Kirchplatzes herum, die beiden alten Männer am Bonverkauf ließen sie partout nicht aus den Augen. Dabei spielte auf der Bühne erneut eine Band, war es dieselbe Achtziger-Cover-Combo wie gestern oder eine andere mit nahezu identischem Programm? Luftballons schwebten in die Höhe, daran schaukelnd die Adresskärtchen, ausgesandt in eine unbestimmte Ferne. Die Kinder hatten keine Vorstellung davon, weil sie zumeist nichts weiter kannten als Kirchweiler und dann vielleicht noch Trierberg und Dorst und bestenfalls Reilingshoven, die Dörfer in der unmittelbaren Nachbarschaft, wo sie mit ihren Eltern einkaufen gingen oder wohnten, denn die Kirchweiler Kirmes zog natürlich Gäste aus den umliegenden Ortschaften an. Genauso wie die Kirchweiler Feste der Nachbarorte besuchten. Selbst das kleinste Dorf ließ es sich nicht nehmen, seine Mai-, Schützen-, Pfarr- und Gemeindefeste zu feiern, sobald die Jahreszeit das zuließ. Eigentlich waren fast alle diese Begängnisse mehr oder minder Kirchenfeste, standen zumindest in engem Bezug dazu, keine Schützenmannschaft, die nicht geschlossen am Gottesdienst teilnahm und sich vom Pfarrer den Segen abholte, diese Feste, sie gliederten das Jahr.

Gegen Ende lief alles auf Weihnachten hinaus, einen großen Höhepunkt des Kirchenjahres, warmes Heim in der Kälte der Nacht, Lichter, Kerzen, Kekse, Farbgepränge. Die Deko blieb nahezu unverändert in den Auslagen bestehen, in den Bäckereien, beim Metzger und den Kurzwarenläden, Silvester, dann folgte Karneval auf dem Fuße. Und wieder durften die Luftschlangen hängen bleiben, denn bald wurden Palmwedel gestreut, sechs Wochen nach der jecken Zeit stand Ostern auf dem Kalender, alle Rest-Nikoläuse wurden eingeschmolzen und umgegossen zu Schokohasen. Mit Pfingsten begann die heiße Phase der Straßen- und Freiluftfeste, Biwaks und Landtrödelmärkte, von einem Ort zum nächsten zog der Tross, den ganzen Sommer hindurch, Fruchtwechsel, Erntezeit, Erntedank, Martinsfeste, Weihnachtsmärkte und wieder war es geschafft, ein weiteres Jahr, die große Wiegenparty und alles fing wieder von Neuem an.

Jeanette und Mandy wussten nicht viel vom Ablauf des Jahres, auch von der Kirche wussten sie nichts. Sie waren hungrige kleine Tiere, die jetzt, nachdem Hannes' Geld verprasst war, auf Nachschub spitzten, Nachschub an allem: Zigaretten, Bratwürsten, Süßigkeiten, Cola, Bier, als sei das ein Ausgleich für all das, was man ihnen sonst vorenthielt, einen Abend nur leben wie Könige, ohne jede Einschränkung, umso mehr spürten sie das, weil die Organisatoren der Kirmes sie nun ausschlossen. Der Kirchplatz, die Musik, die rauschende Masse waren wie der Bonbonladen, an dessen Scheibe sie sich die Nasen plattdrückten, ohne Zugang, keine Erlaubnis, keine Teilhabe.

Bob erging es ähnlich, er hockte am Rande, ruhig und unbewegt wie ein Götze auf seinem Fahrrad, unklar, was er tat, was er dachte, er glotzte auf das angeheiterte Treiben der Kirchweiler, Meta mittendrin mit Wolfgang, Hilde, Herbert, Roswitha und Peter, inzwischen waren Johannes und Werner dazu gestoßen, Wilfried und Trude, und die Gerbers, Nachbarn von gegenüber, waren da mit der Kegeltruppe, verschiedene Schützenzüge hielten Hof, jeder mit seiner eigenen Tafel, zum Teil allerdings in Zivil. Manche hatten sich ein Privatfässchen auf den Tisch gestellt, um nicht so oft laufen zu müssen – ordnungsgemäß beim Festkomitee erworben, natürlich für einen guten Preis. Die Bietmanns waren da, eine alteingesessene Unternehmerfamilie, einflussreich nicht nur in Kirchweiler, ihr Arm reichte bis in die Kreisstadt, ja selbst in der Landeshauptstadt hatte sie ein Wörtchen mitzureden, die Bietmanns hatten eine unrühmliche Rolle in der Nazizeit gespielt, unter anderem sei, so hörte man hinter vorgehaltener Hand, ihr Stammsitz, eine Traumvilla etwas außerhalb des Ortes, vormalig im Besitz einer jüdischen Familie, nach einer Zwangsenteignung allzu günstig von ihnen erworben worden. Auch waren da: Ratsmitglied Schreiber, Pastor Wulff, Apotheker Görres, Dorfarzt Schellhans, sie prosteten sich zu, waren vergnügt, priesen den Tag, Kirmes, ist das nicht das Schönste, die schönste Zeit im Jahr?

Jeanette boxte Mandy in die Seite: »Guck mal, der Spasti ist auch wieder da.«

Mandy: »Ach, der.«

Jeanette: »Na, komm!«

Mandy: »Was denn?«

Jeanette: »Komm mit!«

Sie setzte sich langsam in Bewegung, katzenartig, Bob, der Vogel, ahnungslos, er merkte nicht, dass Jeanette sich anschlich, Jeanette mit Mandy im Schlepptau wie immer.

»Na, Spasti! Was hast du 'n hier verloren?«

Bob zuckte zusammen, tat ansonsten, als habe er nichts gehört, als sei sie Luft und gar nicht da. Trat nur die Pedale nach hinten durch, dass die Kette leise rasselte. Hielt sich an der Straßenlaterne fest, um in der Balance zu bleiben.

Jeanette strich schweigend um ihn herum, betrachtete ihn abschätzig, du Opfer, dann hatte sie's, sie schoss vor und schlug Bobs Hand weg, mit einem einzigen festen Hieb, so dass er abrutschte, seinen Halt verlor, Bobs massiger Körper rauschte vor, die Füße glitschten von den Pedalen, Bob mit der Brust auf die Gabel, dann noch runter vom Sattel, und er krachte mit den Weichteilen auf die Stange, ganz schnell lief das ab, doch Bob spürte und Jeanette sah es in Zeitlupe, er mit Schmerzen, sie mit Frohlocken, dann kippte das Rad zur Seite und Bob mit, er prallte aufs Pflaster, durch die Wucht wurde seine dicke Brille fortgeschleudert, auch sie schlitterte über den Stein, Jeanette und Mandy dagegen lachten: »Super, Janni!«

»Der Doof, voll auf die Fresse.«

»Muss sich eben richtig festhalten, ej!«

»Der Doof.«

Bob kam mühevoll hoch, wütend, knallrot, Tränen des Zorns, doch erst tastete er nach seiner Brille, wer nichts sieht, kann sich nicht wehren, Jeanette wollte nun auch noch gegen die Augengläser kicken, jetzt aber war Bob schneller und schnappte sie sich. Kaum sie aufgesetzt, brüllte er los: »D-d-d-d-d-u D-d-d-d-recksau, iss hau diss ... iss bress ... iss ... mach diss kaputt ...«

»Kannste ja mal versuchen!« Federleicht wieselte Jeanette weg, Bob griff ins Leere und tappte hinterher, plump, ungelenk, viel zu langsam, zu fassen bekam er sie nicht. Sie tänzelte um ihn herum, federleicht, wie ein Spiralstock: »Komm doch, Spasti, blöder, fetter Spast! Los, fang mich!«

Er schluchzte, Ohnmacht, Hass, Gewaltsehnsucht: »Kaputt … kaputt …« Jeanette lachte, lachte lauthals, lachte, wie sie den ganzen Tag noch nicht gelacht hatte, Lachkoller, Lachkrampf, eine Woge von Lachen, und nicht nur Jeanette und Mandy lachten, auch andere, Christian Reyer und seine Freunde, die am Tresen standen, wohnten der Szene belustigt bei, Bob bemerkte sie, bemerkte all die Leute, die sich die Seite hielten, vor Lachen sich bogen, die ganze Welt gröhlte, schüttete sich aus, schüttete sich aus über ihn – wieder ging er auf Jeanette los, zitternd, in lohem Aufruhr, mordentschlossen, erneut entglitt sie ihm mühelos, hüpfte auf einem Bein weg, Hohnlarve, Hämegrinsen, er konnte sie nicht erreichen.

Plötzlich wurde sie ernst und still, ihr Gesichtsausdruck veränderte sich, Bedauern prägte ihre Züge, das Ganze tat ihr unendlich leid, ganz furchtbar leid, wenn sie es nur ändern könnte …

»He, Bob, ej, ehrlich. War nich' so gemeint, ej. Echt jetzt! Ich wollte dich nur ein bisschen erschrecken, war nur Spaß, echt. Ich wollte nicht, dass du dir wehtust. Okay? Hm? Okay?«

Bob schnaufte durch, verstand nicht, was jetzt war, wie eine Dampfmaschine, die endlich in Gang gekommen war und nun stehen bleiben sollte, nicht so einfach zu stoppen – sie wieder: »Okay, Bob? Komm, ej, war nicht so gemeint … Komm, vertragen …« Und sie streckte ihre Hand aus, Bob blinzelte misstrauisch und selbst Mandy war baff, was ist mit Jeanette los, meint sie das ernst, entschuldigen will sie sich? Doch die unterbreitete unbeirrt ihr Friedensangebot – klaren Auges, nie kann sie ein Wasser trüben, nie kann ein schmutziges Wort über ihre Lippen kommen. Gerade und offen fixierte sie Bob, der es glauben musste, auch gerne glauben wollte, die Hand ergreifen, die sie ihm reichte, Waffenstillstand, geschlossen im letzten Moment, Frieden, Einklang, Harmonie, der trojanische Krieg findet nicht statt, doch da – schnellte sie vor wie der Leibhaftige, ein leibhaftiger Springteufel, mit ausgefahrenen

Krallen ihm direkt ins Gesicht, sie zerkratzte ihn übel und Bob jaulte auf, schützend legte er die Arme über den Kopf, *Du Opfer, ej,* nahm die Schläge resigniert und teilnahmslos entgegen, denn siehe, es ist gerecht, dann war es wieder Meta, die dazwischen ging: »Was ist denn hier schon wieder los? Mensch, Jeanette, Schluss jetzt! Du lässt Bob jetzt in Ruhe!«

Auch die Männer aus der Bonbude kamen herangerauscht und wiederholten ihr Verdikt: »Jetzt reischtet, jetzt reischtet aber wirklisch! Ihr lasst eusch nicht mehr blicken! Ihr habt Platzverbot, dat jilt für der Kirschplatz und die Stroß, den jesamten abjesperrten Bereisch. Wenn ihr noch eijnmal hier irjendswo auftaucht, holen mer die Polizei!«

Jeanette stierte Meta hasserfüllt an, ich piss in deinen Hauseingang, verwüste deinen Garten, töte dein Kind ...

»Möchte ma' wissen, wat dat für Eltern sind. Dat ist ja nit zu glauben!«

Jeanette schien gar nicht zu hören, was die Männer sprachen, sie zog den Rotz hoch, schaute, schaute nur auf Meta und wischte sich die Nase: »Komm, Mandy, wir gehen!« und sie drehten bei.

Unglaublich. Wie durchtrieben. Die ist zwölf. Vor zwei Jahren in der Vierten, ja, eigentlich, dann ist sie zwölf ... Die streckt dem die Hand hin, wir vertragen uns, und dann, so was Verlogenes. Und wie die mich angeguckt hat, mit der werden wir noch Freude haben, kann's gar nicht fassen, so eine emotionale Verwahrlosung, bedrückt einen richtig, und die Ohnmacht, wenn man jetzt keine Grenzen zieht ...? Später ist Hopfen und Malz verloren, fürchte, bei ihr ist das wahrscheinlich schon zu spät. Hopfen und Malz, Gott erhalt's, lass es nicht verloren gehen, bitte nicht. Also. Lassen wir das. Ist auch nicht mein Problem, letztlich nicht, obwohl ...

»Alles in Ordnung, Bob? Geht's wieder? Mach dir nichts draus, die Jeanette ist furchtbar, wenn ich ihre Mutter erwische, red ich mal ein ernstes Wörtchen mit der.«

»Kopf hoch, Bob, die tickt nit rischtisch.«

»Wahnsinn, dat is' Waaahnsinn, wat die macht.«

»Komm, Bob, willst du was trinken? Ich geb dir 'ne Limo aus ... Nein? Hm? ... Wirklich nicht?«

Was macht der jetzt? Ist das Fahrrad etwa kaputt? ... Nee, nur der Lenker verdreht, bisschen verbogen ... Ganz schön hingeknallt, aber mit Karacho, nee, scheint ... Wohin fährt er denn jetzt?

Das ist. Ist denn schon dunkel, möchte nach Hause, Mama und Papa, möchte ...

»Mann, Bob, du Flasche! Was bist du nur für 'ne Flasche, ej!«

»Flasche leer, ej, Flasche leer.«

»Von 'ner Torte lässt der sich vertrimmen ...!«

»Von wegen Torte, 'n Kind, die ist noch 'n Kind, ej!«

»Von 'nem Kind lässt der sich vermöbeln. Hä, Bob, was war das? Wieso hast du nichts gemacht?«

»Genau. Warum hast du der keine gezimmert? Ich hätt' der so ... wenn so 'ne Funz das bei mir machen würde ...«

»Du bist auch nicht so 'ne Flasche.«

»Flasche leer, ej.«

»Vielleicht ist er ja selber 'n Mädel?«

»Bob, das Mädchen ...«

»Hm, stimmt das, was Ralf sagt? Stimmt das?«

»V-v-v-v-v-er-piss diss, Christian.«

»Was denn? Finger weg, willst du dir noch eine fangen? Reicht dir das nicht, Bob, dass dich 'n Mädel verkloppt. Willst wohl richtig Senge kriegen, ja? Ja? So ...!«

»Haha. Da liegt er wieder.«

»Vielleicht ist er besoffen, dass er andauernd umfällt.«

»Nee. Das isses nich'. Der hat einfach kein' Mumm, kein' Mumm inne Knochen.«

»Ja, Bob, kein Mumm? Ich glaube auch. Guck ihn dir an, diesen Schlappschwanz. Da liegt er und heult.«

»Dat is' ja eklig. Echt 'n bisschen oder?«

»Hasse Recht. Eklig ...«

»Weisse, wat man mit so einem macht? ...«

»Haha ... unglaublich ... Ej, Christian, du biss' ja voll die Härte ...«

»Glatt auf die Nase gerotzt! So ein Gillie ... Ich fasset nich'.«

»Und Bob, nein? Willst dich nicht mal wehren? Ist dir alles egal? Lässt dich anrotzen?«

»Lässt sich anrotzen, einfach so ...«

»Der is' escht 'n Mädschen ...«

»Boh, wie eklig. Komm, ej, weg ...«

Fauna und Flora. Symbiose in der Auenlandschaft

Zwischen Rhein und Erft locken verschiedene Auengebiete als Naherholungsziele, die unter der Hege biologischer Stationen stehen. Frische, ständig bewegte Luft wallt über artenreichen Glatthaferwiesen, Meeresluft, feuchte Luft, die trächtige Wolken heranschiebt, ein fettes, sattes Grün, durchsetzt mit weißen Flecken, breitet wie ein Pop-Teppich sich zwischen Deich und Strom, ein Teppich, ein flächenhaftes Naturdenkmal aus Wiesen-Kerbel, ruckblättriger Glockenblume, Skabiosen-Flockenblume, Acker-Hornkraut, Kreuz-Labkraut, Knäuelgras, Riesen-Bärenklau, Wolligem Honiggras, Frühlings-Fingerkraut, Wiesensalbei, Feld-Klee, Rauhaariger Wicke, Gewöhnlicher Ochsenzunge, Gänseblümchen, Doldigem Milchstern, Meerrettich, Scharfem und Knolligem Hahnenfuß sowie Östlichem Wiesen-Bocksbart. Darunter leuchtet das Blau des Gamander-Ehrenpreis.

Im Rheinbogen von U., zwischen Alt- und Neudeich, siedelt auch der Große Wiesenknopf, mit dem es eine besondere Bewandtnis hat, ist er doch ein essenzieller Faktor für das Vorkommen des Dunklen Wiesenknopf-Ameisenbläulings, eines Tagfalters, der einen überaus komplexen Entwicklungszyklus besitzt.

Charakteristische Augenflecken, schwarz mit weißem Rand, *jedoch* nur auf der Unterseite, nicht am Außenrand der Flügel, daran erkennt man diesen Tagfalter, der vorzugsweise auf stark genutzten, wechselfeuchten Wiesen in Fluss- und Bachtälern lebt.

Neben dem Großen Wiesenknopf bedarf der Falter für sein (Über)-Leben noch einer weiteren Spezies, nämlich der Roten Knotenameise. Während das krautige Rosengewächs als Futter- und Eiablagestation für den Falter dient, sorgen Kolonien von Knotenameisen für die Aufzucht der Raupen. In der kurzen Flugzeit des Bläulings von Mitte Juli bis Mitte August nutzt er die Blütenstände des Wiesenknopfs als Nahrungsquelle und Platz für amouröse Begegnungen, die Ablage der Eier erfolgt ins Innere der frisch geöffneten Blütenköpfe. Hier entwickeln sich bis Mitte September die Larven, die sich im vierten Larvenstadium zu Boden fallen lassen.

Nun treten die Roten Knotenameisen auf den Plan: Sie schleppen die Raupen in ihre unterirdischen Nester, wo diese sich an der Ameisenbrut gütlich tun. Solcherart gut genährt und wintergeschützt, verpuppt sich die Raupe im folgenden Juni und verlässt einen Monat später als fertiger Schmetterling das Ameisennest. Eine Symbiose allerdings, eine Symbiose reinster Art, von der sich der Mensch eine gehörige Scheibe abschneiden könnte. So harmonisch funktioniert die Natur.

Dennoch fragt man sich, warum die Ameisen das tun, ihre eigene Brut verfüttern. Einen besonderen Altruismus kann man ihnen nicht nachsagen, der Grund liegt vielmehr in einer Schliche der Natur – ein Geruchssekret gaukelt den Ameisen vor, die Raupe sei eine von ihnen. Aber die Natur? Warum hat sie das so eingerichtet? Als natürliche Selektion, eine Maßnahme gegen Überbevölkerung, womöglich wohnt der Ameisennatur, darin dem Menschen gleich, ein Todestrieb inne, der sich letztlich gegen sie selbst und den Erhalt der eigenen Art richtet – wie Lemminge eben, Lemminge …

»Du hier! Es geschehen noch Zeichen und Wunder.«

»Der Herr Doktor ...« Professor bitte. Da sitzen sie, Schluckspechte auf der Stange, könnt' gleich wieder umkehren, nur die Decke, die Decke, sie dreht sich und wer weiß, vielleicht fällt sie, vielleicht auch der Himmel ...

»Na ja, ist halt laut. Selbst wenn man die Fenster schließt.«

»Bei dem Wetter die Fenster schließen ... so ein Stubenhocker bist noch nicht einmal du, Hannes, was?«

»Na, na, so spricht man nicht mit seinem Jespons.«

»Gespons. Oder Gespenst. Nicht wahr, Hannes? Du bist mein Gespenst?«

Hannes äußerte sich nicht, kratzte seinen Bart, mit der anderen Hand tätschelte er Singa, die sich zu seinen Füßen zusammengerollt hatte, es dämmerte.

»Als nächstes hören Sie das Bläserkorps Sankt Franziskus ... Wir freuen uns, dass ihr da seid. Dann lasstet mal krachen, Kinder!«

Die Truppe – rund zwanzig Musikerinnen und Musiker, alle in kurzärmeligen weißen Hemden, schwarzen Hosen, violetten Krawatten und ebensolchen Uniformmützen – drängte sich auf der engen Bühne. Nach einigen schmissigen Märschen schmetterten sie jetzt die Eingangssequenz von *Also sprach Zarathusthra,* Hannes horchte auf. Dann gluckste er: »Heute hätte beinahe ein Kampfhund unsere Singa gefressen. Mit Haut und Haar!«

»Was?«, unwillkürlich zuckte Metas Hand vor, schützend, in Richtung Singa, »Machst du Witze?«

»Nee nee, schon. Das war ... hart an der Grenze. Das war so ein ... junger ... Bullterrier. Noch nie gesehen.«

»Ja ... und was war da?«

»Der ging auf Singa los. Ganz ohne Grund. Ich dachte, er bringt sie um.«

»Nein! Und dann?«

»Die wurden irgendwie getrennt ...«

»Irgendwie getrennt ...?«

»Ja, so ’ne Frau ...«

»Und was ist mit Singa, ist sie verletzt?«

»Nein, mit der ist nix, ich hab ja geguckt.«

»Komm mal her, Singa!«, Meta zog die Hündin an sich und wühlte in ihrem dichten Fell, »Was war denn da los? Da hast du bestimmt eine Riesenangst gehabt, du armer Hund! Du armer Hund! Wieso erzählst du mir erst jetzt davon?«

»Nicht dran gedacht.«

»Nicht dran gedacht, ich werd nicht mehr ... Arme kleine Singa, tut dir irgendwas weh? Zeig mal, tut dir was weh?«

»Un’ wat war mit dem Halter? Dem Halter von dem Kampfhunk ...?«

»So wat is sowwieso immer nur der Halter schuld!«

»Das war ... den kannte ich auch nicht.«

Meta echauffierte sich: »Ja ... du hast ihn nicht zur Rede gestellt?«

»Nee, der ist gleich weg. Ich hab mich um Singa gekümmert. Wieso auch? Was willst ’n da machen? Ist ja nix passiert. So schlimm war’s nicht.«

»Ja, und irgendwann ..., da muss man doch ...«, Meta fasste sich an den Kopf, er wieder, sagt das so, unbeteiligt. Singa, so ein grimmiger, richtig böser ... darf gar nicht dran denken, wie hätten wir das Cora ... Hätte den Typen so was von zusammengefaltet, so Leute, ihren Hund nicht im Griff. Aber Hannes. Guckt sich das nur an und lässt den unbehelligt ziehen, apropos Cora, wo ...: »Wo ist denn eigentlich Cora? Du hast sie gar nicht mitgebracht?«

»Nein! Die war doch bei dir.«

»Was? Ja ... sie ist schon seit Ewigkeiten weg, sie wollte erst zur Hüpfburg und danach zu dir, nach Hause. Ich dachte ...«

»Nein. Ist sie nicht. ... Ha. Du sitzt gemütlich und verschwendest keinen Gedanken darauf, wo deine Tochter ist. Super, dass ausnahmsweise mal nicht ich daran schuld bin ...«

»Hör auf, wir müssen sie suchen!«

»Na, hier wird sie wohl nicht verloren gehen ...«

»Mensch, Hannes ... sie ist erst fünf ... Ich renn da mal hin zur Hüpfburg ...!«

»Dann guck ich mal hinter der Kirche und so ...«

Meta erbleichte: »Das ausgerechnet ... wo gestern ... Ich darf nicht daran denken.«

»Na, sie wird schon nicht ...«

»Trotzdem ...«

Meta trabte übers Kopfsteinpflaster, während Hannes nach rechts abbog, sie hielt Ausschau ringsum, nach allen Seiten, doch Cora war nirgends zu entdecken. Wo kann sie nur sein? Hm, langsam ... werde ich doch unruhig, obwohl, stimmt, hier in Kirchweiler, wo so viele sie kennen, der kleine, blonde Engel aus der Marienstraße, die Leute vom Kindergarten, von der Kirche, was soll da passieren, wo kann sie schon hin? Wenn nur nicht dieser Typ. Da, die Hüpfburg, sie wird schon hier sein.

Wie? Nichts ... sie ist nicht, die bauen schon ab, die Hüpfburg ganz schlapp, da ist schon lange kein Kind mehr drauf gehüpft. Ich frag mal die Jungs ...

»Sagt mal, habt ihr vielleicht meine Tochter gesehen? Fünf Jahre alt ... blond, Locken, etwa so groß ...« Hm? Nein?

»Die heißt Cora ...«

»Habt ihr 'n blondes Mädchen namens Cora gesehen?«

»Da waren so viele ...«

»Ja, aber die muss bis zum Ende, die ist vor 'ner Stunde hierhin ...«

»Nee, tut mir leid, keine Ahnung, hier ist schon seit 'ner halben Stunde Schicht. Die Kinder sind dann gleich alle weg.«

Meta begann zu zittern, wilde Panik, oh Gott, Horror, nicht das ... wenn sie nicht hier ist, dann hätte sie mir doch entgegenkommen müssen. Es sei denn, sie ist in die falsche Richtung gelaufen, zum Friedhof, aber wieso? Da ist sie nie alleine hingegangen und sie weiß doch, dass ich nur zweihundert Meter entfernt sitze. Ja, jetzt, schnell, die Seitenstraßen ... hier ... ist auch nichts ... nichts zu sehen, keine Spur von ihr. Hätte ich nur, wie konnte ich. Ist ja wahr, ich sitze gemütlich ... unser

Kind … Wenn nicht gestern diese Geschichte … Ich würde denken, die kommt schon von allein wieder … Die haben den Typen heute Morgen frei gelassen. In der Paulusstraße auch nichts …

Ach, ist die Wiese schön, selbst im Dunkeln, ist ja schon fast dunkel, aber die Blumen kann man schön erkennen, ich pflücke Blumen. Ein paar Blumen für Mama, da freut sie sich. Was gibt es denn für Blumen? Diese blauen, die sind hübsch, weiß gar nicht, wie die heißen, und da die gelben und die violetten, auch schön, ach ja, Veilchen, das sind Veilchen, die kenne ich. Die hat Mama doch im Garten und die auch, komisch, dass die hier auf der Wiese wachsen, das ist ja gar kein Garten, kümmert sich denn irgendwer darum? Dass hier so schöne Blumen wachsen, und wie stark sie duften! Da die noch und die, huch, was ist, ein Loch, gar nicht gesehen, da ist ein Loch, hat das ein Hund gegraben, richtig ins Loch gefallen …

»Hallo, mein Schatz …«

»Hm? Ach, du bist es, Papa. Guck mal, was ich für schöne Blumen gefunden habe.«

»Hm. Muss nicht. Weiß nicht, wo ich sie hintun soll.«

»Ach, Papa. Nimm eine, die sind so schön.«

»Na, gut … Und was machst du hier?«

»Siehst du doch. Blumen pflücken.«

»Wir wussten gar nicht mehr, wo du bist. Mama dachte, du wärst bei mir zu Hause …«

»Ja, aber dann haben die zu gemacht. Und dann hat Annika gesagt, wir sollen zum Spielplatz …«

»Und dann?«

»Ja, dann … musste Annika nach Hause …«

»Und du? Hast dich einfach noch ein bisschen rumgetrieben?«

»Wieso? Ich bin doch ganz nah von zu Hause.«

»Findest du den Weg allein?«

»Aber, Papa, na klar finde ich den Weg allein!«

In der Kirche auch nicht. Die Stille. Ist es nicht gefährlich, sie jetzt aufzulassen? Was, wenn die Trunkenen? So ein Unterschied, diese Stille. Ja, wenn wirklich was passiert ist mit Cora, dann bleibt das vielleicht, die Stille und der Trost. Steckt sie irgendwo in den Ecken, spielt sie Verstecken mit mir? Hinten im Chor ... auch nichts. Unter den Bänken, nein ... Da schaut er. Der Heiland, er schaut mich an. Weißt du etwa Bescheid, weißt du, wo mein Kind ist? Er schweigt.

Rein ins Partygedränge, dieses Durcheinander, so 'ne kleine Maus kann man leicht übersehen, aber sie muss doch irgendwo ... Dass niemand sie gesehen hat.

Die Gefühle haben Schweigepflicht. Was ich für dich fühle, zeig ich nicht.

Diese Angst. Die hat man eigentlich sowieso immer. Ist nur zurückgedrängt, wenn man da ständig dran dächte, würde man ja verrückt. Was täte ich denn? Nichts mehr. Wenn Eltern ihr Kind verlieren, wie können sie darüber nur hinwegkommen? Gar nicht, ich glaube gar nicht.

Tausendmal hast du mich berührt und jetzt ist es passiert. Sonst wüsstest du von mir ...

Meta drängte sich robust durch wankende Männer, prustende Frauen, Auberginendunst über den Dächern, tintig zerlaufend, wenn sie jetzt, weinend, uns suchend, Mama, Papa, wo seid ihr nur, schreckliches Bild, herzzerreißend, hier ist sie auch nicht. Oh Gott. Oh Gott. Wo ist sie bloß? Also allmählich ...

Wolfgang, Hilde, die anderen ...

»Und? Nich' da? Jiddet do' jar nich.«

»Nein.« Meta spürte Tränen, wollte aber nicht weinen, Weinen nützt nichts, muss nachdenken, was kann noch sein, wo könnte sie ...

»Habt ihr keine Idee, wo sie hingegangen sein könnte?«

»Was ist mit Eis? Kinder gehen do' immer dahin, wo'et dat jidd.«

»Eis ... Ja, aber bis zur Eisdiele ... ich weiß nicht.«

Nachdenken, Grübeln, systematisch, jetzt nicht so hektisch, was gibt es für Möglichkeiten, die Erde wird sie nicht verschluckt haben.

»Und jetzt? Sollen wir mal zurück?«

»Aber Papa, ich habe ja Durst!«

»Kein Problem, dann holen wir dir was zu trinken. Ich nehme auch was. Schau mal ... Hier gibt es viele Säfte. Genau der Getränkestand für Kinder, mit richtig viel Auswahl.«

»Du trinkst nicht so gerne Bier wie Mama?«

»Hm. Nein, das stimmt, nicht so wie Mama. Mir ist das ... alles nicht so wichtig, Essen und Trinken, mir geht's mehr ...«

»Ja, Papa?!«

»Darum, Sachen zu verstehen.«

»Aha.«

»Und was hast du verstanden?«

»Dass du ein ziemlich naseweises Kind bist.«

»Aha.«

»Was willst du denn jetzt trinken?«

»Was gibt es denn?«

»O-Saft, Apfelsaft, Birnensaft, Pfirsich, Aprikose, Banane, Granatapfel, Johannisbeere ... Oh, Granatapfel, das ist was Besonderes, das gibt's selten. Willst du mal probieren?«

»Ja, gut.«

»Dann nehm ich auch einen. ... Zwei, bitte, Granatapfel ...«

Er nahm die Getränke entgegen.

»Und?«

»Schmeckt nicht schlecht, Papa.«

Es ist schön, mit ihr allein zu sein. Schön mit ihr zu reden. Sie gehört Meta nicht. Auch nicht mehr als mir. Wenn wir beide so. So im Gespräch. Vielleicht nehme ich *nur* sie mit. Die Kinder muss man fragen. Meta würde Augen machen, wenn Cora einfach sagte, *Ich möchte bei meinem Papa bleiben ...*

»Halloooo, Metaaa! Wat is? Hasse Tomaten auffe Auren? Guckens, wer da kütt!«

»Coraaaaa ...!«

»Mama!«

»Kind, wo warst du denn nur? Ich bin schon ganz krank vor Sorge!«

»Ich war auf der Wiese, dann kam Papa.« Hannes lächelte nicht ohne Triumph.

»Ich hab dich überall gesucht! Ich dachte, du wärst bei der Hüpfburg. Und dann habe ich hier gewartet ... seit ’ner halben Stunde oder so«, jetzt doch, jetzt doch, Tränen ...

»Ich hatte so Durst, Papa hat mir einen Saft gekauft.«

»Was? Ihr wart noch was trinken? Obwohl du wusstest ...?«

»Ja, was soll ich machen? Dem Kind etwas zu trinken verweigern?«

»Nein, aber ... ihr hättet ... ihr hättet ... na, jetzt bist du ja wieder da ... Du hattest doch gesagt, du gehst zur Hüpfburg und dann nach Hause ...«

»Die haben zugemacht. Und dann hab ich mit Annika geredet. Und danach bin ich ...«

»Ich habe sie auf der Wiese gefunden, sie kniete im Gras und schaute die Blumen an.«

»Hier, ich habe sogar welche für dich gepflückt!«

Nein, nicht nach Hause. Kann jetzt nicht nach Hause. Papa auf der Couch. Oder auch nicht. Wenn Acki da wäre. Vielleicht kann ich ihn anrufen. Aber ich weiß Omas Nummer nicht. Die muss in meinem Handy sein. Ja. Nur wie geht das? Mama wollte mir das zeigen, hat sie aber nicht. Die muss doch in dem Handy sein. Ich muss Acki anrufen und ihm alles erzählen. Und dann will ich zu ihm und Oma. Jetzt gleich. Ich kann mit dem Fahrrad fahren. Wo ist denn das Handy? Es war in der Tasche, aber da ist es nicht. Es ist nicht da. Es ist nicht mehr in der Tasche. Hatte ich es mit? Ja. Oder habe ich es zu Hause vergessen? Nein. Oh Gott. Wenn ich es verloren hab. Oh Gott. Wenn ich es verloren habe. Sie wird mich so dolle verprügeln. Nein, bitte. Ich habe doch gar nichts falsch gemacht. Es ist teuer gewesen, superteuer bestimmt, so ein Handy. Jetzt auch das noch. Jetzt ist das Handy weg, heute geht alles schief. Mama bringt mich um. Ich kann nicht nach Hause ohne das Handy, und bei Oma anrufen, Acki anrufen kann ich auch nicht, vielleicht könnte Oma mich sonst holen kommen. Oder ich laufe. Ich laufe so lange, bis ich da bin. Welche Richtung ist das? Wen kann ich fragen? Nein, das ist zu weit. Zum Laufen ist das zu weit. Man muss den Zug nehmen. Das neue Handy. Bestimmt habe ich es verloren, als diese doofe Kuh, diese Nutte, mich vom Fahrrad geschmissen hat, als mich die Scheiß-Nutte vom Fahrrad geschmissen hat, habe ich das Handy verloren. Die ist das schuld, Jeanette, die Scheiß-Fick-Jeanette. Dann muss es da noch liegen, muss hinfahren und danach gucken. Oder es ist passiert, als Christian und die anderen ... Ja. Vielleicht auch dabei. Eins von beiden. Oder es hat schon jemand gefunden. Wenn jemand ein Handy findet, will er es natürlich behalten. Wer ein Handy findet, gibt es nicht wieder zurück. Nee. Muss da gucken. Bei der Laterne und auf dem Rasen hinter der Kirche. Sie dürfen mich nur nicht sehen. Nein, Christian steht hinten beim Bier, die sind am Saufen, die sehen mich nicht. Dann kann ich gucken. Hier müsste es sein, hier müsste es doch sein. Nein. An der Laterne, da liegt nichts, wahrscheinlich hat es jemand gefunden. Ich frag mal die dicke Frau, die ist nett.

»Hallo! ... Hallo!«

»Ja, Bob, was ist?«

»Hast du mein Handy gefunden?«

»Nein. Ich hab nichts gefunden. Hast du es etwa verloren?«

»Ja.«

»Na, so ein Mist, auch das noch. Erst der Ärger und dann das Handy. Hast du schon überall gesucht?«

»Ja. Nein. Da drüben muss iss noch gucken.«

»Ja, mach das mal. Ich sag den Leuten vom Festkomitee Bescheid, wenn die ein Handy finden oder jemand es bringt, dann wissen die gleich, dass es von dir ist. Das hat sicher jemand gefunden. Lass uns erstmal abwarten ...«

»Ja, danke.«

Zum Rasen. Ich fahr besser außen rum. Wenn die mich sehen ... ich möchte die niemals mehr sehen, ich will, dass Christian Reyer tot ist. Richtig tot. Hm. Und liegt das jetzt hier?

Kann man gar nicht mehr gut sehen, zu dunkel. Aber hier muss es doch sein. Ich seh das nicht. Das Handy ist weg. Das hat längst jemand gefunden und selber genommen. Ich kann nicht nach Hause. Ohne Handy geht das nicht. Bestimmt hat das jemand gefunden, jetzt ist es wirklich weg.

»He! Wen haben wir denn da?! Flasche leer! He, Bob, du wieder, na, komm mal her! Komm zu Papi!«

Schnell aufs Fahrrad und weg, die sollen nicht noch mal ... Was jetzt? Soll ich mir auch eins klauen. Das merken die nicht, Mama kennt sich nicht aus, die merkt das nicht. Diese Scheißdrecks-Fick-Nutte, dieser Scheißdrecks-Fick-Arsch Christian. Kann kein Handy klauen, kann ich nicht, die merken das doch. Christians Handy müsste ich klauen. Aber der merkt das. Nein. Was mach ich nur, was? Erst mal wegfahren. Doch nach Holland. Weit weg. Die ganze Nacht durchfahren. Oder im Wald schlafen, es ist nicht kalt.

Nein. Kann nicht. Morgen wieder in die Schule. Nach diesem Tag. Die Schule kann ich nicht leiden und es ist viel zu anstrengend, immer mit dem Bus dahin. Da lachen sie mich auch aus, obwohl Christian nicht da ist, aber Justin und Johann sind fast genauso schlimm. Ich hasse die Schule. Was mache ich jetzt? Einfach abhauen. Weg. Weg hier. Egal wohin. Einfach nur weg. Weg hier. Habe aber kein Geld. Was mach ich ohne Geld? Wenn ich arbeite, eine Arbeit finden, mein eigenes Geld, nein, ich bin noch nicht alt genug. Die lassen mich nicht arbeiten. Jetzt noch nicht. Zum Bahndamm. Ich fahr mal zum Bahndamm. Oder zur Autobahn. Die ganzen Autos. Sie fahren die ganze Nacht. Und die Züge, die aus der ... Mama wird sich nicht mehr einkriegen. Ich hasse Christian. Und diese Scheißdrecks-Nutte. Die ist so verkommen. Was heißt das eigentlich? Verkommen ... Das sagt der Herr Lemke immer, *Die Jugend ist so verkommen,* nur weil wir uns die englischen Worte nicht merken können. Ich hasse mein Leben. Was soll ich hier? Möchte auch ins Auto steigen und weg. Ganz woanders hin. Oder in den Zug. Ganz dunkel am Bahndamm. Hier ist niemand. Nicht mal die Kirmes hört man.

So sollte es immer sein. Niemand. Stille. Aber dann bin ich ganz allein. Dieser Tag war Scheiße, ein Scheißtag. Was für ein Scheißtag. Gestern auch. Gestern war auch ein Scheißtag. Morgen wieder in die Schule, wird auch wieder Scheiße, ich hasse, hasse, hasse das. Soll ich heute Nacht wirklich draußen schlafen? Nach Hause geh ich nicht zurück. Oder doch? Auf der Kirmes ist jetzt alles voll. Hier ist es still. Da kommt der Zug. Es wird kalt. Mama dreht durch. Wozu brauch ich überhaupt ein Handy? Hab's fast nie dabei. Kann ihr sagen: *Ich brauche das ja gar nicht.* Aber alle Kinder haben eins. Mama flippt total aus. Zusch. Der ist aber schnell hier und der Wind. Was ins Auge gekriegt. Sand oder so. Saß keiner drin, im Zug. Keiner. Was Acki wohl macht? Schon im Bett? Oma ist sicher nicht so streng. Fernsehen darf er auch. Will auch Fernsehen, nicht immer draußen. Aber sie wollen ja nicht, dass ich bei Oma bleibe mit Acki. Ich hasse mein Leben.

Wenn ich sage, dass ich mit Acki zusammen sein will, dass ich jetzt auch zu Oma ziehe, das werden sie nicht zulassen. Sie werden mich nicht lassen. Das Handy ist weg, Mama wird so schimpfen und schlagen. Christian lacht. Lacht die ganze Zeit, Justin und Johann, Christian und die anderen, weiß gar nicht, wie die ... und Jeanette, das alles ist so und wird nie anders. Nein, nie. Mama, wieso ist sie so zu mir, immer, und Papa? Ach, der! Was soll das denn, was soll das alles, wieso bin ich hier, wer will das, wieso überhaupt, wieso hat Mama mich nicht weggemacht damals, sie hätte wohl besser, das wird nie anders. Da ist niemand, keiner. Niemand ist da, niemand und nirgends kann ich hin. Alle sagen immer nur, Hau ab. Immer auf dem Fahrrad, dieses Scheiß-Fahrrad. Da, hast du! Und noch mal, da. Geh doch kaputt, du. Scheiß-Fahrrad. Ganz verbeult, die Speiche jetzt. Gut so. Hat Mama noch einen Grund mehr, da kann sie mich gleich umbringen, Handy weg, Fahrrad kaputt. Hasse das. Hasse das, nur heulen. Möchte nur heulen.

Da hinten die Lichter. Der andere Zug. Zwei Lichter im Dunkel. Wie so ein Dämon. Tanz der Teufel, Jeanette fährt da mit und Christian und Justin und Johann und Mama. Die sitzen da alle drin und rasen auf mich zu. So schnell kommen die näher, so schnell, nein, nein, ich ...

VIII

Erlösung, welch ein erhebendes Wort! Wer wollte nicht erlöst sein? Aber gebt acht, vielleicht wünscht ihr in eurem beschränkten Sinn euch eine andere Erlösung von jeder Trübsal und Not. Aber damit hättet ihr den inneren Frieden nicht. Eine Erlösung von der Sünde und ihrer Qual, eine Erlösung von dem Joche der Leidenschaften, eine Erlösung vom Stolze, von der Habgier, von der Fleischeslust und mit ihr jenen Frieden, den die Welt nicht geben kann mit allen ihren Ehren, Schätzen und Genüssen, den könnt ihr hier an der Krippe finden.

Gerards, Predigten

Schatzi, schenk mir ein Fotooo … scheeenk mir ein Foto von diiiirrr …

Der Himmel jetzt ganz zugetuscht, ein neuer Abend, die Kirche ein Reptil, erstarrt in der aufsteigenden Kühle, und ihre kalten, unbewegten Augen, sehen sie zu oder stehen sie im Schlaf offen? Das Fest steuerte unleugbar seinem Höhepunkt zu, alle waren noch da und ließen sich die Stimmung nicht vermiesen, die Heyers und die Kribbens, Pfarrer Wulff, Ratsmitglied Schreiber, Dachdeckermeister Karl Ehlert, der sich von seiner Frau getrennt hatte, mit seiner Freundin. Die Exfrau Ingrid hatte es sich ebenfalls nicht nehmen lassen, mit ihrem neuen Lover aufzukreuzen, frisch gebräunt aus Malle zurück. Wolfgang und Hilde mit Meta und Hannes sowie Herbert und Waltraud an einem Tisch, wohingegen Peter und Willi an einen anderen Tisch gewechselt hatten, rüber zu den Scheibenschützen, ein paar Meter weiter residierte Emma Drawert mit ihrem Mann, einem Bankangestellten, auch sie trotz des

Disputs mit Meta scheinbar bester Dinge. Mit Ralf Schlippköter und Rula Haferkorn tranken sie und ihr Mann am Stand der Schützengilde, wo auch Drogeriebesitzer Helferich und der Bauunternehmer Reinhardt mit ihrem Zug zechten. Dreeßen saß gut gelaunt an einem Tisch mit dem Metzger Jonas, Friseur Vincente und Fahrlehrer Wenrich, dem man nachsagte, ein Stundenschinder zu sein, seine Fahrschüler nervlich so fertig zu machen, dass sie mindestens fünfzehn oder gar zwanzig Stunden brauchten, um führerscheinfertig zu sein – rechter Umtriebe waren er und seine Tischgenossen bislang nicht verdächtig, oder etwa doch? Wenn sie mit Dreeßen umgingen ... Pfarrsekretärin Dellmann lachte mit den Erzieherinnen der Kita Heiliger Josef und die Reiter, Restaurantbesitzer Drombusch, Großbauer Witzler und Hermann Bietmannn, jüngster Spross der Familiendynastie, sie hatten abgesattelt und sich zu Apotheker Görres und Dr. Schellhans gesellt.

Hannes' Blick kreiselte, vollführte Schwenks über die Festgesellschaft, stieg steil hoch und betrachtete alles aus der Vogelperspektive, um dann wie ein Bussard hinabzustürzen in den Nahbereich, Details heran zu zoomen, zum Beispiel das üppige Dekolleté Pia Sannwalds, Frau des In- und Exporthändlers Sannwald, die sich wieder einmal ohne ihren Mann amüsierte – der war häufig auf Reisen, womöglich war er auch einfach ein Feiermuffel, nie sah man ihn bei den öffentlichen Festivitäten Kirchweilers, er gehörte keinem Schützenverein an, womit er unter den Gewerbetreibenden des Ortes die absolute Ausnahme darstellte, einzig und allein dadurch erklärbar, dass er seine Geschäfte deutschlandweit abwickelte. Keiner der hier ansässigen Handwerker und Kleingewerbler konnte es sich erlauben, nicht mitzumischen bei den Schützen. Seine Frau hatte trotzdem ihren Spaß, sie saß am Tisch der Drawerts bei einem jungen Grenadierleutnant mit Oberlippenbart und Hannes fühlte sich wie immer angesichts offenkundiger Flirts bei anderen persönlich beleidigt, warum der und nicht ich? Um im nächsten Moment zu wissen, dass das nicht funktionieren würde, nicht nur wegen Meta. Auch wegen Pia Sannwald selbst, sie grüßten sich, wechselten ab und zu ein paar Worte, wenn sie sich mit den Hunden trafen, und immer blitzte etwas in ihren Augen, aber wie könnte er sich mit ihr länger unterhalten? So lange, dass sich daraus etwas entwickeln würde? Außerdem ist sie viel zu alt. Eine alternde Frau, so sehr sie sich exponiert, Verbitterung im Gesicht, eingeschrieben ein Vorwurf an die Allgemeinheit, als trügen wir alle die Verantwortung dafür, für ihr Altern, das Vergehen der Schönheit, den Verfall, das misslingende Leben.

Hat nie recht geklappt. Nie. Mit einfach gestrickten Mädels, das eine Mal auf der CVJM-Freizeit, diese Daisy, das war Zufall, in solche Zusammenhänge kommt man sonst nicht, heute nicht, damals sozial bisschen gemischt. Na, Pia, auch wenn du schon bisschen alt bist, zeig ruhig, was du hast, genau ...

»Was ist? Cora, was willst du?«

»Komm mit, Papa, jetzt bist du dran!«

»Was heißt das: *dran*?«

»Heute musst du mit mir tanzen!«

»Cora, nein. Ich hab keine Lust. Nicht bei solcher Scheißmusik.«

»Scheiße sagt man nicht.«

»Ist ja gut.«

»Du hast nie Lust. Egal welche Musik läuft.«

»Hm. Ja. Kann sein. Macht mir halt keinen Spaß.«

»Papa, du bist ein Langweiler.«

So, denkt sie das? Langweiler. Ja, wenn sie das denkt. Bin nicht auf der Welt für billige Vergnügungen. Sie schlägt halt nach ihrer Mutter. Mach mich doch nicht zum Affen. Vaterpflichten. Ganz zufällig Vater geworden, geplant war das nicht. Meine Pläne waren andere. Wär ich nicht in dieser beschissenen Situation.

»Was ist jetzt, Papa?«

»Was soll sein?«

»Willst du wirklich nicht?«

»Cora!«

»Was?«

»Ich hab gesagt, wie es ist. Hör auf zu nerven!«

Süß ist sie ja, doch dieses Quengeln. Vielleicht bin ich nicht dafür gemacht, kann ja sein. Einsames, asketisches Leben für die Wissenschaft, so etwa. Noch geht's. Hach. Blanker Anachronismus so was, hängst doch überall mit drin, Verwaltung, Lebensorganisation, Geldorganisation, Drittmittel, Immanuel Kant heute geht nicht. Aber Ablenkungen minimieren, das wäre möglich. Liebe ich sie denn noch? Was ist das überhaupt, habe ich je? Sind das nicht eher Zweckgemeinschaften aus organisatorischen Gründen? Man kann alles ändern, noch geht das, jung genug, beweglich genug, völlig neues Modell, Neustart, Lebensentwurf die zweite. Mit siebenunddreißig ist alles noch offen. Nicht mehr lange, das Zeitfenster schließt sich, langsam, aber unaufhaltsam. Wenn ich hocken bleibe, zwei Jahre, drei Jahre, fünf Jahre, dann war's das, komme ich hier nie mehr hoch. Berlin, USA, diese Stelle in Taipeh, das wäre wirklich was anderes.

Mer losse d'r Dom in Kölle, denn da jehöt dä hin

»Hannes, hast du gehört?«

»Hm?«

»Herbert hat gerade erzählt, er kennt den Typen mit dem Kampfhund, der soll in der Kalgostraße wohnen. Jedenfalls einer, auf den die Beschreibung passt.«

»Ich habe den doch gar nicht beschrieben. Hab den ... das ging so schnell ...«

»Nicht der Typ, der Hund. Weißer Pitbull mit braunen Flecken auf der Nase.«

»So einer lebt da, kenn isch. Der is schon öfters aufjefallen. Selbe Schtorie. Is losjejangen op so 'ne kleine, jo, wat war dat, sach ma schnell, so 'ne klejne, ... Wischmopp, weisse.«

»Yorkshire Terrier ...?«

»Jenau, Meta, so ene wor dat. Hat denn fast duud jebisse.«

»Das müsste doch rauszukriegen sein, der Name ...«

»Wenner überhaupt eine hat!«

»Und selbst wenn ... isch letztlisch bei de Tierärztin inne Praxis ... da neben mir sitzt so 'ne Türk, hat dat Laptop dabei und sacht, da is de Fragebogen, den er ausfüllen muss für den Hundeführerschein, weiße?

Der steht da drin im Internet mit allen Antworten ... Brauchsse nur abschreiben ...«

»Ist ja immer so. Die Gesetze sind stumpf. Du kannst doch nichts ändern. Denk mal, die Schützen hier, die haben alle Waffen zu Hause, die dürfen das. Das macht mir schon manchmal Angst. Jeder von denen könnte uns abknallen. Meinste, der Staat tut was dagegen?«

»Wie jetzt? Wat hat dat damit zu tun? Schützen sinn' verantwortungsvoll!«

»Ja, meinsse, wejen 'nem Hund tun die wat, irjentwat?«

»Eben. Das wollte ich sagen. Da tun die überhaupt nichts. Unsere Gesetze sind ein beständiger Kompromiss. So lange es halbwegs funktioniert, ohne dass was Gravierendes passiert, werden sie gelassen, wie sie sind – und nur sehr halbherzig umgesetzt dazu. Aber wehe, wenn die Sache mal aus dem Ruder läuft, dann geht nichts mehr. Da stehst du da ohne Schutz.«

»Hannes, glaubst du das wirklich?«

»Sicher glaube ich das. Ich weiß es. Die Gesetze sind gemacht worden für eine ganz andere Gesellschaft. Sind nie angepasst worden. Damals war das noch übersichtlich ... Heute hat sich alles so entwickelt ... das sind so ... Stell dir vor, du hast einen Unfall und glaubst, die Versicherung zahlt? Nur wenn ihre Anwälte keinen Weg finden, das zu verhindern. Dafür hast du jahrzehntelang Beiträge bezahlt.«

»Ja, dat stimmt. Dat habbisch letztlisch noch im Fernsehen, so 'nen Fall, da hat einer ...«

Hannes redete unbeirrt weiter, als habe Wolfgang gar nichts gesagt: »Oder du wirst überfallen, die wollen dich verprügeln, vielleicht totschlagen, wer weiß, du wehrst dich, hast Glück, kommst davon, nur wird einer der Angreifer schwer verletzt ... Sitzt im Rollstuhl. Dann stehst plötzlich *du* vor dem Richter.«

»Ja, bei uns stimmt das ...«

»In Amerika, da ist das anders. Da hast du das Recht, dich selbst zu verteidigen. Hier nicht. Hier verteidigt dich der Staat. Der ist nur leider nicht mehr da.«

»Ich fürschte, Meta, dinge Maann hat Räscht.«

»Nein, finde ich nicht. Es gibt Möglichkeiten. Die Zivilgesellschaft, ich glaube daran. Was ihr sagt, riecht nach Selbstjustiz, es muss Wege ohne Gewalt geben ... Und mal ehrlich, du zeichnest so ein schwarzes Bild, Hannes, so schlecht ist unsere Gesellschaft nicht!«

»Schön wär's.«

»Mama, Mama, Mama ...«

»Was denn, Cora?«

»So ein Mist.«

»Was hast du?«

»Die Musikgruppe hat aufgehört. Gerade wo ich angefangen habe zu tanzen. *Gerade erst* habe ich angefangen.«

»Na, hast du denn noch mal laut geklatscht und *Zugabe* gerufen?«

»Nein. Aber ich bin sauer. Ich bin so sauer, dass ich die ganzen Häuser aufessen könnte.«

»Die Häuser aufessen, da hast du dir aber viel vorgenommen!«

»Ja, genau«, sagte Cora, wetzte ihr Gebiss, um es dann in Metas Arm rammen.

»Au!«, schrie die auf und hätte Cora mit einem Reflex ihres Ellenbogens fast getroffen, »Nicht so doll! Das tat weh!« Wütend rieb sie sich den Oberarm, der tatsächlich ein deutliches Bissmal aufwies.

»Ne, kleine Cora, Kirmes, dat is' die schönste Zeit im Jahr, die schönste Zeit, oder nit? Wat waren wir immer bejeistert. All die Leute, die Blumen, die Fahnen, die Schützen, nee, Kirmes, dat is ...«

Cora schmiegte sich an ihre Mutter und fixierte Herbert mit großen Augen, aufmerksamen Augen, die alles mitbekamen, hell wie Bergseen, selbst jetzt im fahlen Licht des anbrechenden Abends. Sie sah ihn und dachte, ein richtig alter Mann, er hat so viele Falten wie ein verschrumpelter Pfirsich, mindestens so viele wie die Oma, vielleicht sogar mehr, ist er denn älter als sie? Cora sah und dachte und verstand, äußerte sich jedoch nicht, nicht zu seiner Frage, nicht zu seinen Worten.

Tatsächlich schien das Live-Programm vorbei zu sein, und die Konserve war noch nicht wieder angeworfen. Also hörte man, hörte Hannes ganz besonders, geradezu überdeutlich, überzeichnet, das Geschwätz von Hunderten von Stimmen, das Schwadronieren, Labern, Salbadern, das trunkene Gebrüll, die Kaskaden, Schwälle, Brandungslinien von Worten und Lachsalven, ein Hörstück für dreihundert Sprecherinnen und Sprecher, ein Doku-Drama, live aus der westdeutschen Wirklichkeit, ein Radiospiel, das an Authentizität nichts zu wünschen übrig ließ, Hannes versank erneut in Schwermut, nachdem das Thema »zahnloser Staat« ihn für Minuten mitgerissen hatte, ihn sich hatte einbringen lassen mit seinen ehrlichen Meinungen, endlich ein Sujet, das ihn interessierte, endlich überhaupt einmal ein Sujet. Trübe Rinnsale an Reden, Geplauder, Partytalk, Sehnsucht nach Abgrund, sie zogen ihn hinab in einen Strudel der Vergeblichkeit, Gespräche über das Wetter, Gespräche über Gärten, über Haustiere und ihre Marotten – ist der Mensch dafür auf der Welt? Nomos ... Einheit von Ordnung und Ortung ... Ortung gleich Schaffung und Bestimmung des Raumes, in dem die Ordnung überhaupt gilt. Heimat. Ist die Ordnung tatsächlich eine staatliche, kommunale? Sind es nicht wir selbst, die diese Ordnung schaffen? Unseren vertrauten Raum ... Wo ist mein vertrauter Raum ... mein Nomos?

Hannes streckte sich, verspannter Rücken, Lehne fehlte, diese Bänke, immer wieder Bierbänke. Schwärze rieselte vom Kirchendach, allerdings waren inzwischen wieder die Scheinwerfer aufgeflammt, das Gebäude mutierte zum Ausstellungsstück, Gotteshaus außer Dienst, die Cattolica Sancta machte Pause und ermöglichte ihren Schäfchen mit einem lässigen Augenzwinkern das ausgelassene Feiern. Alle Sünden konnten bei der nächsten Beichte wieder abgewaschen werden, zudem saß der zuständige Stellvertreter Gottes, Pfarrer Wulff, mitten unter ihnen, trank mit, feierte mit – bewegte sich in der Gemeinde buchstäblich wie ein Fisch im Wasser. Von Meta ließ sich dasselbe sagen, auch wenn sie keine Gemeinde um sich scharte, sie war, wo sie war. Cora kauerte auf ihrem Schoß, während Meta mit Herbert über Bodenwerte und Anbaustrategien fachsimpelte, Gewächshaus ja oder nein, bin so froh über mein Hochbeet und wenn es nur endlich regnete, meine Spätsaat vertrocknet. *Du gingst von mir in einer Stunde ... es war die Stunde Null ...* Hannes barg das Gesicht in den Händen, Entlastung, Ablass, Auszeit, woraufhin Wolfgang ihm seine Pranke auf die Schulter semmelte: »Kopfschmerzen, Professor?« Und er leerte sein Glas vielsagend bis auf den Grund. Hannes nickte gequält, obwohl das mit den Kopfschmerzen nicht stimmte, er wähnte zu Recht, dass man ihn so eher in Ruhe ließe. Wolfgang lächelte denn auch mitleidig: »Ja, ja.«, stemmte sich aus der Bank, um eine neue Runde zu beschaffen.

Von allen unbemerkt, hatten sich Jeanette und Mandy, und das war nun dreist, erneut unter die Leute gemischt, sie konnten es nicht lassen, wollten nicht außen vor bleiben, wenn alle feierten und fröhlich waren, ob erwünscht oder nicht.

»Komm, zur Bühne!« Mandy, Kaugummi kauend, bejahte, denn an der Bühne lungerten die Jungs herum, überhaupt die meisten Kinder, weil es ihnen zu langweilig war, an Tischen zu sitzen. Statt der Livemusik orgelte die Anlage mit allem, was sie hergab: *Das ist die Hölle ... Ich hab die Liebe einfach satt ... Ich lieg am Boden und bin platt ...*

Vorbei an Metas Tisch, die Mädchen bemühten sich weidlich, nicht aufzufallen, vergeblich, Meta rief: »Das gibt's doch nicht! Guckt euch das an, Jeanette, schon wieder ...«

Jeanette tat, als wäre nichts, kein Ton gehört, kenne ich die überhaupt, doch Meta sprang ihr hinterher: »Jeanette, verdammt, bleib stehen! Was hast du hier zu suchen? Platzverbot! Weißt du, was das heißt?«

Jetzt wurden auch die Männer von der Bonbude aufmerksam und kamen heran. Jeanette, trotzig: »Wieso? Sind Sie die Polizei? Sie haben mir nix zu befehlen, und die da auch nicht.«

Inzwischen waren ihr alle recht nah gekommen, Jeanette fast eingekeilt, umzingelt, allein, da keifte sie los: »Was wollen Sie von mir? Ich hab doch gar nichts gemacht! Ej!«

»Du weißt genau, was los ist. Du hast Bob terrorisiert, jetzt ist Schluss, wir wollen dich hier nicht mehr sehen!«

»Gar nichts, gar nichts hab ich gemacht. Ich hab nix gemacht, aber der da! Fragen Sie den mal, was der gemacht! Der hat was gemacht, mit mir, da sollten Sie den mal nach fragen.«

»Was soll das? Wen?«

»Na, den da!«

Der da – das war Hannes, auf den Jeanette mit dem Finger wies, wie in einer Gerichtsverhandlung, *Identifizieren Sie den Täter.*

»Wer? Professor Tannert oder was?«

»Ganz genau. Der wollte was von mir! Weiß schon, was die hat, wieso die so sauer auf mich ist. Die soll mal ruhig sein, die Alte, der ihr Mann, ne ... Echt, ej, der hat mich angefasst, vorhin aufm Bolzplatz!«

»So ein ... *Unsinn!*«, schnaufte Meta entrüstet, »Das hast du dir ausgedacht, um abzulenken!«

»Gar nich'! Dat ist wahr. Vorhin auf dem Bolzplatz. Der wollte mich anfassen, der hat mir Geld geboten, wenn ich mich ausziehe. Der wollte mich betatschen, aber ich hab nein gesagt. Ich wollte das nicht.«

»Ja, aber ... wollte er, hat er? Was ...?«

»Ja, hat er. Angefasst hat er mich.«

Hannes, plötzlich mitten im Scheinwerferlicht, als würde auf einmal alles ganz still werden, alles verstummen, dreihundert Augenpaare allein auf ihn gerichtet und dann ballt es sich zusammen, Hannes und Jeanette im Zentrum des Rings, Meta am Rande, verwirrt, erbost, ungläubig, und es entspinnt sich ein Gedränge: Die Spieler der gegnerischen Parteien stehen sich gegenüber, sind miteinander verflochten und in mehreren Reihen hintereinander aufgestellt. In der ersten Reihe auf den Außenrängen der Gegenmannschaft als Pfeiler Rudi und Wilfried vom Nachbartisch, sie halten den Hakler (=Hannes) zwischen sich. Von hinten klemmen sich in der zweiten Reihe Dreeßen und Helmut Wiedener, Schützenleutnant, ein und verleihen dem Gedränge zusätzlich Schub. *Der Professor, der ist eh seltsam; dem kann man schon was zutrauen; so ganz normal ist der nicht; der Herr Professor, schau mal einer an; ich sach ja immer schon,* aber die andere Seite mit Wolfgang, Hilde, Meta, Herbert in den ersten und zweiten Reihen, die halten dagegen, *Jeanette, was die so erzählt; die will sich nur wichtig machen; Rufmord ist das, heutzutage brauchst du nur was von Kindesmissbrauch zu faseln und dann; das ist wegen gestern, die hat was aufgeschnappt ... – und wenn doch was dran ist?*

Das Gedränge nimmt Form an, Pfarrer Wulff als Schiedsrichter versucht zu schlichten, beide Seiten rangeln um den eiförmigen Ball, er ist in diesem Falle die Deutungshoheit, Kindesmissbrauch ja oder nein, man ist bereit, so richtig durch den Schlamm zu waten ...

»Jeanette!«, schrie Meta jetzt, »Gib zu, dass du dir das ausgedacht hast!«

»Gar nix geb ich zu! Er hat das gemacht! Es war hinten auf dem Bolzplatz, da ist er zu mir gekommen und hat es gemacht.«

Die Stimmung drohte zu kippen, die Befürworter der Missbrauchstheorie schienen im Gedränge die Oberhand zu gewinnen, Hannes, der zunächst wie unberührt dagesessen hatte, war aufgestanden, doch er blieb unverändert stumm und bewegungslos.

»Na, was ist? Äußern Sie sich mal!«

Hannes sagte nichts. Er stand einfach nur da. Dann zückte er sein Telefon, wählte kurz, die Blicke klebten an ihm, seelenruhig sprach er in den Hörer: »Polizei? Ja, Hannes Tannert mein Name, Professor Tannert, ich rufe an aus Kirchweiler, hier vom Fest ... Ja, Vorplatz der Kirche, ganz genau ... Wir haben hier einen ernsten Vorgang ... eine Minderjährige behauptet«, und hier maß er Jeanette mit einen bedeutsamen Blick, »sexuell belästigt worden zu sein. Bitte schicken Sie einen Wagen vorbei, möglichst rasch bitte ... Was? Nein. Sie beschuldigt einen Anwohner der Tat.«

Laut hatte er gesprochen, laut und deutlich, beide Parteien hatten zugehört, konsterniert und sprachlos, inklusive Jeanette. Hannes schaute in die Runde: »Dann warten wir mal ...«

Eine Weile herrschte Schweigen, ohne dass die Leute sich verliefen. Dann ging es wieder los, leiser jedoch: »Was ist nun damit?«

»Lügt sie denn?«

»Herr Tannert.«

Aber Hannes zuckte nur mit den Schultern: »Lassen Sie das die Polizei klären.« Tapp, tapp, ruhig, wirklich seelenruhig.

Wie am Vorabend schoss ein Streifenwagen aus der engen Christinenstraße, bog in die Paulusstraße, bockte über den Rand des Bürgersteigs und parkte unmittelbar vor dem Menschenauflauf, der sich um Hannes und Jeanette gebildet hatte. Parkte mitten auf dem Kirchplatz, der für den Verkehr eigentlich gesperrt war. Die Beamten, ein Mann und eine Frau, stiegen aus und tippten an ihre Mützen: »'n Abend. Wer hatte uns angerufen? Was ist los?«

Hannes räusperte sich: »Ich hatte angerufen. Professor Hannes Tannert, Universitätsdozent, wohnhaft hier in Kirchweiler, Marienstraße. Es geht darum, dass dieses minderjährige Mädchen, Jeanette ... wie weiter, weiß ich nicht ...«

Meta ergänzte: »Rudolf. Jeanette Rudolf.«

»Dass Jeanette Rudolf mich beschuldigt, sie unsittlich berührt zu haben. Oder auch nur, es gewollt zu haben. Das habe ich nicht so ganz verstanden.«

»So. Aha. Dann kommen Sie doch bitte mal mit zu unserem Wagen.« Die Polizisten nahmen Jeanette und Hannes mit sich, die Polizistin barg das Mädchen schützend unter ihren Fittiche. Die Menge wollte hinterher, aber der Polizist baute sich als Sperre auf und rief mit Nachdruck: »Jetzt beruhigen wir uns alle mal, feiert mal schön weiter, das regeln wir.«

Meta drängte sich an ihm vorbei: »Ich bin seine Frau!«, zischte sie, nichts hätte sie aufhalten können.

»Und? Was war los? Wie kommt das Mädchen darauf?«, wandte sich der Streifenbeamte in barschem Ton an Hannes, wieder fungierte er als Barrikade, um Hannes und Meta auf Abstand zu halten, während seine Kollegin mit Jeanette ein wenig abseits stand.

»Fragen Sie sie doch bitte selbst! Sie soll Ihnen genau erzählen, was vorgefallen ist.« Groß ragte Hannes und schlank, unterkühlt, als sei er auf einer wissenschaftlichen Tagung, habe einen Vortrag gehalten und warte nun auf die kritischen Nachfragen.

Die Polizistin beugte sich zu Jeanette hinunter. »Und? Dann sag uns mal, was ist geschehen?«

Die Leute bildeten einen Ring um die Szene, an Feiern mochte in diesem Moment keiner denken, auch die Musik war verstummt. Wie gebannt spitzten sie die Ohren, auf dass ihnen nichts entginge, schweigendes Publikum oder Chor, der auf seinen Einsatz wartete? Aller Augen richteten sich auf das Kind, das mit den Füßen scharrte, an ihrer Bluse nestelte, schließlich die Hände in die Hosentaschen steckte, doch sie antwortete nicht.

»Nun, sag schon. Wenn was war, musst du es jetzt sagen. Ich meine … das ist eine schwere Anschuldigung. Ein schweres Verbrechen.«, bohrte die Polizistin nach. »Sollen wir lieber aufs Revier fahren? Möchtest du nicht sprechen, solange er hier ist …? Wenn du es sagst, wir nehmen dich mit.«

Aber Jeanette schüttelte den Kopf.

»Wir haben es ja gehört!«, eine Stimme aus der Menge, »Eben hat sie es gesagt!«, der Polizist wedelte unwirsch durch die Luft.

Hannes sah ernst und schweigend zu, kerzengerade, fünf Köpfe größer als das Kind, zu ihm hin, mit versteinertem Gesicht. Er mischte sich nicht ein, mit keinem Wort. Meta dagegen hielt es nicht mehr aus, sie schrie hinüber zu Jeanette: »Verdammt, hör auf zu lügen. Du weißt nicht, was du da tust. Gib zu, dass du dir …«

»Seien Sie bitte still«, unterbrachen die Ordnungshüter Meta, »Wir führen diese Befragung durch, nicht Sie!«

Jeanette druckste, stotterte, hatte ihre Selbstsicherheit von eben verloren, die Leute ringsum murmelten und murrten, was war hier los, was war das für eine Geschichte?

Die Polizistin ging etwas in die Hocke und legte Jeanette eine Hand auf die Schulter: »Hör mal, Kind …«, und verbesserte sich, »Jeanette … Wenn da wirklich etwas passiert ist, dann musst du es sagen. Das ist ein Verbrechen, weißt du das? Leute, die so was machen, werden schwer bestraft.«

Wieder schallten aus der Menge vereinzelte Rufe, sie konnten zwar nicht hören, was gesprochen wurde, aber sie sahen ja, dass Jeanette sich zierte und wand, nicht herausrückte mit der Sprache: »Du hast es doch gesagt!«, »Eben warst du noch ganz sicher, dass der Professor bei dir ...«

»Ruhe!«, brüllte der männliche Beamte erneut, »Seien Sie bitte still! Und treten Sie zurück. Noch weiter. Ich bin's jetzt Leid!« Dann, nachdem er Hannes und Meta ein Zeichen gegeben hatte, ihre jetzige Position ja nicht zu verlassen, kam er ebenfalls hinüber zu Jeanette, baute sich vor ihr auf, kantig, massig, die Fäuste in die Hüften gestemmt: »Also, Mädel, lass hören, was du zu sagen hast! *Wenn* du was zu sagen hast! Hm?« Er klang weniger einfühlsam als seine Kollegin: »Jeanette! Was ist? Guck dir den Mann an, der Professor, hat der dir wirklich was getan? Wenn es so war, nehmen wir ihn sofort mit! Und dich auch, um deine Aussage aufzunehmen.« Jeanette fühlte Metas Blick, die Blicke der gesamten Gemeinde, vor allem aber Hannes' Augen, die interessiert, aber ausdruckslos und fast sachlich auf ihr ruhten, sie stammelte: »Also ... es ... also es war ... es war so ... ich ... er ... die beiden ... ich ... ich hab's mir ausgedacht ... ich, ja, weil ich auf die da sauer war, ausgedacht.« Der Polizist, der sich leicht vorgebeugt hatte, richtete sich zu voller Länge auf, man sah ihm an, dass der Fall damit für ihn erledigt war, und auch seine Kollegin, die neben Jeanette kniete, erhob sich, wiewohl nicht so überzeugt wie ihr männlicher Kollege.

Anspannung und Interesse des Publikums, das der Szene atemlos beigewohnt hatte und aus Gesten und Gebärden schloss, dass sich die Sache in Nichts aufzulösen schien, flauten augenblicklich ab. Meta frohlockte, nur Hannes blieb äußerlich reserviert.

Die Polizistin versuchte es noch einmal: »Stimmt das? Bist du ganz sicher? Vielleicht fahren wir doch lieber zusammen aufs Präsidium und unterhalten uns in Ruhe? Dir wird nichts mehr passieren, du kannst beruhigt sein ...«

Jeanette malte mit ihrem rechten Fuß imaginäre Kreise auf das Kopfsteinpflaster, erneut schaltete sich der Polizist ein: »Du bist dir klar, was das heißt, wenn du so was behauptest, obwohl es nicht stimmt? Das ist Verleumdung, das ist Rufmord, das ist ein Straftatbestand!«

Betreten nickte Jeanette, so allein wie sie jetzt war, Mandy hatte sich längst verkrümelt, steckte irgendwo in der Menge. Jetzt trat der Mann von der Bonkasse hinzu und gab seinen Senf dazu: »Dat Kind macht schon der janze Tach die Pferde scheu, klaut, belästischt de Leut', mer ham der schon Platzverbot erteilt, aber die kommt immer wieder. Möchte mal wissen, was dat für Eltern sinn'. Isch sach ma, dat is 'n Fall füret Jugendamt, dat is alles.«

Hier pflichtete Meta ihm bei: »Das glaube ich auch. Wenn Sie das Jugendamt nicht verständigen, dann mach ich das. Es wird immer schlimmer mit ihr. Sie wird grob vernachlässigt, sie kann nichts dafür. Sie kennt es nicht anders.«

»Hm. Schauen wir mal«, die Streifenbeamten sahen sich an, dann sagte der Mann, »Ich glaube, das Beste ist, wir nehmen sie mit und reden mit den Eltern.«

»Das sollten sie tun, aber 'n janz ernstes Wörtchen. Sie können auch jern unsere Namen opschriewe, mir sinn' Zeujen.«

»Das geht so nicht mehr weiter. Das Kind hat keine Chance. Die verpfuscht sich ihr Leben, bevor es überhaupt richtig angefangen hat.«

»Warte mal, wir werden gerufen ...«, während der Mann Namen und Adressen der Zeugen aufnahm, krabbelte die Polizistin in den Streifenwagen und machte sich am Funkgerät zu schaffen. Horchte, gab Antwort, kam dann rasch wieder zurück: »Wir müssen los.«

»Was gibt's?«

»Zugunfall. Am Bahndamm.«

»Was Größeres?«

»Hm, Personenschaden ...«

»Scheiße. Okay. Wir nehmen sie dennoch mit.« Sie bugsierten Jeanette in den Fond ihres Passats, »Dann noch eine schöne Kirmes. Trotzdem ...«, beide stiegen ein, Blaulicht an, und der Polizeiwagen glitt von dannen, genauso schnell, wie er gekommen war. Jeanette hatte sich offensichtlich wieder gefangen, sie presste ihr Gesicht gegen die Scheibe, verzerrt zu einer höhnischen Grimasse, und sie wies der versammelten Meute, die ihren Abtransport beobachtete, den gestreckten Mittelfinger, was wiederum für Aufsehen sorgte: »Das nimmt kein gutes

Ende …«, »Dat arme Kind …«, »Von wejen. Dat is 'en Satansbraten.«, »Dat kannsse verjessen. Nächste Station Jurendknast.«

Meta schnappte sich Cora: »Gehen wir nach Hause, ja?«

Cora sagte: »Was hat die Jeanette denn gemacht?«

Und Meta antwortete: »Du, die Jeanette hat ganz schlimm gelogen. Und deshalb, das hast du ja gesehen, hat die Polizei sie mitgenommen.«

»Kommt sie jetzt ins Gefängnis?«

»Das wohl nicht. Kleine Kinder kommen noch nicht ins Gefängnis, wenn sie Mist gebaut haben«, erklärte ihr Meta, die Hannes anschaute und sich langsam, mit Cora an der Hand, in Bewegung setzte. Hannes schloss sich wortlos an, der Vollmond, Silberdiskus, schimmerte in einem opaken Fenster, fuhr nach zwei weiteren Schritten nach unten weg. Auch Meta schwieg, sprachlos, da bin ich sprachlos, Jeanette, ausgerechnet Hannes, was sie sich dabei gedacht hat … na, sie hat nicht gedacht, sie denkt nie, das ist das Problem.

Sie bogen um die Ecke in ihre Straßen, jetzt zogen Wolken vor den Mond, doch er strahlte von hinten, riffartige Kanten, wie ausgestochen, Ahnung ferner Gestade, Meta schloss die Tür auf, sie traten ein in das Haus, dessen Kühle sie dunkel umgab, Hannes schaltete das Licht an, »Ahh, zu hell«, plärrte Cora.

Meta sagte: »Ich bringe sie ins Bett. Dann reden wir.«

»Ej, wisst ihr, was isch eben jesehn happ?«

»Was denn?«

»Den Typ da von jestern. Den mit die Kinder.«

»Nee!«

»Ja, doch. Den hamse jehn lassen. Und isch hab den eben an der Bushaltestelle jesehen. Wie er schon wieder mit so Mädschen jesprochen hat.«

»Was? Aber …«

»Nit janz klein, so vierzehn, fünfzehn wernse gewesen sein, isch kannte die nit. Aber isch hätt' kotzen können, als isch dat jesehn han. Isch wollt schon rüberjon …«

»Ja, warum hass' dat nich' gemaacht?«

»Meinsse, der is' da immer noch?«

»Wat weiß isch.«

»Komm, laß mal gucken!«

»Hä?«

»Ja! Gucken, wat da los is'.«

»Okay. Hass Rescht, besser is' dat. Wenn der sisch hier schon herumtreibt. Nit dat wat passiert. Is' schon jenuch passiert jetz'.«

»Ich komm au' mit. Wenn die Polizei nich' dafür sorgt, weisse? Los, Bernhard, du auch ...!«

»Wat hasse denn vor mit dem?«

»Ja, nix. Nur aufpassen, ne?«

»Na, jut, besser is' dat vielleischt.«

Obwohl es so spät war, sang ein Vogel. Die Schemen der Dinge, das Licht des Vollmonds, ganz hell jetzt wieder, versah alles mit einem luziden Schein, das Gras, das Spalierobst, die Fahrräder an der Mauer, Coras Hüpfball, Coras Bobby Car und Coras Laufrad, selbst die düstere Ecke, wo die Nadelbäume und die Mülltonne standen, war undeutlich zu erkennen. Hannes trommelte mit den Fingern auf die Tischplatte.

»Hannes, wo bist du?«

»Garten.«

Meta schaute aus dem Fenster im ersten Stock: »Ach ja, gut, ist noch schön mild.«

Sie kam, setzte sich neben ihm auf die Holzbank, wieder schwiegen sie. Dann murmelte Hannes: »Hörst du diesen Vogel? Ich glaube, der ist mir gefolgt. Den ganzen Tag schon. Ich habe den auf dem Feld gesehen. Und er ist immer hinter mir her. Ich glaub, das ist 'ne Lerche. Eine Feldlerche.«

»Dieser Vogel? Den man jetzt hört?«

»Ja.«

»Nee, das ist keine Lerche. Das ist eine Amsel, die hat bei uns im Garten ihr Nest gebaut. Hast du die noch nie gesehen? Die ist doch den ganzen Sommer hier immer rein, raus, um ihre Jungen zu füttern. Keine Lerche. Das ist die Amsel. Sie singt super. Den ganzen Sommer schon. Komisch, dass dir so was entgeht.«

Erneutes Schweigen. Nach einer Weile sagte Meta: »Ich fand das gut, wie du das geregelt hast. Also, dass du die Polizei gerufen hast.«

»Ich lass mir doch nicht von dieser Rotzgöre den Ruf versauen.«

»Solche Gerüchte muss man ersticken, sonst ...«

»Wenn so was aufkommt, da kann ich nirgendwo mehr hin. Wer nimmt mich denn da ...«

»Hm?«

»Ja. Ganz recht. Es gibt da was ... ich wollte es dir schon länger erzählen ...«

»Was denn?«

»Die Professur ... da wird nichts draus.«

»Was? Wieso? Woher ...?«

»Die Stelle wird öffentlich ausgeschrieben ...«

»Ja, gut. Aber dann ... kannst du dich doch darauf bewerben?!«

»Verstehst du denn nicht? Ein Berufungsverfahren dauert mindestens zwei Jahre. Wir sind in Deutschland. Bis dahin sind wir längst verhungert. Und überhaupt: Wenn sie mich haben wollten, dann hätten sie die Stelle einfach umgewandelt, wie es ganze Zeit geplant war. Ich weiß auch nicht, warum. Irgendwer ist da gegen mich. Wäre sie viel billiger gekommen. Das heißt ... keine Chance.«

»Bewerben solltest du dich trotzdem!«

»Ich muss sehen, dass ich viel früher etwas anderes kriege. Irgendwas. Sonst ...«

»Was sonst?«

»Das Haus. Wie sollen wir das halten? In zwei Monaten läuft meine Stelle aus. Zwölf Monate Arbeitslosengeld, wenn bis dahin nichts passiert, war's das. Leider mahlen alle Mühlen so langsam, ist nicht nur an unserer Uni so, dann ist das Haus futsch, das können wir uns nie im Leben mehr leisten.«

»Unsinn! Wir schaffen das. Ich werde mehr arbeiten. Du hast dann mehr Zeit und kannst dich um Cora kümmern. Ich finde einen Job …«

»Wie denn? Wie? Du weißt doch, wie es aussieht! Das angebliche Jobwunder … gibt's doch nur in den Reden der Politiker … alles Billigjobs … wie willst du davon eine Familie ernähren, geschweige denn ein Haus finanzieren?«

»Du bist so ein Schwarzseher. Wenn man etwas wirklich will … Und wenn ich drei Jobs annehmen muss! Dann arbeite ich beim Bäcker, gehe putzen, gehe weiter in die Schule, alles auf einmal, ist mir gleich. Hannes …«

»Ja …«

»Wir schaffen das.«

»Wir … du meinst … wirklich wir …«

»Hannes …«

»Ja.«

»Natürlich, was denkst du denn?«

Mama und Papa reden … Wenn sie im Garten sind, kann ich sie hören. Das Fenster ist ja auf. Wenn das Fenster auf ist, kann ich sie hören. Das ist schön, dass sie miteinander reden. Wie es heute Morgen war, gefällt mir nicht. Dieses Streiten. Mama war so komisch. Zu mir war sie ja nett. Bin ich müde … Mama hat mir keine Geschichte erzählt, sie hat gesagt, es ist zu spät. Und dann, dass ich zu müde bin und sowieso direkt einschlafe, auch ohne Geschichte. Stimmt nicht. Ich bin zwar müde, aber ich schlafe gar nicht … Das war schön auf dem Fest, ob es morgen noch mal ist? Vielleicht nicht, ich muss ja in den Kindergarten, hat Mama gesagt. Zuerst muss ich mal in den Kindergarten, vielleicht ist danach wieder Musik. Nur das mit Jeanette war nicht so toll, ich weiß nicht, was mit ihr war, Mama hat mir das irgendwie nicht erklären wollen. Papa hat die Polizei geholt und dann hat die Polizei sie mitgenommen. Ob sie vielleicht doch ins Gefängnis kommt? Auch wenn Mama gesagt hat, kleine Kinder kommen nicht ins Gefängnis, aber Jeanette ist nicht mehr richtig klein. Wenn Mama mir keine Geschichte erzählt, erzähle ich mir eben selber eine. Da muss ich nur mal überlegen, ob mir was einfällt.

Ich könnte ... eine Geschichte ... was könnte ich ... ja, zum Beispiel von Max und Moritz ... aber es sind zwei Mädchen ... zwei Mädchen, die böse Streiche machen ... sie heißen, sie heißen ... Maxi und Morine ... Sie laufen den ganzen Tag herum und denken sich Sachen aus, wie sie Leute ärgern können. Dabei haben die Leute es schwer genug. Sie haben wenig Geld und müssen oft weinen. Und dann kommen noch Maxi und Morine und nehmen ihnen ihr Essen weg. Die Kinder von den Leuten schreien, weil sie Hunger haben, aber es ist nichts mehr da, weil Maxi und Morine alles aufgegessen haben.

Am nächsten Tag denken sie sich wieder etwas aus, Maxi und Morine sprengen den Lehrer in die Luft, weil der sie gehauen hat, sie alle beide, das macht einen ganz dollen Rums und der Lehrer geht so richtig in Stücke und die Stücke vom Lehrer, die Arme und die Beine und der Kopf, fliegen durch die Gegend. Da kommt natürlich die Polizei, doch Maxi und Morine sind schon weg. Sie sitzen in einem Gebüsch, überlegen sich einen neuen Streich. Doch die Polizei weiß noch nicht, wo sie sind. Die Polizei ... die Polizei ... reden Mama und Papa immer noch? Also die Polizei ... die Polizei ...

Danksagung

Der Verfasser möchte folgenden Personen danken, die bei der Abfassung dieses Buches wichtige Hilfe geleistet haben: meiner Frau Kirsten Adamek, wie immer erste Lektorin, Dr. Norbert Schlossmacher, Leiter des Stadtarchivs Bonn, für die Genehmigung, Auszüge aus Gerards Predigten zu veröffentlichen, Dr. Jens Metzdorf, Leiter des Stadtarchivs Neuss, und Claudia Chehab, Stellvertr. Leiterin des Stadtarchivs Neuss, für die freundliche und ausgesprochen hilfsbereite Unterstützung und Betreuung, Dr. Hanns Peter Neuheuser-Christ (LVR-Archivberatungs- und Fortbildungszentrum Brauweiler), der mich auf den Bestand Gerards aufmerksam gemacht hat, dem Amt für Wirtschaftsförderung Neuss, dem Pfarrarchiv Holzheim und ganz besonders Heinz Höffges für seine Auskunftsbereitschaft über das bäuerliche Leben früherer Tage sowie den Nachbarn, Freunden und Bekannten dafür, dass sie sind, wie sie sind.

Enno Stahl
DISKURSPOGO
Über Literatur und Gesellschaft

Broschur
288 Seiten
18 €

ISBN: 978-3-943167-22-1

Warum ist realistische Literatur oft nur pseudorealistisch und die sogenannte Popliteratur lediglich ein erfolgreiches Marketingprodukt?

In drei Kapiteln analysiert Enno Stahl – teils kritisch und konfrontativ, teils verwundert – die aktuellen gesellschaftlichen Veränderungen, die Politik unserer Zeit und die (fehlende) Auseinandersetzung damit in der deutschen Gegenwartsliteratur. Er untersucht u. a. Christian Kracht, Ernst-Wilhelm Händler und Juli Zeh mit ideologiekritischer Verve, analysiert die Social-Beat-Bewegung, Poetry-Slams und die Anfänge des deutschen Punk im Ratinger Hof in Düsseldorf.

Außerdem geht es um Ausbeutung in der heutigen Arbeitswelt, von der katastrophalen Lohnsituation bis hin zum Schlafentzug. Diese wird in der Gegenwartsliteratur kaum thematisiert, da Erwerbsarbeit hier keine Rolle zu spielen scheint. Demgegenüber entwickelt Stahl eine Programmatik, in der er zeitgenössisches literarisches Engagement fordert, eine Literatur, die sich den gesellschaftlichen Aporien stellt.

Sogleich durchlesen. Denn Stahl, ein ausgewiesener Kenner des literarischen Undergrounds, an dem er als Autor und Veranstalter mitgewirkt hat, weiß, was er tut …
Maximilian Probst / ZEIT ONLINE